KB180803

고전 문학과
근심 걱정

고전 문학과
근심 걱정

신재홍

국학자료원

  고전 문학을 공부하고 가르치면서 늘 유념한 점은 작품 한 편 한 편
에 대해 꼼꼼하고 깊이 있게 이해하는 것과 그것을 바탕으로 고전 문학
을 잘 설명하여 오늘날의 독자가 흥미롭게 감상할 수 있도록 돕는 것이
었다. 고전 문학을 전공하여 학위를 받고 대학 강단에 선 이후 지금까
지 이 두 가지 일을 성심껏 수행하려고 노력해 왔다. 전문 서적 이외에
『고전 소설의 착한 주인공들』(2012),『고전 소설의 당돌한 여주인공』
(2016),『향가 서정 여행』(2016),『고전 문학과 징벌의 상상력』(2020)
이 그 결과로 출간된 책들이다.

  고전 문학 연구자로서는 작품 이해를 위해 먼저 관심과 흥미가 촉발
되어야 한다. 그런 다음 이러저러한 방법을 동원하고 숙고와 점검을 거
쳐 작품을 좀 더 잘 알았다고 생각되면 그 이해의 내용을 다른 사람에
게 전달할 수 있다. 그리하여 교육자로서 학습자에게 작품에 대한 이러
저러한 설명을 하고 반응을 살피고 재음미하며 이해를 심화한다. 관심
과 흥미가 일어나 연구자, 교육자, 학습자 사이에서 서로 소통함으로써
고전 문학에 대한 이해와 감상이 의미 있게 이루어질 수 있다.

  어떤 대상에 대한 관심과 흥미는 대개 일상에서 얻어진다. 세상을 살
면서 경험하는 많은 일들에서 감흥, 교훈, 의미 등을 얻는다. 이러한 일

상생활의 경험 내용은 자기가 공부하는 대상에도 투영된다. 고전 문학을 전공하는 사람에게는 그것이 생활이기도 하므로 일상과 공부가 연결되어 있다. 일상의 경험이 고전 문학의 관심과 흥미를 추동하고, 고전 문학 공부가 다시 일상의 일들에 대한 나름의 시각과 취향을 얻게 해 준다.

올해로 환갑을 맞은 나에게는 일상에서 근심 걱정이 늘 따라다녔다. 젊을 때는 젊음대로의 불안과 걱정이 있었고, 아이들을 키울 때는 그에 따른 근심이 컸는데, 이제 환갑이 되니 나이에 걸맞은 염려들이 따르는 것이다. 이놈의 근심 걱정은 인생의 각 시기마다 모습을 달리하면서 다가오는데, 멀어진 듯하다가 다시 가까이 올 때면 은근한 충격이 예전이나 이제나 만만치 않다. 나뿐만 아니라 사람들은 모두 근심 걱정을 안고 살아간다. 그 대상이 무엇인지는 천차만별이겠으나 사람인 이상 공통된 것들도 많이 있다. 자녀·부모·배우자에 대해, 건강·돈·미래에 대해, 사회·정치·경제적 상황에 대해 우리의 근심 걱정은 끊이지 않는다.

옛 사람들에게도 근심 걱정은 마찬가지로 많이 있었다. 고전 문학은 그들이 품은 근심 걱정의 내용과 양상을 담아 놓고 있다. 고전 문학 속 근심 걱정을 따라 읽으면서 옛 사람과의 인간적인 동질감을 느낄 수 있고 우리네 인생살이에 대해 되돌아볼 수 있다. 아무리 시대가 변했어도 사람살이에 공통된 것, 즉 느끼고 생각하고 욕망하고 생활하고 관계 맺고 하는 것들이 있는 법이다. 상황과 여건은 다르나 인간으로서 꾸려가는 삶의 기본 방식과 양상은 보편적일 수밖에 없다.

이 책은 고전 문학에서 근심 걱정의 주제가 두드러진 작품들을 택하여 해석하고 감상해 본 것이다. 우리와 크게 다르지 않은 옛 사람들의 근심 걱정을 문학 작품을 통해 이해하면서 인생살이의 보편적인 면모를 알고 공감하면 좋겠다. 근심 걱정이 삶을 갉아먹지 않고 오히려 삶의 동력이 되는 지혜를 얻으면 더욱 좋겠다. 이는 고전 문학을 우리에게 가까이 가져오는 일이고, 우리가 고전 속 옛 사람에게 다가가는 일이다. 이 책이 고전 문학과 친근하게 만나는 일에 작은 보탬이 되기를 바란다.

이 책은 필자가 재직하고 있는 가천대학교의 교내연구비를 받고 출간하는 것이다. 대학 당국에 감사를 드린다. 출판을 흔쾌히 허락해 주신 정찬용 사장님, 편집을 도맡아 잘해 주신 정구형 대표님께 감사의 인사를 드린다. 사랑하는 가족에게도 고마운 마음을 전한다.

2022. 10. 16. 신재홍

I.

시름의 미학

시름의 미학

　'걱정도 팔자'라는 속담이 있다. 괜한 걱정을 많이 하는 사람에게 핀
잔을 주는 어조로 쓰이는 말이다. 그런데 가만히 생각해 보면 이 말에
인생의 근본적인 의미 중 하나가 들어 있는 것 같다. 이 세상에서 인간
의 삶은 근심 걱정에 허덕이며 사는 것일 듯싶으니, 이 말은 '걱정이 팔
자, 팔자가 걱정'이라는 뜻으로도 이해되는 것이다. 사람 팔자는 어차
피 근심 걱정을 안고 살다가 죽는 것이 아니겠는가. '걱정 말아. 염려 말
아. 걱정할 것 없어.'라는 말은 대개 상대를 위로하고 격려하는 데 쓰인
다. 가끔은 격려가 아니라 허세를 부리는 말로도 들린다. 걱정을 해야
할 상황에서 그렇게 말하면 문제를 회피하거나 방치하는 것으로 여겨
진다. 이처럼 걱정이라는 말은 우리의 일상에 밀착되어 자주 사용된다.
　'근심'이라는 말은 걱정과 유의어이다. '한근심/한걱정, 뒷근심/뒷걱
정, 근심스럽디/걱정스럽디'처럼 비슷한 뜻을 표현허는 데 같이 쓰이
고, '근심 걱정/걱정 근심'으로 묶여 쓰이는 경우도 많다. 그렇지만 둘
사이에는 미묘한 의미 차이가 있어 보인다. '자식 걱정, 밥걱정, 나라 걱
정' 등은 가능하나 '자식 근심, 밥 근심, 나라 근심'은 다소 어색하게 느
껴진다. '세상 근심'이란 말은 세상에 대한 근심이라기보다 세상 사람
들의 근심이라는 의미로 이해된다. 마음이 답답하여 속 태우는 것을 나

타내는 데 둘 다 쓰이지만, 구체적인 대상을 두고 말할 때는 근심보다 걱정이 더 어울리는 것 같다.

사전에는 두 단어 모두 한글로 표기되어 있고 어원은 미상으로 처리하였다. 내 나름으로 추측해 본다면 걱정은 '-정(情)', 근심은 '-심(心)'이 붙은 우리말과 한자의 합성어로 보인다. 한자 앞에 붙은 '걱-, 근-'이 어떤 말에서 유래했는지는 알기 어렵다. 억측을 해 보자면, '걱-'에 대해서는 '이억/이악'(달라붙는 기세가 꽤 군세고 끈덕짐.)과 '그악(끈질기고 억척스러움.)에서 '그억*'을 상정할 수 있는데 그 준말이 '걱'이 아닐까 한다. 이렇게 보면 걱정은 애초에 '끈질기게 달라붙는 감정' 정도의 의미를 지닌 말인 듯하다. 이 같은 의미를 근심에도 적용한다면, '근-'은 아마도 '끈-기(氣), 끈-질기다, 끈덕-대다/근덕-대다'의 '끈'이 된소리되기 이전의 형태가 아닐까 한다.

억측이긴 하지만 걱정의 원뜻을 위와 같이 보면 이 말이 우리의 삶에서 갖는 의미는 지속적이고 심대하다고 할 수 있다. 이 세상을 살아가면서 부딪치는 수많은 대상과 사태에 대해 마음 쓰고 속 태우는 모습을 근심 걱정이라는 말로 포괄할 수 있을 것이다. 아니면 그보다 더 본질적인 곳에 이 말이 자리 잡고 있는지도 모른다. 희로애락애오구(喜怒哀樂愛惡懼)의 칠정을 일으키고 가라앉히고 하는 원인이나 바탕이 되는 정서를 꼽으라면 근심 걱정이라 할 수 있기 때문이다. 걱정이 생기면 화나고 슬프고 미워지고 두려워지고, 걱정이 풀리면 기쁘고 즐겁고 사랑스러워지는 마음이 들지 않는가.

근심, 걱정과 비슷한 뜻의 말로 '시름'이 있다. 사전의 설명에 따르면 근심은 16세기 문헌부터, 걱정은 '걱뎡/걱정'의 형태로 18세기부터 나오는 말이라고 한다. 이에 비해 시름은 신라 효소왕대(692-702) <모죽

지랑가>에 향찰로 '憂音'이라 표기되었고 고려 시대의 가요인 <청산별곡> 제2연에 '시름'이 있으니 그 연원은 상당히 오래 되었다. 근심, 걱정에 비해 유구한 역사를 지닌 단어인 것이다. 이 말은 '실다'(시름겨워하다.)의 명사형인데 아마도 '슳다'(싫다. 슬퍼하다.)와 어원을 같이 할 것으로 짐작된다. 사전에서는 '마음에 걸려 풀리지 않고 항상 남아 있는 근심과 걱정.'이라고 풀이해 놓았는데, 마음에 걸리거나 맺힌 것이 오래 지속되어 속을 태운다는 뜻으로 이해된다.

그러고 보면 우리말에 마음을 뜻하는 '애'와 '속'이 들어간 단어나 어구가 많다. '애타다, 애끊다, 애끓다, 애쓰다, 애간장 녹다', '속 타다, 속 썩다, 속 쓰리다, 속 아리다, 속앓이' 등은 마음에 걸린 것으로 인한 행위나 상태를 표현한 말들이다. 마음속에 품은 걱정거리를 두고서 사람들은 애태우고 속 썩인다. 마음의 상태나 반응하는 태도에 따라 뒤에 붙는 말이 조금씩 다르지만, 애가 원래 '장(腸)'을 뜻하는 말이기에 그것은 몸속 깊숙한 부분을 가져다 쓴 비유적 표현들이다. 근심 걱정으로 마음이 아프면 몸속의 창자는 타들어 가고, 끊어지고, 녹고, 썩는다. 이 말들에서 풍기는 육체적 심상은 온몸으로 세상에 부딪치며 사는 인간의 모습을 생생히 떠올리게 해 준다.

이러한 몸의 반응 중에 '시름시름' 앓는다고도 하는데, 이 부사어도 의미심장하게 여겨진다. 시름을 반복한 이 말은 마음에 맺히는 것이 한 번에 끝나지 않고 두고두고 계속해서 그러는 것임을 시사한다. 이 세상에서 시름과 동떨어진 인생은 있을 수 없으니 누구나 시름시름 지내면서 시름시름 앓는 것이다. 시름 중에는 자잘한 것도 있고 큰 것도 있고 과장되고 헛된 것도 있다. 사람의 기질, 성격, 연륜 등에 따라 시름에 대한 반응은 다르지만 큰 시름을 당하면 누구나 슬프고 괴로울 것이다.

하나의 시름을 덜고 나면 다른 시름이 닥쳐와 또 시름겨워하다가 그 고비를 넘긴다. 이렇듯 인생은 시름과 더불어 오르내리는 비탈진 산길 같은 것이 아닌가 싶다.

격정, 근심, 시름은 한자어로 된 '수심(愁心), 수회(愁懷), 우수(憂愁), 우회(憂懷), 우환(憂患), 우려(憂慮), 염려(念慮), 우울(憂鬱), 울울(鬱鬱), 울적(鬱寂), 울화(鬱火)' 등과 공통된 의미를 형성한다. 용법 및 의미상 미세한 차이는 있지만 대개 마음속 근심 걱정의 뜻이거나 그와 관련된 행위 혹은 상태를 지칭하는 말들이다. '수(愁), 우(憂)'가 들어간 한시 작품은 헤아릴 수 없이 많거니와, '우수에 젖다'처럼 낭만적인 느낌을 주는 말도 있고 '우울증, 울화병'같이 질병의 하나로 다루어지는 말도 있다.

현대를 사는 우리는 우울증이라는 널리 퍼진 병에 시달리며 살고 있다. 경중의 차이는 있을지라도 대부분의 사람이 일상생활 중에 우울해하는 증상을 보일 때가 있다. 심하면 극단적인 일도 벌어지는 것이어서 사회적으로 경각심을 일깨우는 경우가 많다. 사회 경제적 불확실성과 불평등, 그에 따른 불안, 박탈, 소외 등이 증가하면서 갈등과 대립이 커진다. 여기에 기후 위기로 인한 재앙이 몰아치고 있어 생존 환경에 대한 위기의식도 급속히 고조된다. 더욱이 코로나19 사태가 지속되는 요즘 얼마나 우울한 시간을 견디고 있는지 모른다. 이러한 시대에 우울증을 안고 사는 것은 아마도 당연한 일일 것이다.

중세 시대의 사람들은 우리보다 마음 편히 살았을까. 깨끗한 자연이 있고 농사지은 땅의 소출에 만족하고 공동체를 이룬 이웃이 있으니 편했을지도 모르겠다. 하지만 그들은 지금보다 훨씬 더 체제와 이념의 속박 아래 살았다. 공고한 신분제와 열악한 생존 조건하에 억압되고 순치된 삶 속에서 개인으로서는 어찌할 수 없는 사태가 한둘이 아니었다.

그러니 마음에 한근심 쌓고 속만 썩이며 살아가지 않았을까. 이렇게 생각하면 중세 사회 전반에 우울증이 뒤덮고 있었을 것도 같다. 신분의 귀천, 부의 다과를 막론하고 수많은 중세인들이 우울증에 시달리며 한평생을 살았으리라 짐작된다. 전통적인 한(恨)의 정서는 이러한 시대 상황에서 배태되었을 것이다.

이처럼 현재든 과거든 인간이 놓인 실존의 조건은 시름을 품고 살아가기 마련이다. 그렇다 보니 시름이 내면화되고 그로부터 우러난 정서와 의식을 지니게 된다. 그것이 안에서 밖으로 튀어나오면 거의가 감정 섞인 분출이 되어 버린다. 짜증을 부리거나 화를 내거나 미움을 토해 내거나 한다. 소극적인 경우에는 혼자 끙끙 앓으면서 몸이 여위고 병들어 간다. 사람에 따라 차이는 있지만 마음속에 맺히고 쌓인 근심 걱정은 어떤 형태로든 밖으로 튀어나오게 된다. 아무리 억눌러 두려 해도 심신이 더 이상 감당할 수 없게 되면 터져 나올 수밖에 없다. 오래 묵힌 시름이 곪아 터질 때 그 폭발력은 삶을 송두리째 뒤집어엎을 만큼 심각할 수도 있다.

현명하게 삶을 누리고자 하는 사람이라면 시름을 털어 버릴 방법과 지혜를 터득하는 데 힘쓸 것이다. 현실의 문제를 지긋이 내려다보면서 짐짓 의연하게 지낼 수도 있고, 그 문제 속에서 해결의 실마리를 찾아 하나하나 매듭을 풀어 가며 살 수도 있다. 그렇지만 현실 초월이나 문제 해결의 길이 그렇게 만만하게 열리지 않는다. 걱정을 떨쳐 버리는 종교적 깨달음을 얻었다고 해도 일상의 삶은 지속되는 것이니 그 깨달음만 가지고 평생을 사는 것은 또 얼마나 긴 수련의 과정이 필요하겠는가. 중세인들이 신선을 동경하고 해탈을 추구한 것은 걱정투성이의 현실을 넘어서 심신의 평안을 얻고자 해서이다. 신선이나 고승과 관련된 이야기가 많이 있으나 현재의 삶에서 너무 먼 것이라서 막연한 동경 이상의 현실감을 얻기 어렵다.

초탈의 방법보다 좀 더 현실적, 일상적인 것은 근심 걱정과 더불어 살면서 그것에 반응하여 표현해 내는 길이다. 시름에 겨운 사람은 대개 불안, 슬픔, 두려움 등의 감정에 휘말려 있다. 몸과 마음은 그 속에서 허우적대며 침잠해 들어간다. 그러한 상태에서 무엇인가를 붙들고 헤어나고자 할 때 표현의 욕구는 심중한 의의를 갖는다. 답답하고 아프고 서러운 마음에서 벗어나려 애쓰는 중에 찾은 방법이기에 표현의 행위 그것만으로도 수렁에서 헤어나는 힘이 된다. 답답하니까 답답함을 표현하고 아프니까 아픔을 표현하는 것이다. 표현은 암울한 마음의 문을 열어젖혀 밝은 빛을 들이고 마음속에 맺힌 응어리를 풀어내는 일이다. 자기에게 혹은 친지에게 하거나 미지의 다수에게 할 수 있다. 답답하다고, 아프다고, 탄식하고 호소하고 말하고 쓸 수 있다.

시름을 짜증, 화, 미움 같은 감정으로 분출하는 것은 표현이 되지 못한다. 표현은 일정한 모양을 갖추고 전달할 내용을 담은 것이어야 하기 때문이다. 이보다는 말하고 쓰는 행위가 표현의 의미와 효용에 알맞다. 마음속 시름으로 인한 정서와 의식이 한참 동안 우려져서 말이 되고 글이 되는 것이기에 말하기와 글쓰기는 시간이 걸리는 일이다. 그래서 시름의 표현은 자기 성찰의 시간과 노력을 필요로 한다. 자기 안의 근심 걱정이 무슨 이유에서, 어떤 경로로 맺히고 쌓이게 되었는지 찬찬히 살피고, 그것을 풀어낼 만한 적절한 수단을 찾아서 말이나 글로 표현하게 된다.

시름을 두고 성찰하다 보면 아무래도 우리가 지닌 욕망의 문제에 닿게 된다. 바라는 바를 이루려고 애쓰며 살지만 세상사 뜻대로 되는 일이 많지 않다. 욕망의 성취가 지체되면 불안, 초조하고 그것이 좌절되기라도 하면 화가 나다가 허탈, 침울해진다. 욕망의 추구, 지체, 좌절의 과정 속에 근심 걱정이 쌓여 간다. 시름의 문제에 대해 생각하는 것은 욕망을 지닌 존재로서 인간에 대해 이해하고 성찰하도록 이끈다. 욕망에 휘둘리며 사는 우리의 삶의 모습을 살피고 생각하고 드러내는 일이 된다. 그러므로 시름을 성찰하고 표현한다는 것은 인간의 삶과 인간성의 본질에 대해 진지하게 생각하고 그 의미를 탐색하는 것이라 하겠다.

이처럼 자기 성찰은 우리로 하여금 내면의 근심 걱정을 표현할 방법을 얻고 인간과 삶에 대한 이해를 깊게 해 준다. 마음속 시름을 표현해 낼 수만 있어도 그로부터 풀려날 가능성은 커진다. 그늘진 속을 드러내어 빛에 말림으로써 해방과 자유를 맛볼 수 있다. 자기 성찰이 치열할수록, 표현 욕구가 강할수록 인간의 보편적 정서와 의식에 널리 공감을 얻을 만한 표현의 결과물이 나올 수 있다. 시름의 문제를 성찰함으로 인해 성숙하고 그로부터 얻은 표현을 통해 소통과 공감의 영역을 확보한다. 시름의 표현이 공감을 얻고 다시 공감의 힘으로 시름을 넘어선다. 나만 시름겨운 것이 아니라는 것을 이해하고 서로가 서로를 위로한다. 내면의 시름에 대한 성찰로부터 표현되어 나온 영롱하고 아름다운 말과 글이 너와 나, 우리 사이에서 소통과 공감과 이해를 얻는 것이다. 이러한 시름의 미학으로 이루어진 노래와 이야기가 사람들의 삶 속에 넓고 깊게 스며들어 이 세상을 살 만하게 만들어 준다.

이 책은 시름의 미학이 근간이 된 고전 문학 작품을 찬찬히 음미하고 깊이 이해하고자 한 것이다. 음미와 이해의 과정에서 작품에 비친 우리의 삶을 되돌아보았으면 하는 바람도 있었다. 오늘날과는 아주 다른 삶을 살았을 것 같은 선조들도 그 내면을 들여다보면 온갖 시름에서 헤어나지 못한 채 인생의 슬픔과 아픔을 견디며 살았다. 생활의 조건과 환경이 달라서 그들이 표현한 정서와 의식에 거리감을 느낄 수 있겠으나 그윽이 살피고 삶에 비추어 되새겨 보면 공감되는 면이 훨씬 더 많다. 시대가 멀다고 해도 사람이 이 세상에 살면서 지니는 내면의 풍경은 비슷한 면이 많으므로 고전 문학을 통한 소통과 공감은 자연스럽고 당연한 것이라 하겠다.

시름의 주제 영역을 일상, 사랑, 사회, 시름 풀기 등 네 부분으로 나누어 작품을 살펴보았다. 우리의 근심 걱정은 무엇보다도 일상에서 나오고 일상에서 겪는 것이다. 사람은 부모 자식 관계, 부부 관계 등에서 갈등이나 어려움을 겪고 시름을 품게 된다. 가난과 궁핍으로 인해 온갖 걱정이 일어나고 생존의 위협을 당하면 두려움에 떤다. 터전을 잃고 떠돌이 신세가 된다면 고통은 더욱 커지고 심 봉사처럼 장애가 있다면 고난은 몇 배 더 심하다. 이황(李滉) 같은 고고한 학자라 해서 근심 걱정을 피할 수 없으니 현실에서 도학의 이념을 추구하기가 얼마나 힘든지 실감하기 때문이다.

청춘 남녀의 사랑은 즐겁고 기쁜 일이긴 하나 우여곡절을 겪으며 견디기 힘든 시름을 안겨 주기도 한다. 인생에서 가장 빛나고 열정적인 시기에 사랑하고 이별하는 일은 당사자에게 깊은 상흔을 남긴다. 고귀한 인물을 멀리서 바라만 보며 애태우고, 해서는 안 될 사랑에 빠져 목숨을 버리기까지 한다. 사랑에만 매몰되어 생활이 엉망이 되는 경우도 있고, 현실에서 불가능한 사랑을 초월적 세계에서 잠시 이루나 결국 운명적인 이별을 당하기도 한다. 님과 헤어진 마음은 어찌 그리도 처절하고, 그리워하는 마음은 또 얼마나 절절한지 모른다. 사랑의 시름은 우리의 가슴을 뛰게 하고 서늘하게도 하는 인생의 영원한 주제일 것이다.

인간은 사회를 이루고 국가의 테두리 안에서 살아간다. 사적인 근심 걱정도 많으나 사회가 처한 상황과 진로의 영향으로 한시름을 얻는다. 사회의 구성원인 개인은 그가 속한 공동체의 운명에 관심을 갖고 그것이 잘못되는 것에 대해 많이 걱정한다. 조선 시대의 임진왜란과 병자호란은 이 같은 근심 걱정을 한아름 안겨 준 일대 사건이다. 더 올라가 신라 시대에 화랑도의 부침은 한 시인의 삶에 큰 영향을 끼쳤다. 첩의 자식으로 태어난 홍길동은 사회 체제의 속박에 마음 깊이 원한을 품었고, 원대한 포부를 지닌 임제(林悌)는 역사 속의 인물과 사건에서 천도의 실현이 요원함을 한탄하였다.

시름의 표현 자체가 시름에서 벗어날 힘을 주지만, 원론적인 것보다 시름 풀기의 구체적인 내용이 나타난 작품들이 있다. 아이가 병들어 어찌할 수 없을 때 어미니는 영험 있는 신 앞에 나아가 정성을 다해 빌었다. 오랜 옛날부터 사람들은 술을 마셔 시름을 잊고자 하였고, 노래를 불러 마음속 응어리를 쏟아 내었다. 친한 친구와 교유하며 꽃피고 술 익는 계절을 함께 누리기도 하였다. 여성은 더욱 열악한 처지라서 한평생 시름 속에 살았으나 가끔은 이웃과 어울려 화전놀이를 하면서 신세한탄을 하기도 하고, 여성이 영웅이 되어 활약하는 소설을 읽으며 대리 만족을 얻기도 하였다. 우울증에 걸린 청년 박지원(朴趾源)에게 민씨 노인은 우스운 이야기를 하여 마음을 풀어 주었고, 거듭 낙방하여 침체된 유만주(兪晚柱)는 독서와 상상을 통해 시름을 풀고자 하였다.

이러한 체제와 내용의 이 책이 녹자로 하여금 고전 문학을 좀 더 다양하고 친근하게 접하는 데 약간이라도 도움이 되기를 바란다. 고전 문학이 책장에 꽂혀 있는 낡은 문헌이거나 밑줄 그으며 암기한 교과서 속 작품이기보다 우리의 생각, 느낌과 소통하고 삶의 문제에 참고할 만한 살아 있는 말과 글임을 알아주었으면 좋겠다.

II.
일상의 근심 걱정

정읍사

前腔	들하 노피곰 도두샤
	어긔야 머리곰 비취오시라
	긔야 어강됴리
小葉	아으 다롱디리
後腔	全 져재 너러신고요
	어긔야 즌 디를 드디욜셰라
	어긔야 어강됴리
過篇	어느이 다 노코시라
金善調	어긔야 내 가논 디 졈그를셰라
	어긔야 어강됴리
小葉	아으 다롱디리[1]

정읍

　정읍은 전주의 속현이다. 현 사람이 행상을 하였는데 오랫동안 돌아오지 않았다. 그 아내가 산에 올라 바위 위에서 멀리 바라보았다. 남편이 밤길을 다니다가 해를 입지나 않을까 염려하여 진창에 빠져 더럽혀지는 것에 부쳐서 노래를 불렀다. 세상에 전하기를 고개에 올라 남편을 바라본 바위가 있다고 한다.[2]

---

1) 『악학궤범』, 국립국악원, 2011, 235-236면.
2) 『고려사』 71, 「지」 25, 삼국 속악, 백제, 정읍.

<정읍사(井邑詞)> 창작의 시간적 배경은 오후에서 달이 뜬 무렵까지로 추정된다. 행상을 나가 오랫동안 집에 돌아오지 않는 남편의 안위를 걱정하며 아내가 산에 올라 바위 위에서 멀리 바라보는 행동을 한 것이므로, 멀리 바라보는 시간대는 무엇인가가 보이는 낮이어야 한다. 그런데 노랫말에는 달이 떠오른 시간에 화자가 달에게 말을 건네는 상황이 나타나 있다. 『고려사』 「악지」의 배경 기사와 『악학궤범』의 노랫말을 아울러 살펴보면, 아내가 산에 올라 멀리 바라보다가 해가 저물고 달이 막 뜬 시점에서 발화되었음을 알 수 있다.

　그렇기 때문에 화자는 달을 부르며 '높이높이 돋으시어'라고 한 것이다. 달이 동쪽 산등성이에서 막 떠오른 시점이기에 그 달이 하늘 한복판에 떠 있기를 기원한다. 그러나 아직은 달이 그렇게 높이 떠 있지는 않은 상태이다. 이 '높이높이'라는 말은 이어지는 '멀리멀리'를 불러오는 역할을 한다. 달이 높이 떠서 멀리 비추는 것이 논리적으로나 시상의 전개로나 적절하기 때문이다.

　'멀리멀리 비추시라'고 했을 때의 그 먼 거리감은 화자와 시적 대상 사이의 거리를 말해 준다. 화자는 멀리 떨어져 있는 대상에게도 달이 환하게 비추기를 기원하는 것이다. 실제로 화자인 아내는 정읍에 있고 대상인 남편은 '즌 ᄃᆞ재', 즉 전주 시장을 다니고 있으리라 추측되었다. 정읍과 전주 사이의 거리가 시적으로 '멀리멀리'라는 표현에 해당한다. 지역적으로는 그렇게 멀리 떨어진 곳이 아니라고 할 수도 있으나, 산에 올라 겹겹이 싸인 산등성이를 바라보는 시점에서는 아득히 먼 곳일 수밖에 없다. 더욱이 오랫동안 집에 돌아오지 않고 있는 남편이기에 그 먼 거리감은 더할 것이다.

　그런 다음에 작품의 주제를 드러내는 부분이 나온다. 달보고 멀리 비추라고 기원한 이유가 전주의 저자 거리를 다닐 것으로 여겨지는 남편이 '진 데를 디딜'까 염려되기 때문이다. 작품은 '-고(/오)시라'와 '-ㄹ세라'의 연결이 두 번 나타난 형태를 취하고 있다. 후렴구를 제외하고 전체 6행의 형식으로 볼 때, 제1·2행 끝의 '비취오시라'에 제3·4행 끝의 '드듸욜셰라'가 연결되어 의미 단락을 형성하고, 제5행 끝의 '노코시라'에 제6행 끝의 '졈그를셰라'가 연결되어 또 하나의 의미 단락을 이룬다. 윗사람에게 가볍게 명령하는 어투의 '-하시라'고 말한 다음에, '뒤 절 일의 이유나 근거로 혹시 그러할까 염려하는 뜻을 나타내는 연결 어미.' 또는 '해라할 자리에 쓰여, 혹시 그러할까 염려하는 뜻을 나타내는 종결 어미.'[3]에 해당하는 '-ㄹ세라'를 사용하여 그렇게 말한 이유를 제시한 것이다. 앞의 2행+2행에서 짝으로 쓰인 두 가지 어미가 뒤의 1행+1행에서도 반복된 형태이다.

'진 데를 디디다'라는 말은, 배경 기사의 설명에 따르면 밤길을 다니다가 해를 입는 것을 의미한다. 그것이 염려되기 때문에 화자는 달에게 높이 떠서 멀리까지 비추어 달라고 기원한 것이다. '진 데'는 진창으로서 빛이 들지 않는 응달에 고인 물이 마르지 않은 상태에서 질척이는 곳이다. 그러한 그늘진 곳, 빛이 비추지 않는 곳을 피해서 달빛 밝은 길로 다니기를 염원하고 있다.

전 6행 중 제5행 '어느이 다 노코시라'가 해석이 어려운 부분이라서 논란이 이어졌나. 위에서 말한 섯처럼 두 가지 어미의 연결이 반복되는 형태에 주목하면, 제5행과 제6행은 제1·2행과 제3·4행의 발화 구성과 유사하다고 볼 수 있다. 그렇다면 제5행이 달에게 요청하는 말이고 제6행은 왜 그러는지 이유를 대는 말이 된다. 제5행의 '어느이'는 '어느+

---

3) 『표준국어대사전』 '-ㄹ세라' 항목 참조.

이'로서 '-이'는 현대어의 명사화 접미사 '-이'나 사람을 뜻하는 의존명사 '이'로 쓰이는 형태소의 중세어형으로 볼 수 있다. 이에 제5행은 '어느 것(사람/곳)[이나] 다 [빛을] 놓으시라'로 풀이한다. 이어지는 '놓다'의 목적어를 대개 행상인의 짐 혹은 신발로 풀이했으나, 제2행에서 '비추다'의 목적어가 생략된 것처럼 여기서도 '빛' 정도의 말이 생략된 것으로 보인다.[4] '빛을 놓는다'는 말은 방광(放光), 사광(射光)이라는 뜻과 함께 사람이 가는 길에 빛을 깔아 놓는다, 펼쳐 놓는다는 의미도 지녔다고 생각된다. 남편이 있는 먼 곳을 비춰 달라고 기원하고 나서, 어느 것/사람/곳에나 비추어 내가 있는 이곳에도 빛이 들기를 염원한 것이다.

제6행의 '내 가는 데 저물세라'는 제5행의 요청에 대한 이유를 말한 구절이다. 멀리 남편이 있는 전주뿐 아니라 어디에나 비추어서 내가 있는 이곳 정읍에도 빛을 놓으시도록 요청한 것은, 내가 이제 산을 내려가 집으로 돌아가는 길에 날이 저물어진 것이 걱정되기 때문이다. 이렇게 보면 전 6행 중 앞의 4행은 남편을 위해, 뒤의 2행은 화자 자신을 위해 달에게 기원하는 말로 구성되어 있다.

이러한 제5·6행은 복합적인 의미를 지닌다. 행상 나간 남편을 그리워하고 염려한 화자는 산에 올라 바위 위에서 달이 떠오를 때까지 멀리 바라보다가 이제 집으로 돌아가야 한다고 생각되자 그만 날이 저물어 어두워졌다. 한나절 내내 산에 올라 남편의 안위를 걱정한 마음이 이 문맥 속에 깃들어 있다. 한편, 오랫동안 남편이 돌아오지 않는 상황에서 혼자 집을 지키며 생활을 해 나가야 하는 화자의 처지가 위태로울 수 있음을 뜻한다. 집으로 돌아가는 길이 날이 저물어 어두울진대, 그로부터 유추하여 혼자 집에서 견뎌야 하는 삶이 그만큼 외롭고 힘들 것

---

4) 조용호, 「정읍사의 발화 맥락과 화자의 기원에 대하여」, 『한국시가연구』 53, 한국시가학회, 2021, 107-109면.

임을 짐작할 만하다. 자녀를 두었는지의 여부는 알 수 없으나 남편을 멀리 두고 홀로 가정사를 감당해야 하는 데는 여러 고충이 따랐을 것이다. 이런 형편에서 집으로 돌아가는 길은 더욱 어둡게 느껴질 수밖에 없다. 이처럼 제5·6행은 화자가 노래를 부르는 현 상황에 대한 것뿐 아니라 남편 부재 시 아내가 겪는 생활고까지도 의미하고 있다.

작품의 화자인 아내와 시적 대상인 남편 사이에 의심이나 불신이 끼어든 것 같지는 않다. 배경 기사에서 '행상을 하는(爲行商)' 남편이라고 했는데, 이는 곳곳을 다니며 물건을 파는 행위에 초점을 둔 것이지 노름판을 기웃거리거나 유흥가에서 흥청대는 모습을 시사하는 표현은 아니다. 남편이 밤길을 다니다가 해를 입지 않을까 걱정하는 모습을 보면, 아내도 남편의 발길이 유흥가로 향할 것이라는 의심을 내비치고 있지 않다. 두 사람 사이는 생계를 위한 남편의 노력과 그를 응원하고 걱정하며 몸성히 돌아오기를 기원하는 아내의 마음이 있을 따름이다. 그래서 화자가 호소하는 대상인 달이 높이 떠서 멀리 비추는 시원한 심상으로 그려진 것이다. 화자는 밤길을 훤히 비추는 달에게 남편의 안전을 지켜 주기를 기원하고, 또 집으로 돌아가는 자신의 발걸음도 보살펴 달라고 청하였다. 환한 달빛이 작품 전체를 포근히 감싸고 있는 심상에서 부부 관계의 건실함을 추정할 수 있다.

<정읍사>는 백제 시대 행상으로 생계를 꾸려 가는 정읍 지역 어느 부부의 이야기를 배경으로 하고 있다. 객지에서 행상하는 남편과 그의 신상을 걱정하는 아내의 마음이 어우러져 부부 사이 사랑과 염려의 정서가 환한 달빛을 통해 전해져 온다.

사모곡

<table>
<tr><td>호민도 눌히언 마루는</td><td>호민도 눌히어신 마루는</td></tr>
<tr><td>낟구티 들리도 업스니이다</td><td>낟구티 들리도 어쓰새라</td></tr>
<tr><td>아바님도 어이어신 마루는</td><td>아바님도 어시어신 마루는</td></tr>
<tr><td>위 덩더둥셩</td><td>위 덩더둥셩</td></tr>
<tr><td>어마님구티 괴시리 업세라</td><td>어마님구티 괴시리 어뻬라</td></tr>
<tr><td>아소 님하</td><td>아소 님하</td></tr>
<tr><td>어마님구티 괴시리 업세라5)</td><td>어마님구티 괴시리 어뻬라6)</td></tr>
</table>

목주—지금의 청주 속현—

목주는 효성스런 딸이 지은 것이다. 딸이 아버지와 의붓어머니를 섬겨 효성스럽다고 알려졌다. 아버지가 의붓어머니의 헐뜯는 말에 미혹하여 내쫓았으나 딸은 차마 나갈 수 없어 머물러 부모를 모셨다. 더욱 부지런히 하여 게으름 피우지 않았으나 부모의 노여움이 심해져 또 내쫓았다. 딸은 어쩔 수 없이 하직하고 떠났다. 어느 산속에 이르러 보니 석굴에 할머니가 있어서 드디어 자기의 사정을 말하고 얹혀살기를 청하였다. 할머니는 그녀의 곤궁함을 애처롭게 여겨 허락하였다. 딸이 부모를 모시던 것처럼 섬기니 할머니도 그녀를 사랑하여 자기 아들에게 시집오게 하였다. 부부는 마음을 합하여 근면

---

5) 『악장가사』, 대제각, 1988, 45면.
6) 『시용향악보』, 대제각, 1988, 538-542면.

하고 절약하여 재산을 모았다. 딸의 부모가 매우 가난하다는 말을 듣고 자기 집으로 맞이하였다. 잘 갖추어 극진히 봉양하였건만 부모는 여전히 기뻐하지 않았다. 효성스런 딸은 이 노래를 지어 자신의 처지를 원망하였다.[7]

<사모곡(思母曲)>은 고려 가요의 한 작품으로서 창작 배경상 『고려사』 「악지」 '삼국 속악'의 '신라'조에 기록된 <목주(木州)>와 관련된다. 신라 시대의 속악이라면 향가일 텐데 <사모곡>의 형식이 후렴과 반복 구를 빼면 3음보 4행이라서 향가의 하위 갈래 중 4행 향가와 같은 형태를 보여 준다. 후렴과 반복 구가 고려 시대에 와서 가창의 필요에 따라 붙은 것으로 본다면 <사모곡>은 신라 시대 4행 향가로 지어진 작품이 전승되다가 고려 궁중에서 속악으로 불리면서 형태가 바뀐 것이라 할 수 있다. 신라 향가가 고려 시대에도 향유되는 중에 후렴과 반복 구가 붙었다고 보는 것이다. 물론 이는 <사모곡>과 <목주>가 동일 작품임을 전제로 할 때 성립하는 견해이다. 하지만 <목주>와 관련 짓지 않더라도 <사모곡>이 4행 향가의 잔존 형태인 것은 부정하기 어렵다. 여기서는 <사모곡>이 신라 향가 <목주>의 고려 가요로의 변형이라고 보는 관점에서 작품을 해석하고자 한다.

<목주>의 배경 기사를 <사모곡>과 연관 지어 살필 때 먼저 눈에 띄는 것이 딸이 작품을 창작한 동기이다. 부모를 지극 정성으로 섬겼으나 오히려 쫓겨나고 그래도 다시 모셔다가 봉양했으나 부모가 기뻐하지 않아서 지었다는 것이다. 이러한 상황에서 노랫말에 담길 내용은 화자의 시름이 될 수밖에 없고, 부모에 대한 섭섭함과 더불어 자기 처지에 대한 원망은 화자의 시름을 더욱 깊게 만들었을 것이다. 이렇듯 시

---

7) 『고려사』71, 「지」25, 삼국 속악, 신라, 목주.

름이 부모에게서 연유했다는 점이 작품 이해의 기본이 된다.

　배경 기사에는 부모에 대한 세 가지 서술이 명시적 혹은 암시적으로 나와 있다. 딸이 아버지와 의붓어머니를 섬겼다고 했으니 이 두 사람이 노랫말에 나온 부모의 첫 번째 지시 대상이다. 그런데 부모는 애초에 아버지와 친어머니를 전제하는 것이기에 이 두 사람이 부모의 두 번째 지시 대상이 된다. 그리고 산속에서 만난 할머니를 부모처럼 섬겼고 후에 시어머니가 되었으니 이 사람이 부모의 세 번째 지시 대상이다. 이를 부와 모로 나누면 아버지는 친어머니가 생존해 있을 때의 그와 의붓어머니와 재혼해 살 때의 그로 구분되고, 어머니는 친어머니, 의붓어머니, 시어머니(할머니)의 세 사람을 포함하는 말이 된다.

　작품에 나오는 '아바님, 어마님'은 이러한 복수의 인물을 칭하는 말로 보인다. '아버님도 부모이시지마는 / 어머님같이 사랑하실 이 없어라'고 했을 때의 '이'(사람, 분)가 적어도 두 경우의 아버님을 포함하고 있다. 친어머니와 살 때와 의붓어머니와 살 때의 아버지에게서 어머니 같은 자식 사랑을 느끼지 못했다는 말이다. 어머님 역시 복수의 인물을 상정하고 있다. 배경 기사에서 의붓어머니는 딸을 모함하여 못살게 구는 인물이므로 아버지와 동질적인 부류로 묶이는 반면, 그 기사에 전제된 친어머니와 산속에서 만난 할머니, 즉 나중의 시어머니가 어머님의 지시 대상이라 할 수 있다. 화자는 친어머니의 사랑과 자신을 거두어 준 시어머니의 사랑을 아울러 기리고자 한 것 같다. 그리하여 작품의 내용을 풀어 써 보면, 친어머니와 살던 아버지, 의붓어머니와 사는 아버지를 겪어 보았으나 돌아가신 친어머니, 그리고 지금의 시어머니가 주신 사랑 같지는 않더라는 말이 된다.

　다음으로, 배경 기사에서 주목되는 것은 딸이 할머니의 아들과 혼인

한 다음 '부부는 마음을 합하여 근면하고 절약하여 재산을 모았다.'는 진술이다. 문맥상 거부(巨富)가 된 것 같지는 않고 자영농으로서 어느 정도 넉넉한 생활을 하게 된 정도인 듯하다. 부모를 모셔 와 살면서 의식주를 잘 갖추어 극진히 봉양했다는 것도 풍성하게 했다는 것이 아니라 부모의 요구에 맞추어 구비하여 대접했다는 뜻이다. 부부의 근면하고 절약하는 생활 자세는 부모를 모셔 와서도 지속되었을 것이다. 그러한 자세를 견지하며 노래를 지었을 것이니 생활 노동의 도구인 호미와 낫을 비유로 택한 것은 자연스러운 일이라 하겠다.

이처럼 호미와 낫의 비유는 화자의 생활에서 우러나온 것이다. 근면 절약하면서도 효도를 다하는 딸로서는 부모에게서 느끼는 섭섭하고 답답함, 즉 마음의 시름을 털어 버리려고 노래를 지어 불렀다. 노랫말을 구상하면서 현재의 생활 속에서 비유를 가져왔다. 산속에서 만난 부부이기에 아마도 화전을 개척하며 어렵게 농토를 확보했을 텐데 그때 여성 노동의 주요 도구가 땅을 파거나 잡초를 뜯는 호미와 키 큰 잡초나 곡식을 베는 낫이었을 것이다. 노동하는 생활 중에 가족 관계의 문제를 겪으면서 우선 떠올린 것이 이 도구들이다. 그리하여 부모의 사랑을 호미와 낫에 비유한 것은 배경 기사의 내용과 잘 어울릴뿐더러 현실주의적 미의식을 바탕으로 생활 밀착형 노랫말이 이루어지는 데 중심 역할을 하고 있다.

이러한 배경 기사와의 연관성을 고려하면서 작품을 살펴보기로 한다. 화자는 자신이 매일 노동하는 생활의 현장에서 농사 도구인 호미와 낫을 비유로 가져온다. '호미도 날이지마는 / 낫같이 들 것도 없어라'고 한다. 호미도 날을 가진 연장이지만 호미들 중에서 낫같이 드는 날을 가진 호미는 없다. 화자는 이 비유를 가족 관계에 적용한다. '아버님도 부모이시지마는 / 어머님같이 사랑하실 이 없어라'고 한다. 친어머니가 있을 때의 아버지도 겪어 보고 의붓어머니와 살고 있는 아버지도 겪어 보았으나 돌아가신 어머니, 그리고 지금의 시어머니같이 사랑해 주는 이는 없다는 것이다.

작품에서 사랑을 날로 비유함으로써 사랑의 성격이 날이 잘 들고 안 드는 것, '원료가 잘 먹히고'[8] 안 먹히는 것으로 그려졌다. 땅을 파고 잡초를 캐내는 일, 높이 자란 풀이나 곡식을 베는 일에 호미와 낫은 각각의 역할을 하지만, 날의 길이나 모양으로 보아 호미가 낫만큼 잘 들 수는 없다. 사랑의 깊이를 날의 날카로운 정도로 비유한 것은 특이한 상상력이다. 흔히 날이 잘 들면 상처를 내기 쉬운 만큼 위험한 것으로 여겨지는데, 여기서는 오히려 그렇게 잘 드는 날이 어머니 같은 사랑이라고 주장한다.

이는 두 가지 의미를 지닌 것으로 보인다. 하나는 사랑의 효용성에 관한 것이고, 다른 하나는 사랑의 예민성에 관한 것이다. 날이 잘 들어 생활에 유용한 것처럼 사랑도 유용해야 한다는 점, 날이 잘 들어 사물을 베는 것처럼 사랑도 그 대상에게 예민해야 한다는 점을 함축한 비유로 생각된다. 물론 단순히 생활 도구를 비유로 가져와 사랑을 소박하게 표현한 것이라고 이해해도 무방하다. 그렇지만 부모의 사랑을 다루면서 '사랑의 날'이라는 표현을 썼다는 것은 두고두고 음미해 보아야 할 문학적 상상력이다.

이 비유는 화자의 시름이 깊은 만큼 처절한 느낌으로 다가온다. 섭섭하고 답답하고 서러운 심정을 노래로 풀어 버리려 하나, 부모의 사랑을 생각할 때 날을 가진 도구를 먼저 떠올릴 만큼 생활인으로서 돈독한 자

---

8)『표준국어대사전』'들다' 항목 참조.

세를 지녔다. 아버지가 원망스러운 한편 자신의 처지가 한스럽고 돌아가신 친어머니를 그리워하는 것도 한계가 있고 지금 받고 있는 시어머니의 사랑이 무척 고맙긴 하다. 그러나 태어나서 지금까지 살아오면서 화자는 여전히 사랑에 굶주려 있다. 이러한 화자의 시름이 생활에서 비유를 얻고 부모의 사랑에 대한 생각이 얹어져 노래로 풀려 나왔다. 그리하여 <사모곡>은 부모 자식 관계에서 사랑의 문제, 사랑의 '날'에 대해 곰곰이 생각하게 만들고 이로써 화자의 깊은 시름에 공감하도록 이끈다.

청산별곡

　　<청산별곡(靑山別曲)>은 현전 고려 가요의 대표작 중 하나로 평가
받는 작품이다. 전 8연 가운데 제3, 7, 8연의 해독에서 논란이 이어져
작품의 내용을 파악하는 데 어려움이 있다. 그런 중에도 산으로 갈걸
그랬나, 바다로 갈걸 그랬나(제1·6연)라 하고, 이렇게 저렇게 지내왔다
(제3연)고 하며, 어디를 가다가 겪은 경험이 나타나 있어(제7·8연) 떠돌
아다니는 화자의 신세를 그린 점은 문면에 드러난다. 유랑 생활의 경험
과 정서가 주된 내용을 이루는 것이다. 뒤에서 보듯이, 시적 화자는 노
래와 악기 연주로 생계를 잇는 사람으로 여겨지므로 이 작품은 유랑 가
인의 노래라 할 수 있다.

　　제2연에서 '너보다 시름 많은 나'라고 한 것처럼 화자는 시름이 많은
사람이다. 이 점에 유의하면 각 연의 내용과 정서에 시름이 깔려 있음
을 살필 수 있다. 이에 난해 구를 다시 해석하면서 시름의 정서를 중심
으로 작품을 감상해 보기로 한다. '얄리 얄리 얄라(랑)셩 얄라리 얄라'의
후렴구는 생략하고 원문과 현대어 해석을 제시한다.

　　　　살어리 살어리랏다　　　　　살으리(살겠다) 살으리 했더구나.
　　　　청산靑山애 살어리랏다　　　청산에 살으리 했더구나.

| 멀위랑 ᄃ래랑 먹고 | 머루랑 다래랑 먹고 |
| 청산靑山애 살어리랏다9) | 청산에 살으리 했더구나. |

제1연 첫 행의 어미 '-리랏다'가 '-겠더구나'의 뜻이므로10) 원문의 음운과 음보를 고려하여 위와 같이 풀이하였다. 떠돌이인 화자는 청산에 가서 머루랑 다래랑 따 먹으며 살면 어떨까 생각했었다. 이러한 자연 속의 삶은 고달픈 떠돌이 생활에서 벗어나고 싶어 생각해 본 것이다. 청산에서 살면 삶의 고통이 사라지고 마음의 시름이 풀어지리라고 확신한 것은 아니고 현재의 생활 방식을 바꾸고 싶다는 소극적인 뜻을 나타내었다. '청산'에 지나치게 이상적, 상징적 의미를 부여하지 않아도 될 듯싶다.

머루, 다래를 따 먹고 사는 것은 자연이 주는 먹거리에 의존하는 삶이다. 이러한 자연적 삶은 그와 대비되는 인공적 삶을 전제한다. 후자는 도회나 농촌에서 사람들 속에 섞여 들어가 무엇인가를 인위로 하며 사는 것이다. 여기저기 떠돌며 사람이 모인 곳에서 노래하고 연주하여 생계를 꾸려 가는 화자의 삶이 그러하다. 이러한 생활에서 벗어나 청산으로 표상되는 자연 속에서의 삶을 동경하였다.

우러라 우러라 새여	울어라 울어라 새여,
자고 니러 우러라 새여	자고 일어나 울어라 새여.
널라와 시름 한 나도	너보다 시름 많은 나도
자고 니러 우니로라	자고 일어나 우니노라.

| 가던 새 가던 새 본다 | 가던 새 가던 새 보았느냐? |

---

9) 『악장가사』(김명준, 『악장가사 주해』, 다운샘, 2004, 부록, 18-20면)
10) 『표준국어대사전』, 「우리말샘」, '-리랏다' 항목 참조.

믈아래 가던 새 본다	물아래[로] 가던 새 보았느냐?
잉 무든 장글란 가지고	이끼 묻은 연장(날개)을랑 가지고
믈아래 가던 새 본다	물아래[로] 가던 새 보았느냐?

제3연 '장글란'의 '장기/잠기'는 연장, 무기의 뜻인데, 이는 접두어 '장/잠-'이 수컷의 의미를 지닌 것과 관련된다. '장-'은 '장닭, 장끼'처럼 수컷의 새에 붙을뿐더러 '장털(수탉의 꼬리털), 장목(꿩의 꽁지깃), 장깃/칼깃(새의 날갯죽지를 이루는 뻣뻣하고 긴 깃)' 등 새의 깃털을 지시하는 말과도 결합한다. 이로써 '장기'는 수컷 새 또는 깃털과 관계있는 연장, 도구로 이해된다. 새의 연장인 부리, 발톱, 날개 중에서 깃털이 있는 것은 날개이니 '장기'는 연장에다가 날개 또는 날갯죽지의 의미가 더해진 말로 볼 수 있다.

제2·3연은 의미상 짝을 이루어 '우니다'와 '가다'로 연결된다. 청산으로나 가 볼까 생각한 화자는 그리로 향하다가, 제2연처럼 새 혹은 새 떼가 우는 소리를 들었다. 날은 어두워져 잠들 시간인데도 한참 동안 울고 있는 새가 애처로워 말을 건넨다. 이제 그만 울어라, 시름 많은 나도 잠은 자고 '울며 다니노라'라고. 마음속 시름을 울음소리로 표출한다고 여겨 공감과 위로의 말을 전한 것이다.

'우니다'는 '울며 다니다'의 의미로 유랑의 주제를 나타내는 말이다. 그런데 뒤 연들에 나오는 '돌, 해금, 조롱박'을 악기로 본다면, 악기 반주로 노래한다는 뜻에서 '노래하며 다니다'로도 볼 수 있다. 화자는 혼자 또는 단출한 가족이나 동료와 함께 떠돌며 악기 연주와 노래로 살아가는 사람이다. 시름이 많다는 정서적인 면뿐 아니라 울고 다니는 생태면에서도 새와 자신이 비슷하기에 새에게 감정 이입을 하여 말한 것이다. 이러한 맥락에서 '울다'와 '우니다'는 중의적 표현이라 할 수 있다.

제3연에서 화자가 자고 일어났더니 새가 날아가 버렸다. 아마도 제2
연에서 말을 건넨 그 새가 밤 동안 화자가 머무는 근처에서 잤을 텐데,
아침에 일어나니 보이지 않는다. 화자나 새나 잠자리가 그늘진 곳이라
서 새는 날갯죽지에 이끼가 묻은 채로 먹이를 찾아 물아래, 즉 하류 지
역으로 날아갔다. 지난밤 그 새를 벗 삼아 외로운 마음을 달랬는데 지
금은 떠나 버리고 없으니 새삼스레 허전하다. 이러한 마음을 품고 눈에
보이는 동식물(혼자인 경우), 아니면 가족이나 동료에게 새를 보았느냐
고 묻고 있다.

'날개'라고 바로 말하지 않고 '장기'(연장)라는 은유를 쓴 뜻도 짐작해
볼 수 있다. 화자는 연장을 가지고 유랑 생활을 하는 사람이다. 연주에
필요한 몇 가지 악기와 생활을 위한 도구를 지니고 다닌다. 그래서 새
의 날개 또는 날갯죽지를 연장이라고 표현하여 화자와의 동질성을 드
러내고자 한 것이다.

이링공 뎌링공 ᄒᆞ야	이렇게 저렇게 하여
나즈란 디내와손뎌	낮을랑 지내왔지마는
오리도 가리도 업슨	올 이도 갈 이도 없는
바므란 또 엇디호리라	밤을랑 또 어찌하리라[냐]?
어듸라 더디던 돌코	어디라 던지던 돌인고?
누리라 마치던 돌코	누구라 맞히던 돌인고?
믜리도 괴리도 업시	미워할 이도 사랑할 이도 없이
마자셔 우니노라	맞아서 우니노라.

제4·5연도 의미상 서로 관련된다. 제4연에서 이렇게 저렇게 떠도는
화자의 모습이 그려져 있다. 유랑 생활은 낮 동안은 그럭저럭 견딜 만

하다. 길을 가다 지나치는 행인, 들에서 일하는 농부, 객점에서 만나는 손님 등 이런 저런 사람과 잠시나마 눈인사도 하고 말도 주고받을 수 있다. 그렇게 낮 시간을 보내다가 오가는 사람의 자취가 끊긴 밤이 오면 외로움이 엄습한다.

이러한 상황과 정서를 이은 것이 제5연이다. 밤에 잠잘 곳을 얻는 것은 유랑자로서는 거를 수 없는 일이다. 사람들 눈총 때문에 웬만한 민가에 묵기 어려워 마을에서 떨어진 폐가나 허름한 창고 같은 곳에 숙소를 정한다. 그런데 어떻게 알았는지 낯선 이를 경계한 동네 사람이 근처로 다가와 돌팔매질을 해 댄다. 그들과 화자는 아무런 애증의 관계가 없는데도 단지 떠돌이라는 이유만으로 내쫓으려 한다. 돌팔매에 자신의 몸 어디라도 맞거나 가족·동료 중 누군가가 맞으면 아픔과 서러움이 뼈저리게 느껴진다.

돌에 맞은 경험이 제3·4행에 나왔다면 제1·2행을 돌팔매질로만 보아서는 문맥이 어색해진다. 화자를 겨냥해 돌을 던졌을 텐데 '어디라 던지던, 누구라 맞히던' 식의 부정칭 표현을 쓸 이유가 없다. 그래서 석전(石戰) 같은 상황을 상정하여 해석하기도 하였다. 여기서는 '돌'을 절, 무속, 민간에서 쓰는 '경쇠(磬-)' 악기로 보아 문맥을 연결하고자 한다. <정석가>의 '딩아 돌하'로도 지칭된 주발 모양의 악기 경쇠는 휴대하기에 알맞다. 화자가 악기로 사용한 돌, 즉 경쇠는 '어디라 던지던, 누구라 맞히던' '돌(石)'이 아니라 공연을 위한 '돌(磬)'이었다. 돌팔매의 돌을 악기 이름의 돌로 대체하여 '내가 언제 돌을 가지고 어디에 대고, 누구를 향해 던진 적이 있는가, 그저 돌을 연주의 도구로 썼을 뿐인데'라는 뜻으로 제1·2행을 발화한 것이다. 이것이 제3·4행 '미워할 이도 사랑할 이도 없이 / 돌에 맞아서 울고 다니노라'로 연결된다.

이러한 맥락에서 제4·5연에 나온 '올 이 갈 이', '미워할 이 사랑할 이'를 좀 더 생각해 볼 만하다. 공연을 해서 생계를 이으려면 청중이 매우 중요하다. 오고 가는 이란 행인을 말하는데 공연은 대개 행인이 많은 장터 같은 곳에서 이루어진다. 또한, 청중은 공연에 대해 미워하기도 사랑하기도 하는 반응을 보인다. 행인들과 반응자들은 화자의 생계유지에 필수적이다. 이에 화자는 의존명사 '이'를 네 번이나 써서 연행 현장의 청중을 작품에 반영한 것으로 보인다. 제8연에 사용된 존대법도 이와 같은 맥락에 있다.

살어리 살어리랏다	살으리(살겠다) 살으리 했더구나.
바르래 살어리랏다	바다에 살으리 했더구나.
느ᄆ자기 구조개랑 먹고	나문재, 굴조개랑 먹고
바르래 살어리랏다	바다에 살으리 했더구나.

돌팔매질에 임시 숙소에서 쫓겨난 제5연의 화자는 제6연에서 가던 길과는 다른 쪽으로 방향을 돌린다. 청산에 살아 볼까 했던 마음을 바꾸어 바다로 가서 살리라 생각한 것이다. 청산과 마찬가지로 바다도 떠돌이 생활에서 벗어나고자 해서 가다가 닿는 장소이다. 바닷가여서 해초인 나문재, 굴조개를 먹으며 사는 것이라 청산에서 머루, 다래를 먹는 것과 별반 다르지 않다. 자연이 내주는 먹거리로 살아가는 삶이다. 바다에 가면 유랑 생활을 그만두고 정착할 수 있을지 어떨지는 알 수 없다. 그래도 그곳의 자연적 삶은 하루하루를 겨우 버티는 인위적 삶, 유랑 가인의 고달픈 삶과 다르긴 할 것이다. 다소간 생활의 여유와 마음의 안식을 얻게 될 것이니 청산이나 바다가 희망의 장소인 것은 사실이다.

가다가 가다가 드로라	가다가 가다가 들어라.
에졍지 가다가 드로라	에[울] 부엌(/부엌 참)[에] 가다가 들어라.
사 스미 짎 대예 올아서	사(寺) 사미[가] 짐 [놓은] 대에 올라서
히금奚琴을 혀거를 드로라	해금을 켜거늘 [그것을] 들어라.

가다니 빅브른 도긔	[어디를] 가더니 배부른 독에
설진 강수를 비조라	[낯]설은 강(羌)술을 빚어라.
조롱 곳 누로기 민와 잡스와니	조롱 [모양] 고리[에] 누룩이 매워 잡사오니
내 엇디ᄒ리잇고	내 어찌하오리까?

제7연의 '졍지'는 '부엌, 정주(鼎廚)'의 방언인 '정지'로 보지만 '에'에 대해서는 논란이 많다. '에우다(다른 음식으로 끼니를 때우다), 에(짬. 틈)'를 검토하면, '에우다'는 '때(끼니)+우+다>때우다'처럼 '에+우+ 다'로 분석되고, '에'와 의미상 연관된 '참(일을 하다가 잠시 쉬는 동안 이나 끼니때가 되었을 때에 먹는 음식. 길을 가다가 잠시 쉬어 묵거나 밥을 먹는 곳.)'의 뜻이 참조가 된다. '바리때, 주발'을 뜻하는 '에우아리' 는 '에+우+ㄹ+바리'로 분석되어 '에'가 들어간 또 다른 단어이다. 이 에 '에졍지'는 '에+졍지'로서 '[한 끼] 에[울] 부엌' 또는 '부엌 참'으로 풀이한다.

'사스미'는 '사슴(鹿)+ㅣ'로 보는 것이 상식이겠으나 '사슴이 장대에 올라서 / 해금을 켜는' 상황은 황당할 수밖에 없다. 이를 '사 스미[주격 조사 생략]'로 분석하여 '사(寺) 사미(沙彌)[가]'로 풀이하면, 앞의 '에 [울] 부엌/부엌 참', '에우아리'와 관련하여 '사'가 유랑민 구호소로서의 절로 이해된다. '짎대'는 '당간(幢竿). 돛대'의 한 단어가 아니라 '짐'과 '대' 사이에 'ㅅ'이 들어간 두 단어로 본다. '짐'은 나그네가 가지고 다니 는 것, '대'는 받침대로서 '대(臺, 坮)'이다.

제8연의 '강술'은 '강벼룩(벼룩의 일종. 즌 벼룩 굴근 벼룩 강벼룩 왜벼룩)'[11]을 참조할 만하다. '강벼룩'의 '강-'은 '왜(倭)-'와 대가 되므로 '강(羌)'이 적합한데 이는 '강술'에도 적용할 수 있다. '강(羌)술'은 술덧을 독에 담아 발효시켜 만드는 발효주가 아니라 술덧을 발효시켜 얻은 밑술을 고아 소줏고리에서 독으로 받아 내는 증류주이다. '설진'은 '설+지다'로서 '(낯)설다', '조롱 곳'은 '조롱(박)' 모양의 '(소줏)고리'로 풀이한다. '곬(한쪽으로 트여 나가는 방향이나 길), 고소리('소줏고리'의 제주 방언)' 등을 참조하면 '곳'은 '곬'의 ㄹ탈락형이자 '고리'의 동의어로 볼 수 있다. 한편, 제8연의 제3·4행에는 '잡스와니~엇디ᄒ 리잇고'로서 객체 존대 '-ᄉ오-', 상대 존대 '-잇-'의 존대법이 쓰였다. 제1~7연은 주로 해라체였는데 여기서 돌연 합쇼체를 써서 누군가에게 자기를 낮추고 상대를 높이고 있음에 유의해야 한다.

제7·8연도 의미상 관련성이 있다. 두 연 모두 '가다가, 가다니'로 시작하여 유랑의 경험을 표현하였다. 바다로 향하다가 절의 부엌 참, 그리고 술 빚는 곳에 간 것이다. 제7연에서 화자는 절의 부엌 참에 가서 구호 음식을 타 먹으려 하였다. 짊어진 짐을 대(臺/坮) 위에 내려놓고 음식을 받으려고 줄 서서 기다린다. 그때 어디선가 해금 소리가 들려와 돌아보니 절의 사미승이 연주하고 있다. 그는 아마도 절을 찾는 사람들이 맡기는 짐을 보관하는 일을 했던 것 같다. 화자가 갖고 다니는 해금이 짐에서 삐죽 나온 섯을 보고 그것을 들고 심 놓은 대 위에 올라앉아 연주한 것이다. 사미승도 집을 떠나온 처지이기에 가족과 고향 생각에 나그네의 시름이 담긴 곡을 켰을 것이다. 화자 자신이 연주한 것과는 다른 감흥이 일어서 음식 타는 것도 잊은 채 곡조를 들으며 상념에 잠긴다.

---

11) 유창돈, 『이조어사전』, 연세대 출판부, 1995, 해당 항목.

또 어딘가를 가던 때에 술 빚는 곳을 지나게 되었다. 절의 부엌 참과 달리 심신을 들뜨게 하는 술을 빚고 있다. 귀족이나 부자가 먹는 강(羌) 술이라 낯설어서 부러운 눈으로 구경한다. 술 향내가 맵기는 하나 화자에게 익숙한 막걸리의 누룩 향과 크게 다르지 않다. 향내는 조롱 모양의 소줏고리에서 나오고 있다. 조롱박은 신라 시대 원효 대사가 <무애가>를 부를 때 악기로 쓰기도 했는데 이 당시까지 전해져 화자도 사용한 적이 있다. 악기도 연상되고 막걸리 향도 생각나서 주인장에게 누룩향이 매워 붙잡으니 제가 어찌해야 합니까? 라고 청해 본다. 조롱박으로 비유한 것을 보면 아마도 악기 연주를 해서 술값을 내겠다는 뜻을 내비친 듯하다. 주인에게 존대하는 말과 술을 청하는 내용의 마지막 연은 연행의 현장으로 연결되었을 터이다. 청중은 노래를 들으며 노랫말에 담긴 떠돌이의 삶에 동정, 탄식하다가 끝에 가서 술타령이 나오자 작품 세계에서 빠져나와 연회 석상의 흥에 젖어 술을 마셨을 것이다.

이와 같이 <청산별곡>은 8연의 구성으로 유랑 가인이 겪은 경험을 다채롭게 표현하였다. 마음속에 한시름 품고 사는 화자는 청산이나 바닷가로 가 살려는 뜻과 함께 떠도는 중에 겪은 일과 애달프고 서러운 정서를 그려 내었다. 유랑 생활에서 먹고사는 문제가 최우선이니 청산과 바다라는 희망의 장소에서도 머루·다래, 나문재·굴조개를 먹는 모습을 그린다. 그늘진 곳에서 밤을 함께 보낸 새에게 감정이입을 하기도 하고 동네 사람의 돌팔매질에 억울한 마음을 토로해 본다. 어떤 때는 구호 음식을 타러 절에 갔다가 아련한 흥취를 얻기도 하고, 낯선 강술의 매운 향에 이끌려 주인장에게 한 잔 청하기도 한다. 생존의 문제도 있지만 유흥의 욕구도 무시할 수 없는 것이다.

이러한 양상에 더하여 관계에 대한 갈망이 계층 의식을 동반하고 나타난다. 제2·3연에서 해라체(~어라, ~로라, ~ㄴ다)로 새와 동식물 또는 가족·동료를 부르고, 제4·5연에서 해라체(~노라)와 하오체(~고)를 섞어 써서 오가는 이, 미워하고 사랑하는 이를 상정하고, 제7·8연에서 해라체(~오라)와 합쇼체(~ᄉ와니, ~리잇고)를 써 사미승의 연주를 듣고 강술을 청한다. 새, 동식물/가족·동료, 일반 사람, 사미승, 주인장 등 화자를 기준으로 낮고 같고 높은 계층에 따라 어조를 바꾸어 가며 표현한 것이다. 새에게 말을 건네고 새가 날아간 것을 아쉬워한다. 낮에는 행인과 짧은 만남을 갖기도 하고, 애증 관계도 없이 돌팔매질을 당해 서러워한다. 사미승의 해금 소리를 듣고 상념에 잠기고, 강술의 향에 이끌려 주인에게 술을 청해 본다. 이처럼 유랑 가인의 생존 노력과 관계에의 갈망이 작품 전반에 걸쳐 드러난다.

<청산별곡>은 시름을 바탕으로 한 유랑 생활의 경험과 정서가 영롱하게 그려져 있다. 전 8연에는 어느 유랑 가인의 떠돌이 인생이 한 편의 서사나 드라마처럼 펼쳐진다. 작품 내용이 연행 현장과 연결되고 창자의 유도에 청중이 호응하는 구성까지 갖추었다. 고도의 창작 능력을 가진 유랑 가인의 시가로서, 매우 수준 높은 문학성을 지닌 작품이라 하겠다.

도산십이곡

    <도산십이곡(陶山十二曲)>은 이황(李滉, 1501-1570)이 지은 12수의 연시조이다. 작자가 12수 중 전6곡을 '언지(言志)', 후6곡을 '언학(言學)'이라고 구분해 놓았다. 그러한 만큼 전·후6곡 사이의 관계를 살펴 12수 전체의 구조와 주제를 이해해 볼 수 있다.

    전6곡과 후6곡의 연결점은 전6곡 제6수의 종장 'ᄒ 믈며 어약연비(魚躍鳶飛) 운영천광(雲影天光)이아 어늬 그지 이슬고'에 있다.12) '어약연비'는 '솔개가 날아 하늘에 닿고 / 물고기는 연못에서 솟구치네. / 화평한 군자가 / 어찌 인재를 진작하지 않으랴.(鳶飛戾天 魚躍于淵 豈弟君子 遐不作人. 『시경』「대아(大雅)」<한록(旱麓)>)'에, '운영천광'은 '작은 네모난 못이 한 거울로 열리니 / 하늘빛 구름 그림자 한데 떠도네. / 저 못은 어찌 그리도 맑은가? / 샘 머리에서 활수가 흘러오기 때문.(半畝方塘一鑑開 天光雲影共徘徊 問渠那得清如許 爲有源頭活水來. 주희(朱熹, 1130-1200), <관서유감(觀書有感)>)'에 전거를 둔 구절이다. 화자의 뜻을 표현한 전6곡의 제6수에서 약동하는 천지 만물과 못에 비친 자연 풍광에 깃든 천리(天理)의 굳건함과 영원성을 경탄한 것이다. 이어지는

---

12) 김준영·최삼룡 공편, 『고전문학집성』, 형설출판사, 1992, 99-101면. 원문의 한자어는 괄호로 묶고 음을 붙여 인용한다.

후6곡의 제1수는 도산 서원 앞에 나란히 선 절벽인 '천운대(天雲臺)'로 시작되는데, '연비려천(鳶飛戾天) 어약우연(魚躍于淵)'에서 '천연(天淵)', '천광운영(天光雲影)'에서 '운영(雲影)'을 취한 천연대와 운영대를 합친 말이다. 전6곡에서 뜻을 드러낸 다음, 작자가 기거하는 곳에서 학문하는 모습으로써 후6곡을 시작하고 있다.

전6곡에서 후6곡으로 넘어가는 지점 외에도 전·후의 의미는 긴밀히 연결되어 있다. 후6곡 제6수의 '우부(愚夫), 성인(聖人), 늙는 주를 몰래라'는 각각 전6곡 제1수의 '초야 우생(草野愚生)', 제2수의 '태평성대(太平聖代), 병(病)으로 늘거 가뇌'와 관련된다. 어리석음, 성스러움, 늙음 등에 대해 전6곡의 제1·2수에서 문제를 제기하고 후6곡의 제6수에서 답을 하였다. 이는 다시 후6곡 제6수에서 전6곡 제1·2수의 문제 제기를 상기하여 의미를 되새기도록 만든다. 그리하여 전·후 6곡이 마치 음양이 맞물려 돌아가는 태극 문양처럼 순환 구조를 이룬다.

이러한 구조 속에 '언지'와 '언학', 뜻과 배움의 주제가 그려졌다. 뜻을 세우고 그것을 이루기 위해 배워 나가는 것이 작품의 주제이다. 그런데 작자의 나이 65세에 지은 것이라서 '십유오이지우학(十有五而志于學.『논어』)'처럼 15세 즈음의 젊을 때 학문에 뜻을 두는 것과는 사뭇 다른 상황이다. 늙음을 의식하며 사는 지긋한 연배의 사람에게 뜻을 세우는 것과 배움을 구하는 것이 어떠해야 하는지를 묻고 있다. 그리하여 뜻을 세워 배우려는 청년을 이끌고 돕는, 후학 양성의 자세가 작품의 바탕을 이룬다.

　　이런들 엇다ᄒᆞ며 뎌런들 엇다ᄒᆞ료
　　초야 우생((草野愚生)이 이러타 엇다ᄒᆞ료
　　ᄒᆞᄆᆞᆯ며 천석고황(泉石膏肓)을 고텨 무슴 ᄒᆞ료

연하(煙霞)로 지불 삼고 풍월(風月)로 버들 사마
태평성대(太平聖代)예 병(病)으로 늘거 가뇌
이 듕에 브라는 이른 허므리나 업고쟈

　전6곡의 제1·2수는 주제와 관련된 문제 제기에 해당한다. 제1수 서두
의 이렇게 산들 어떻고 저렇게 산들 어떠랴는 말에는 이러저러한 삶을
관통하는 이치가 있다는 전제가 깔려 있다. 사람은 천지자연의 이치를
거스를 수 없으므로 이렇게 살아도 저렇게 살아도 천리의 테두리 안에
있을 따름이다. 이러한 인간 존재를 자각한 화자의 삶이 '초야 우생'이
다. 천리를 알기는 하지만 순리대로 사는 것이 어렵기에 '어리석은 선
비'로서 시골의 '초야'에 살기를 택하였다. 조정에서 벼슬살이하는 것보
다 시골살이가 마음에 드는 것은 초야에서 '천석'을 즐길 수 있기 때문
이다. 농사일 틈틈이 산수의 경치를 즐기며 살다 보면 마음속에 사무쳐
마치 나을 수 없는 고질병인 '고황'에 든 것 같다. 자연에 심취하여 병든
것 같더라도 이에서 벗어날 생각은 전혀 없다.
　제2수 초·중장은 제1수 종장의 '천석고황'을 좀 더 구체화하였다. 시
골살이는 '집, 벗, 늙어 감'으로 그려져, 생활의 공간인 집이 있고 이웃
의 벗과 어울리며 늙어 가는 모습이다. 이러한 일상이 '연하, 풍월, 병'
으로 수식되어 천석고황의 시골살이가 된다. 뿌연 안개로 집을 삼고 바
람과 달로 벗을 삼아 천석고황의 병을 앓으며 늙어 간다. 그런데 자연
을 즐기는 것은 지금이 '태평성대'이기에 가능한 일이다. 이로써 자연
의 즐김이라는 제1수의 주제를 넘어서 인간 사회의 문제를 의식하게
된다. 성스러운 임금이 다스리는 태평한 시절을 살므로 천석고황의 병
이 늘 감사하다. 그러니 화자가 바라는 것은 태평 시절의 인간 사회에
허물이 되는 일을 하지 않는 것이다. '허물이나 없고자 바라는 일'은 시

골살이의 일상부터 태평성대에 취할 행동거지까지 삶의 전 영역에 걸쳐 있어 담긴 뜻이 심원하다.

순풍(淳風)이 죽다 ᄒ니 진실(眞實)로 거즈마리
인성(人性)이 어디다 ᄒ니 진실(眞實)로 올흔 마리
천하(天下)애 허다(許多) 영재(英才)를 소겨 말솜홀가

유란(幽蘭)이 재곡(在谷)ᄒ니 자연(自然)이 듣디 됴해
백운(白雲)이 재산(在山)ᄒ니 자연(自然)이 보디 됴해
이 듕에 피미일인(彼美一人)를 더욱 닛디 못ᄒ얘

제3·4수의 초·중장에 쓰인 부사어 '진실로'와 '자연이'는 제1·2수에서 제기되었던 자연 세계와 인간 사회의 주제를 상기해 준다. 제3수는 '거 짓말, 옳은 말, [성현의] 말씀' 등 말이 중심이 되어 사회적 주제를 나타 낸다. 허물이나 없고자 바라는 화자에게 선악 판단의 기준은 성현의 말 씀이다. 요순시대같이 도탑고 수수한 풍속의 '순풍'이 후대 들어 사라 졌다는 말은 진실이 아니다. 화자가 사는 지금이 요순시대에 못지않은 태평성대이거나 혹은 그렇게 될 가능성이 있기 때문이다. 사람의 본성 인 '인성'이 어질다는 것은 진실이고 옳은 말이다. 성현이 그렇다고 분 명하게 말씀하였기 때문이다. 이에 화자는 도타운 풍속에 허물이나 없 도록 성선설의 가르침을 따라 살고자 한다.

제4수는 자연을 즐기는 삶이 '좋다'는 뜻을 밝혔다. 사회적 인간으로서 허물이나 없이 살고자 하는 일은 마음에 부담이 된다. 그에 비해 자연의 무한한 풍광을 누리는 것은 한결 홀가분하고 편안하다. 제1수의 '천석', 제3수의 '연하, 풍월'이 즐길 만한 자연의 소재라면 여기서의 '유란, 백운' 은 사회적 가치가 투영된 자연물에 화자가 교감하는 것이다. 산속 그윽한

곳에 핀 난초의 향기, 들판 너머 산 위에 걸린 흰 구름은 그대로 즐길 만
하면서도 그것에 담긴 지조와 은둔의 의미를 수용하였다. 그렇기에 '유
란, 백운'을 느낄 때면 사회적 의미까지 떠올리고, 그러다 보면 자연스럽
게 유란과 백운같이 '좋은' '저 아름다운 한 사람'을 '더욱 잊지 못한다.'

저 한 사람은 제3수의 '허다'한 사람과 대비되는 임금을 가리킨다. 그
가 아름다운 것은 화자의 삶을 보장해 주는 태평성대를 이룩하였고 앞으
로도 힘쓸 것을 믿기 때문이다. 그는 자연을 통섭하는 천리가 인간 사회
에 구현되도록 할 소명을 받았으므로 화자는 자연을 즐기는 중에도 그를
잊을 수 없다. 자연이 천리에 따라 제대로 움직이듯이 국가가 그의 지도
아래 순리대로 다스려지기를 바란다. '저 아름다운 한 사람'을 잊지 못하
는 화자는 국가와 사회에 대한 근심 걱정을 늘 마음속에 품고 있다.

> 산전(山前)에 유대(有臺)ㅎ고 대하(臺下)애 유수(有水)] 로다
> 떼 만흔 굴며기는 오명가명 ㅎ거든
> 엇다다 교교백구(皎皎白駒)는 머리 므슴 ㅎ는고
>
> 춘풍(春風)에 화만산(花滿山)ㅎ고 추야(秋夜)애 월만대(月滿臺)라
> 사시(四時) 가흥(佳興)] 사롬과 ㅎ가지라
> ㅎ믈며 어약연비(魚躍鳶飛) 운영천광(雲影天光)이아 어늬 그지 이슬고

제5·6수는 화자가 있는 곳에서 마음에 품은 뜻을 표현하여 전6곡 전
체의 주제를 드러내었다. 산과 강이 둘러 있는 절벽의 대(臺) 주변에서
자연을 완상하는 모습을 공간적(제5수), 시간적(제6수) 배경 속에 그려
내었다. 제5수는 산 앞에 대가 있고 대 아래 물이 흐르는 곳에서 무심히
노니는 강가의 갈매기를 보며 현자(賢者)가 타는 흰 망아지의 마음을
헤아린다. 제6수는 온 산에 꽃이 만발한 봄, 밝은 달빛이 가득한 가을의

시간적 흐름 속에 자연에서 감흥을 느끼는 화자가 약동하는 천지 만물과 자연 풍광에 깃든 천리에 대해 경탄한다.

제5수 종장의 '교교백구는 머리 무슴 ᄒᆞᄂᆞᆫ고'는 '깨끗한 흰 망아지 저 빈 골짝에 있어 / 생 꼴 한 뭇 주니 그이는 옥 같도다. / 그대 음성 금옥같이 여기나니 멀리 가려는 마음 두지 마오.(皎皎白駒 在彼空谷 生芻一束 其人如玉 毋金玉爾音 而有遐心.『시경』「소아(小雅)」<백구(白駒)>)'에서 따온 것이다. 현자가 빈 골짜기에 들어가 망아지에게 꼴을 먹이고 옥 같은 인품을 지녔으니, 그를 곁에 두려는 임금이 소식이라도 전하고 멀리 가지 말라고 요청하는 내용이다. 제5수의 화자가 산수로 둘러싸인 대에서 강가의 갈매기 떼가 노니는 광경을 보다가 문득 교교백구의 마음을 떠올렸다. 이 종장은 '어떻다[고] [현자의] 교교백구는 [임금의 뜻은 헤아리지 않고 그 곁을 떠나] 멀리 [자연에] 마음을 두는가?'로서, '어떻다고 현자의 깨끗한 흰 망아지는 멀리 마음 하는가? 내가 지금 즐기는 바와 같은 자연에 이끌려서가 아니겠나. 그렇다고 현자가 임금을 위하는 마음을 그치겠는가?'라는 의미로 이해된다. 자연 속에 묻혀 사는 은자로서도 충성과 근심을 품고 있음을 말한 것이다.

제5·6수에서 '교교백구'가 지향하는 뜻은 전원의 자연 풍광에 있고 '어약연비 운영천광'의 역동적 생명과 자연 현상은 천리에 따른 것이다. 자연에 묻혀 사는 삶이 좋은 것은 천지 만물을 주재하는 천리의 운행과 구현 양상을 자연이 보여 주기 때문이다. 이로써 자연과 생명의 움직임을 보고 즐기는 가운데 천리의 의미와 법칙을 찾고자 하는 뜻을 드러내었다.

이와 같이 전6곡에서 화자는 자연의 운행과 만물의 육성을 주관하는 천리에 대한 확고한 인식과 추구의 뜻을 말하였다. 작품 어디에도 천리, 천도(天道)라는 말이 없으나 제6수에 나온 '어약연비 운영천광'에 그 뜻이 고

스란히 담겨 있다. 이와 함께 천지 만물에 구현되는 천리가 인간 사회에도 이루어지도록 그 실행자인 임금에 대해 늘 염려하는 마음도 표현하였다.

천운대(天雲臺) 도라드러 완락재(玩樂齋) 소쇄(蕭灑)흔 뒤
만권(萬卷) 생애(生涯)로 낙사(樂事) ㅣ 무궁(無窮)ㅎ애라
이 듕에 왕래(往來) 풍류(風流)를 닐어 므슴 홀고

뇌정(雷霆)이 파산(破山)ㅎ야도 농자(聾者)는 몯 듣느니
백일(白日)이 중천(中天)ㅎ야도 고자(瞽者)는 몯 보느니
우리는 이목총명(耳目聰明) 남자(男子)로 농고(聾瞽)ᄀᆞ디 마르리

후6곡의 제1·2수는 전6곡에서 말한 천리의 인식과 추구라는 뜻을 실현하는 방법으로 배움, 즉 학문을 내세웠다. 전6곡의 '언지'가 목표의 수립이라면 후6곡의 '언학'은 방법의 제시라 하겠다. 전6곡 제5·6수에 그려 놓은 화자의 현재 상황을 이어받아 후6곡의 제1수에 천연대, 운영대, 완락재 등 일상의 장소를 배경으로 삼았다. 앞의 두 수에서 공간적, 시간적으로 자연을 즐기는 모습을 그렸다면 여기서는 완락재를 중심에 두고 '만권 생애'의 '무궁 낙사'를 말하고 있다. 그리하여 '왕래 풍류'가 앞에서 표현한 자연 완상의 모습을 압축하는 한편 완락재에서 독서하며 학문을 익히고 인격을 닦는 모습까지 드러낸다. 일상생활에 기초하여 천리의 인식과 실천을 위한 배움에 정진하는 것이다.

제2수는 학문에 입문하는 기본자세를 말한 것으로 전6곡 제1수 '초야 우생'의 어리석음에 대한 인식의 연장선상에 있다. 배우기 위해서는 어리석음을 깨뜨려야 하는데 그것은 마치 귀먹은 이나 눈먼 이 같은 상태에서 벗어나야만 가능하다. 보통의 사람은 귀와 눈이 총명하여 사물과 현상을 보고 들으며 인식을 넓히고 윤리를 행할 수 있다. 그러나 어

리석음에 가려지면 총명을 잃어버리므로 그렇게 되지 않도록 늘 경계하고 염려하는 자세로 학문에 임해야 한다.

> 고인(古人)도 날 몯 보고 나도 고인(古人) 몯 뵈
> 고인(古人)를 몯 봐도 녀던 길 알픠 잇너
> 녀던 길 알픠 잇거든 아니 녀고 엇뎔고
>
> 당시(當時)예 녀던 길홀 몃 히를 브려두고
> 어듸 가 둔니다가 이제사 도라온고
> 이제나 도라오나니 녀듸 무슴 마로리

제3·4수는 배움이 무엇이고 어떤 자세로 해야 하는지를 말하였다. 제3수의 '고인'은 전6곡 제3수에서 인성이 어질다는 진실을 말한 성현을 더 넓은 범주의 말로 바꾸어 칭한 것이다. 예전의 훌륭한 인물이 말하고 행한 자취를 따라가다 보면 배움이 확장되고 충족되어 궁극에 가서는 성인의 경지에 이를 수 있다. 그 길이 지금 화자의 '앞', 즉 눈앞에 놓인 책 속에 있으니 항상 책을 읽고 사색하고 따지고 하면서 배워 나가야 한다. 경전, 역사서, 철학서, 문집 등의 책에는 인간 사회와 자연 세계에 대한 통찰력, 군신 관계나 선악 문제에서의 선택지, 문학과 예술에 대한 감수성 등 세상사 전반에 걸친 저자의 안목과 행적이 나타나 있다. 제1수에서 말한 '만권 생애'의 실세적인 모습이 이렇듯 책 속에 있는 고인의 말과 행적을 좇아가며 끊임없이 공부하는 자세이다.

제4수는 애초 학문에 뜻을 세워 정진하던 청년기와 그 후의 인생 역정을 회상하고 현재의 학문하는 자세에 대해 반성하였다. 대개의 선비가 그러하듯이 작자도 어릴 때 『천자문』, 『소학』 등으로 문자와 기본 윤리를 익히고 『주역』, 『논어』 등 사서삼경을 배워 제 몸을 닦고 임금

을 보필할 방도를 구하는 공부에 정진하였다. 어느 수준이 되어 과거를 보아 벼슬길에 올라 조정에서 활동하였고 그 후 고향으로 돌아와 은거하는 중에 이 시조를 지었다. 그러니 수신의 학문에 전념하던 '당시에 가던 길'을 벼슬살이로 인해 '몇 해를 버려두고' 있다가 이제 원래의 자리로 돌아온 것이다. 이제라도 '다른 데', 가령 외물에 휘둘린다거나 사귐을 번잡하게 한다거나 벼슬을 탐낸다거나 하지 않고 오로지 인격 수양을 위한 공부에 힘쓰겠다고 한다. 좌고우면, 우왕좌왕했던 과거를 청산하고 배움의 한길로만 나아가겠다는 다짐이다.

> 청산(靑山)은 엇뎨ᄒ야 만고(萬古)애 프르르며
> 유수(流水)ᄂ 엇뎨ᄒ야 주야(晝夜)애 긋디 아니ᄂᆫ고
> 우리도 그치디 마라 만고상청(萬古常靑) ᄒ오리라

> 우부(愚夫)도 알며 ᄒ거니 그 아니 쉬운가
> 성인(聖人)도 몯 다 ᄒ시니 그 아니 어려운가
> 쉽거나 어렵거낫 듕에 늙ᄂ 주를 몰래라

　제5·6수에서 '언학'의 핵심이 되는 주제를 표현하였다. 고인이 가던 길을 따라 수신 공부에 전념하겠다는 제3·4수의 다짐에서 나아가 공부의 자세와 지향을 더욱 뚜렷이 드러낸다. 제5수의 '청산, 유수'는 전6곡 제5수 '산전에 유대ᄒ고 대하애 유수ㅣ로다'의 '산, 수'를 보편적, 추상적 자연으로 표현한 것이다. 또한 전6곡 제6수의 '어약연비 운영천광이아 어늬 그지 이슬고'의 자연의 영원성을 이어받아 '만고애 프르르며, 주야애 긋디 아니' 한다고 말하였다. 그리하여 전6곡의 천리 추구라는 뜻을 이루기 위해 청산처럼 늘 푸르고 유수처럼 그치지 말자고 한다. 초지일관(初志一貫)의 한결같음, 자강불식(自强不息)의 끊임없음이라

는 공부의 방법을 제시한 것이다.

후6곡의 끝이자 작품의 마무리인 제6수에 뜻을 이루기 위한 학문이 무엇을 지향해야 하는지를 말하였다. 인간의 유한성을 절감케 하는 '늙음'의 시점에서, 만물을 주재하는 천리에 대한 인식(전6곡 제6수)을 바탕으로 한결같음, 끊임없음의 자세(후6곡 제5수)를 가지고, '늙는 주를' 모르게 하는 방법을 알려 준다. 천리 추구는 영원성의 탐구이므로 늙어서 죽음에 이르는 유한성을 극복하는 길이 된다. 그것은 어리석음을 깨치고 성스러움의 경지에 이르는 배움의 길이다. '우부도 알며 하'는 것이고 '성인도 못다 하시'는 만큼 쉽고도 어렵지만 '쉽거나 어렵거나 중에' 공부의 요체가 있다.

배움은 성인을 본받는 것인 동시에 일상에서 출발하여 일상으로 돌아오는 것이다. 어리석음과 성스러움, 일상과 초월의 쉽거나 어렵거나, 쉽기도 어렵기도 한 것이 학문의 길이다. 그것은 아주 쉬운 것 같은데 무척 어렵고 아주 어려운 듯하지만 사실은 일상의 자질구레한 행동거지에서 발현되므로 쉬움과 어려움의 변증법적 운동이다. 한결같이, 끊임없이 공부하면서 일상과 초월 사이를 오가며 성인의 경지로, 늙어 죽는 것을 넘어서 영원성을 향해 나아가야 한다. 수신 공부를 하는 자, 배우고 익히는 자가 늘 생각하고 염려하는 것이 바로 여기에 있다.

<도산십이곡>은 은둔한 사대부가 품은 뜻과 배움의 주제를 12수의 연시조로 그려 낸 작품이다. 전6곡과 후6곡의 의미가 긴밀히 연결되어 마치 음양 교합의 태극 문양 같은 구조를 이루고 있다. 천리를 인식하고 추구하려는 뜻을 세운 후 어리석음에 가려질까, 성인을 본받지 못할까 염려하며 한결같이 끊임없이 공부하는 자세가 나타나 있다. 그리하여 삶의 의미와 방법을 배우며 사는 우리에게, 특히 학자의 길을 가는 이에게 큰 울림을 준다.

창 내고자 창을 내고자

창(窓) 내고쟈 창(窓)을 내고쟈 이내 가슴에 창(窓) 내고쟈
고모장지 셰살장지 들장지 열장지 암돌져귀 수돌져귀 빈목걸새
크나큰 쟝도리로 쑹쌱 바가 이내 가슴에 창(窓) 내고쟈
잇다감 하 답답홀 제면 여다져 볼가 ᄒ노라[13]

　이 작품은 조선 후기에 나온 작자 미상의 사설시조이다. 답답한 가슴
에 창을 내어 숨통을 트이고 싶다는 뜻을 표현하였다. 마음이 답답한
상태에서 벗어나는 방법을 방에 창을 내는 것으로 비유한 것이다. 주제
가 단순하고 비유도 일상적인 것이어서 내용 파악에는 별 어려움이 없
다. 여기서는 비유의 성격, 표현 방식, 시상 전개 등에서 드러나는 작품
의 미적 특질과 감흥의 요소를 근심 걱정의 문제와 관련하여 살펴보고
자 한다.
　작품 분석에 앞서 창작 배경과 동기를 추정해 본다. 작자가 미상이기
는 해도 작품의 전반적인 성격으로 보아 양반 사대부보다는 평민, 남자
보다는 여자로 생각된다. 이렇게 보는 근거로 창을 비유로 삼은 것을
들 수 있다. 방에 창을 내듯이 가슴에 창을 내고자 했으니 화자는 방에

---

13) 심재완 편저, 『교본 역대시조전서』, 세종문화사, 1972, 989-990면. 『청진』본.

있는 시간이 많은 사람일 것이다. 내외의 구분이 뚜렷했던 시대에 집 안에 있으면서 살림살이를 해야 하는 사람은 여성이었다. 그런데 작품에 창문 내는 일을 보거나 들은 경험이 반영되었으니, 화자는 그렇게 할 수 있는 평민층의 인물이라 여겨진다. 규방의 법도를 지켜야 하는 사대부 여성은 외간 남자의 작업을 지켜보는 일은 거의 없기 때문이다. 이러한 화자의 성격으로 미루어 작자는 평민층에 속한 여성일 것으로 짐작된다.

이같이 평민 여성을 작자로 보고 창작의 상황을 상정해 볼 수 있다. 작자는 자기 집 또는 이웃집에서 벌어진 목공을 지켜본 경험이 있었을 것이다. 집의 창호(窓戶)를 만들거나 고치는 일을 목수에게 시켰다면 이 여성은 집안일을 직접 감당하는 처지에 있었으리라. 가장을 대신하여 가사를 도맡은 가운데 목공까지 챙겼으니 남편이나 살림살이에 대해 답답한 마음을 품었을 것 같다. 아니면 남편과 사별한 여성이 홀로 자녀를 기르고 생계를 꾸리면서 집안일을 해야 하는 형편일 수도 있다. 한편, 이웃집에서 벌인 목공을 지켜보는 상황이라면 평민의 생활 공동체에 속한 여성이 이웃의 형편을 잘 아는 상태에서 자신과 비교했을 듯하다. 집을 고치거나 새로 짓는 이웃의 공사를 바라보면서 은연중에 저 집은 저렇게 사는데 우리 집은 왜 이럴까? 하는 생각에 답답함을 느꼈을 수 있다.

이러한 창작 배경을 고려하여 가슴에 창을 낸다는 비유의 성격을 살필 수 있다. 가슴과 창이 은유로 연결된 것은 가슴속, 즉 마음이 일정한 공간으로 표상되기 때문이다. 몸의 한 부분인 가슴의 자리에 마음이 위치한다는 일반적인 인식이 공간적 성격을 갖기 때문에 방과 창이라는 건축적 재료를 비유로 끌어왔다. 그런데 가슴속의 것은 말과 행동을 통해 밖으로 표출되는 데 비해 방 안과 밖은 창을 통해 공기와 바람이 드나든다. 방 안의 답답한 공기가 창을 통하여 나가는 것이 가슴속에 쌓인 답답함이 풀어지는 것의 구체적인 심상이 될 수 있다. 이처럼 가슴속 마음에 대해 방과 창이 공간적, 기능적 유사성을 지녀서 둘 사이에 은유가 성립하였다.

가슴을 방과 창으로 비유한 데에는 관습적 행위도 작용했을 것으로 보인다. 우리는 보통 매우 슬프거나 억울할 때 주먹손으로 가슴을 두드리는 행동을 한다. 바닥에 주저앉아 가슴을 치며 우는 여인의 모습은 그 전형적인 형상의 하나이다. 주먹손이 가슴팍에 닿았다 떨어졌다 하는 것은 창의 문고리를 밖으로 밀었다 안으로 당겼다 하는 것과 비슷한 손놀림이다. 전자가 슬픔, 원망, 억울함 등의 감정을 표출하는 행동인 만큼 후자도 그러한 감정 표현의 수단으로 그려질 수 있다. 이러한 일상의 관습적 행동에서 유추하여 창의 비유가 나온 것으로 볼 여지가 있다.

작품의 초장은 '창 내고자'라는 말을 세 번 반복하면서 '이내 가슴에'를 셋째의 앞에 두어 첫째와 둘째 말이 직설이 아닌 비유임을 나타내었다. 보통의 말처럼 방에 창을 내겠다고 두 번 반복했다가 마지막 구절에서 '가슴에' 창을 내겠다며 의미를 전환하였다. 여기에는 문면에 나오지 않은 '방'이 전제되어 있는데, 창을 내려면 일정한 공간이 있어야 하기 때문이다. 이로써 '가슴은 방'이라는 은유가 성립하는 한편, 가슴에 내는 '창'의 원관념은 가슴속의 근심 걱정을 밖으로 풀어 버리는 통로 정도로 이해된다.

중장은 초장의 '창을 내다'를 구체화한 것이다. 먼저 창의 종류를 나열하여 '고모장지 세살장지 들장지 열장지'라고 하였다. 초장에 이어

중장에서도 '창'을 쓰는 것은 반복이 지나치다고 여겼는지 '고모창 세살 창 들창 열창' 대신에 '-장지'로 바꾸어 표현하였다. 이로써 '창'과 '장지'의 두 말로 창을 달리 나타내어 반복을 피했는데 여기에 더하여 표현의 효과도 얻고 있다. '장지'는 '방과 방 사이, 또는 방과 마루 사이에 칸을 막아 끼우는 문'이고 어원은 '장자(障子)'이다.[14] 장지는 창과 마찬가지로 문의 역할을 하지만 원뜻으로 보면 칸을 막는 기능이 있는 문이다. '창' 대신 '장지'를 씀으로써 마음의 공간이 칸칸이 막힌 상태라는 의미까지 지니게 된 것이다. 그리하여 '-장지'는 안과 밖을 통하는 창과 공통되면서도 겹겹이 막혔다가 통한다는 의미까지 나타낸다.

　'고모장지 세살장지 들장지 열장지'는 의미상 앞뒤 둘씩 나뉜다. '고모장지 세살장지'는 창의 위치와 구조에 의한 명명이다. 고모장지는 '고미장지'와 같은 말로서 '고미다락의 맹장지'살 창이고, 세살장지는 '가는 살을 가로세로로 좁게 대어 짠' 창이다. 다락방의 것, 창살의 특징 등을 지시하고 있다. 이어지는 '들장지 열장지'는 창을 열고 닫는 방식에 의한 명명이다. 밀어 올려 여닫는 창과 좌우 혹은 앞뒤로 여닫는 창을 말한다. 이로 보아 종장에 나온 '여닫아'의 방식이 여러 가지임을 짐작할 수 있다.

　창의 종류를 나열한 다음, 창 '내는' 일을 묘사하였다. 창을 내려면 방의 벽에 설치한 문설주에 암톨쩌귀를 박고 창의 문짝에 수톨쩌귀를 박아 서로 끼워 맞추어야 한다. 창을 닫아거는 용도로는 배목과 배목걸쇠를 서로 다른 쪽 문짝에 박아 걸 수 있게 한다. 나무창이 기능을 잘하기 위해서는 쇠로 된 이것들이 제대로 설치되어야 한다. 이에 '암톨쩌귀 수톨쩌귀 배목걸쇠'를 '크나큰 장도리로 뚱딱 박아' 창을 내겠다고 하였

---

14) 국립국어원, 『표준국어대사전』, 해당 항목 참조. 이하의 뜻풀이도 이 사전에서 가져온다.

다. '크나큰, 뚱딱'과 같은 수식어가 창 내는 일의 신속함과 후련함을 표현하고 있다. 얼른 후딱 해치워야 하는 그 일과 대비되어 마음은 많이 답답한 상태이다.

창의 종류와 재료를 나열하고 창 내는 일을 형상화한 것은 평민 의식의 소산이라 할 수 있다. 집과 방, 그리고 창에 대한 관심은 의식주 생활의 실용적인 필요에서 나온 것이다. 작품에 나열된 여러 종류의 창은 화자가 속한 마을 공동체의 주거 형태에 따른 것일 터이다. 창의 재료와 도구, 그것을 가지고 창 만드는 일을 하는 것은 노동을 해서 먹고 사는 평민적 삶의 모습이다. 이렇듯 중장에는 평민 계층의 실용 정신과 생활 태도가 반영되어 있다.

종장에서 작품의 주제가 표현되었다. 가슴에 창을 내려는 이유가 '이따금 하도 답답할 때면 여닫아 볼까 하노라'이다. 화자는 일상에서 가슴속이 답답한 경우를 수없이 겪었을 것으로 여겨진다. 조선 후기의 사회 경제적 조건하에 신분 차별, 경제적 궁핍, 성적 억압 등으로 인한 고난이 중첩되었을 것이다. 이러한 고난과 시련 속에서 화자의 마음에는 겹겹의 시름이 쌓였으리라. 시름이 하도 많아서, 답답한 공기를 내보내려고 창을 여는 것처럼 마음의 답답함을 풀어 버렸으면 좋겠다고 생각한 것이다.

그런데 '여닫다'라고 하여 창을 여는 것과 함께 닫는 것도 말하였다. 이에 대해서는 열고 닫는 것에 시간적 간격이 큰지 작은지에 따라 달리 해석해 볼 수 있다. 전자의 경우는 창을 여는 쪽에 무게 중심이 놓인다. 방 안의 공기를 환기하려고 창문을 열고 한참 두는 것처럼 마음속 근심 걱정을 밖으로 내보내려는 것이다. 후자의 경우는 여닫는 행동에 중점을 두어 이해할 수 있다. 창문을 열었다 닫았다 반복하는 모습에서 환기뿐 아니라 답답한 심정의 몸짓 표현으로도 보인다. 창문을 바삐 열고 닫고 하는 행동에는 손부채질을 하는 심상이 겹쳐진다. 사람이 열을 받았을 때 손부채질을 하듯이 가슴의 창문을 열고 닫고 하면서 마음의 상태를 나타내는 것이다. 두 가지 해석이 다 그럴듯하여 '여닫아 볼까 하노라'가 지닌 표현의 묘미를 느낄 수 있다.

이렇게 작품은 마무리되지만 그러고 나서는 왠지 허전하고 막막한 느낌이 든다. 창의 비유를 통해 가슴속의 답답한 공기와 가슴에 뚫은 창문은 선명한 심상으로 각인되나, 창을 통해 들어오는 시원한 공기의 실질적인 심상이 잘 포착되지 않는다. 그저 가슴속에 쌓인 근심 걱정을 잠시 내려놓거나 잊어버리는 정도의 뜻이 감지될 뿐이라서 뭔가 빈 듯하고 막연하다는 느낌을 받는다. 그리하여 비유의 구체성과 참신성, 평민층이 지닌 실용 정신의 구현이라는 미덕에도 불구하고 작품이 갖는 실질적인 의미는 애매한 채로 남는다. 가슴에 창을 낸다고 상상하고 가슴속 답답함을 확 풀어버리고자 했던 화자는 이로써 과연 마음이 풀어졌을까? 혹시 잠시의 위안 뒤에 답답한 공기가 한층 무겁게 덮지는 않았을까?

좀 더 생각해 보면, 이러한 허전함, 막막함이 오히려 작품이 주는 감흥의 원천인 것도 같다. 작품이 끝나고 나서의 느낌이 오히려 현실의 삶에서 누구나 경험하는 근심 걱정에 대한 정서와 의식을 대변한 것일 수 있다. 문학 작품 속에서 발랄한 상상과 선명한 심상으로 잠시 해방감을 만끽한 후 다시 답답한 현실로 돌아오는 것은 우리가 흔히 겪는 일이다. 서정 세계와 현실 세계의 긴장 관계까지 함축하고 있다는 점에서 이 작품이 널리 공감을 얻고 보편적 의미를 얻지 않았을까 한다. 작품을 듣거나 읽고 난 다음에 드는 막막한 느낌을 포함하여 가슴에 창을 낸 그 상쾌한 상상력을 서로 공유하고 격려할 수 있다. 작품의 여향을 마음 한구석에 남긴 채, 가슴의 창으로 드나드는 시원한 공기를 그리며 각자의 삶에 더욱 충실하고자 다짐하였을 것이다.

누항사

    <누항사(陋巷詞)>는 박인로(朴仁老, 1561-1642)가 51세에 지은 것으로 임진왜란의 혹독한 난리를 지낸 후 사대부가 처한 가난과 곤궁의 현실을 그린 가사 작품이다. 전원생활의 흥취와 풍류를 위주로 한 조선 전기의 작품 세계에서 전환하여 생활 현장에서 부딪치는 문제를 다루어 주제의 혁신을 이룬 점에서 문학사적으로 중요한 위치에 있다. 작품은 궁핍한 농가의 힘겨운 상황과 그로 인한 화자의 근심 걱정을 사실적으로 표현하였다. 현실에 대처하는 방도로 안빈낙도(安貧樂道)와 충의(忠義)의 이념에 충실하겠다는 것은 사대부로서 취할 마땅한 자세이긴 하나 곤궁한 상황을 타개하기에는 관념적이고 우활한 것일 수 있다. 이와 같은 현실과 이념의 관계가 주제를 이루는 바탕이 되어 표현 및 의미 구성에 긴장감을 부여한다.

    작품은 대개 일곱 단락으로 나누어 설명되지만 여기서는 다섯 단락으로 구분하고자 한다. 중심이 되는 셋째 단락이 앞뒤 단락의 상황과 화제들을 집약하고 있는 점을 중시했기 때문이다. 첫 번째 도입 단락은 '어리고 우활(迂闊)홀산 이닉 우희 더니 업다 ~ 빈곤(貧困)혼 인생(人生)이 천지간(天地間)의 나뿐이라'[15]로 묶인다. 가난하고 곤궁한 처지를 탄식하면서도 안빈낙도의 이념을 지키려는 뜻을 나타냈는데, 여기

에 제기된 현실과 이념 사이의 긴장 관계는 작품 전체를 관통하는 주제를 형성한다. 두 번째 단락은 화자가 몸소 농사를 짓게 된 배경을 말하는 부분이다. '기한(飢寒)이 절신(切身)ㅎ다 일단심(一丹心)을 이질는가 ~ 궁경가색(躬耕稼穡)이 늬 분(分)인 줄 알리로다'가 이에 해당한다. 가난한 형편임에도 나라를 위해 떨쳐 일어나 전쟁에 몸을 바쳤다. 그러는 사이 집안일을 돌보지 못하고 노비도 잃어 버려 몸소 농사를 짓게 되었다는 것이다.

세 번째 단락이 작품의 중심이 된다. 봄이 와서 땅을 갈아야겠는데 소가 없어 이웃집에 빌리러 갔다가 빈손으로 돌아와 자신의 신세를 한탄하는 내용이다. '신야경수(莘野耕叟)와 농상경옹(壟上耕翁)을 천(賤)타 ᄒ리 업것마는 ~ 춘경(春耕)도 거의거다 후리쳐 더뎌 두쟈'의 부분이다. 인물 간 대화를 통한 사건 구성을 가사 작품에 수용함으로써, 정서 표출을 위주로 하는 율문 형식에 서사적 구성에 따른 인물 및 사건 형상의 효과를 높였다. 이 단락을 통해 작품의 구조와 주제가 입체적, 사실적으로 형상화되어 수준 높은 문학적 성취를 보여 준다.

네 번째 단락은 앞 단락의 사건 이후 고달픈 현실을 잊고자 자연을 찾겠다는 것으로 '강호(江湖) ᄒ 숨을 ᄭ우언 지도 오리러니 ~ 다토리 업슬ᄉ 다문 인가 너기로라'의 부분이다. 자연의 흥취를 즐기려는 뜻은 드러났으나 실행에 옮겼다기보다 그러한 꿈으로써 스스로를 위로하고자 한 것 같다. 다섯 번째 단락인 '무상(無狀)ᄒ 이 몸애 무슨 지취(志趣) 이스리마는 ~ 그 밧긔 남은 일이야 삼긴 딕로 살렷노라'로써 작품이 마무리된다. 도입부에 제시된 안빈낙도의 이념을 재차 확인하는 한편 두 번째 단락에 나온 충의의 이념을 생활 현장으로 가지고 와서 '충효

---

15) 『노계집』3, 「가(歌)」(한국고전번역원, 한국고전종합DB). 원문의 한자어에 음을 달아 인용한다.

(忠孝), 화형제(和兄弟), 신붕우(信朋友)'를 실천하겠다고 하였다. 그 밖의 일은 운명에 따라 생긴 대로 살겠다고 하면서 끝을 맺었다.

위와 같이 다섯 단락으로 나누고 보면, 작품은 세 번째 단락을 중심으로 앞과 뒤에 두 단락씩 배치된 형태이다. 그만큼 셋째 단락이 차지하는 의미와 역할이 크다고 하겠다. 첫째, 둘째 단락에서 곤궁한 현실과 지향하는 이념이 서로 어긋나는 모습을 그렸고, 셋째 단락에서는 서사적 구성을 도입하여 현실의 고난상을 사실적으로 그려 내었다. 첫째, 둘째 단락에서 안빈낙도와 충의의 이념이 제시되었으나 셋째 단락에서 현실의 문제가 압도적인 형상과 의미로 그려진 것이다. 넷째, 다섯째 단락에서 자연의 흥취와 유교적 생활 윤리를 강조했지만 워낙 현실의 문제에 압도당한 터라 감화력은 크지 못하다. 이처럼 셋째 단락의 앞뒤에 두 단락씩 배치한 작품 구조 자체가 현실과 이념의 긴장 관계 속에서 궁핍하고 고단한 현실을 드러내고자 했음을 보여 준다.

어리고 우활(迂闊)홀산 이닉 우히 더니 업다.
길흉화복(吉凶禍福)을 하날긔 부쳐 두고
누항(陋巷) 깁픈 곳의 초막(草幕)을 지어 두고
풍조 우석(風朝雨夕)에 석은 딥히 셥히 되야
서 홉 밥 닷 홉 죽(粥)에 연기(煙氣)도 하도 할샤.
설 데인 숙냉(熟冷)애 뷘 빈 쇡일 쑌이로다.
생애 이러ᄒ다 장부(丈夫) 쯧을 옴길넌가.
안빈 일념(安貧一念)을 적을망정 품고 이서
수의(隨宜)로 살려 ᄒ니 날로조차 저어(齟齬)ᄒ다.

첫 단락은 화자가 처한 가난의 현실이 자책과 한탄의 정서와 함께 표현되었다. 비바람에 썩은 짚으로 땔감을 삼아 적은 양의 밥과 죽을 끓여 내니 아궁이에 연기만 자욱하고 정작 설익은 숭늉으로 빈 배를 속일 정도만 먹는다. '연기도 하도 할샤'라는 표현은 뒤의 셋째 단락에서 소를 빌리러 가 '혜염 만하 왓삽노라'고 하소연할 때의 그 '헤아림 많음'과 연결되어 궁핍한 현실에서 화자가 품은 수많은 근심 걱정을 심상화하고 있다. 이런데도 대장부가 지닌 안빈낙도의 뜻을 지키며 도리에 마땅한 바를 따라 살고자 한다. 하지만 나날의 삶을 좇을수록 그 뜻과는 어긋나니 탄식만 나올 뿐이다. 이러한 상황을 포괄하여 첫머리에 '어리고 우활홀산'이라는 자책의 말로써 시작하였다. 곤궁한 현실을 타개할 방도는 없고 사대부로서 유교 이념은 지켜야 되겠고 그 사이에서 고민하는 모습이 그려진 것이다.

둘째 단락은 농사를 지을 봄에 화자가 처한 상황이 어떠한지를 나타내었다. '기한(飢寒)이 절신(切身)ᄒ다 / 일단심(一丹心)을 이질는가'라며 춥고 배고픈 처지라고 해서 하나의 붉은 마음을 잊겠는가 하였다. 첫 단락에서 대장부의 뜻은 안빈낙도였는데 여기서는 나라를 위한 일편단심을 말하였다. 사대부의 나아가고 물러남, 즉 출처(出處)의 윤리를 하나씩 제시한 것이다. 그리하여 '분의 망신(奮義忘身)ᄒ야 죽어야 말려 너겨 / 우탁우낭(于橐于囊)의 줌줌이 모와 녀코 / 병과(兵戈) 오재(五載)예 감사심(敢死心)을 가져 이셔 / 이시 섭혈(履尸涉血)ᄒ야 몃 백 전(百戰)을 지닉연고'라 하여, 의로움을 떨치는 데 한 몸 바치겠다는 마음을 군복의 전대와 주머니에 담아 두고 5년간 죽을 각오로 피비린내 나는 수많은 전투에 참가했다고 하였다. 충의의 행위에 대한 회상 자체는 화자의 의기와 자존심을 드러낸 것이지만, 이어지는 구절과 대비하여 지금의 궁핍한 현실에서 그것이 어떤 의미를 갖는지 되묻게 한다.

위와 같이 참전 중이었으니 '일신(一身)이 여가(餘暇) 잇사 일가(一家)

를 도라보랴 / 일노 장수(一奴長鬚)는 노주분(奴主分)을 이젓거든'처럼 집안일도 돌보지 못하고 한 명 있던 수염 긴 하인마저 어떤 사정 때문인지 노비의 소임을 잊어 버렸다. 그러니 어느 누가 봄이 왔다고 알려 주겠는가. 농사를 지으려면 하인에게 물어야 한다는데 그럴 사람이 없으니 '궁경가색(躬耕稼穡)', 즉 몸소 땅을 갈고 씨 뿌려 거두는 일을 해야만 한다.

이렇게 화자가 직접 농사일에 나서면서 부딪친 문제는 집에 소가 없다는 것이다. '신야경수(莘野耕叟)와 농상경옹(壟上耕翁)을 천(賤)타 ᄒ리 업것마ᄂᆞᆫ / 아므려 갈고젼들 어늬 쇼로 갈로손고'와 같이 이윤이나 어느 은자16)도 했던 농사를 천하게 여길 사람은 없겠으나 소가 없으니 땅을 일구지 못한다. 이로부터 셋째 단락으로 넘어가 인물의 대화와 사건 중심의 서사적 구성으로 전개된다.

화자는 가뭄이 심한 때 서쪽 높은 언덕의 논에 지나가는 비가 고인 물을 대 놓는다. 그러고 나서 황혼 녘에 이웃집으로 달려가 소를 빌리러 왔다고 한다. 화자와 이웃 사이의 대화를 통해 조선 후기 궁핍한 농촌 현실이 잘 드러나는 대목이다.

"어화 긔 뉘신고?"　　　　"염치(廉恥) 업산 ᄂᆡ옵노라."
"초경(初更)도 거읜듸　　　　긔 엇지 와 겨신고?"
"연년(年年)에 이러ᄒᆞ기　　　구챠(苟且)ᄒᆞᆫ 줄 알건만ᄂᆞᆫ
쇼 업슨 궁가(窮家)애　　　　혜염 만하 왓삽노라."
"공ᄒᆞ니나 갑시나　　　　　주엄즉도 ᄒᆞ다마ᄂᆞᆫ

<hr>

16) '농상경옹'의 전거 인물에 대해 진승·제갈량(박성의, 『노계가사통해』, 백조서점, 1957, 36면), 방덕공(김성배 외, 『주해 가사문학전집』, 집문당, 1981, 87면). 장저·걸닉(손대현, 「누항사의 용사 활용과 그 함의」, 『어문학』125, 한국어문학회, 2014, 219면) 등이 지목되었으나 확정짓기 어렵다.

다만 어제 밤의 　　　　　 거넨 집 져 사람이
목 불근 수기치(雊)을 　　　 옥지(玉脂) 읍(泣)게 쑤어 닉고
간 이근 삼해주(三亥酒)을 　 취(醉)토록 권(勸)ᄒ거든
이러한 은혜(恩惠)을 　　　 어이 아니 갑흘넌고.
내일(來日)로 주마 ᄒ고 　　 큰 언약(言約) ᄒ야거든
실약(失約)이 미편(未便)ᄒ니 사셜이 어려왜라."
"실위(實爲) 그러ᄒ면 　　　 혈마 어이할고."

　4·4조의 운율에 맞추어 두 인물의 대화를 서술하였다. 처음의 짧은
대화에서 이웃의 긴 사설로 나아가면서 그 말을 듣는 화자의 마음이 낙
담하기에 이른다. 말의 주체를 지시하는 '내 가로되, 주인 왈' 등의 표현
을 일체 생략하였고, 두 인물의 처지를 반영하듯 화자는 짧은 몇 마디
에 그치는 반면 이웃은 길게 말하도록 대화를 배치하였다. 이웃의 사설
은 질 좋은 꿩고기, 맛있는 술 등 화자로서는 상상으로만 먹을 수 있는
음식들을 표현함으로써 그것을 먹은 이웃과 먹지 못한 화자 사이의 감
각적 차별성을 극대화한다. 다른 한편으로, 소 빌리는 일을 선수 친 건
넌집 사람의 수완에 대비하여 화자의 소홀함과 무능력을 드러낸다. 그
러니 애초부터 면목이 없는 화자로서는 이웃의 거절에 낙담하고 수를
미리 쓴 사람에게 완패당한 꼴이 되었다.

　이 대화에 나온 '혜염 만하 왓삽노라'는 가난과 궁핍 속에 화자가 품
은 근심 걱정을 대변하는 말이다. 곤궁한 현실에서 수많은 걱정으로 날
을 보내는 화자는 정말 헤아림이 많을 수밖에 없다. 하루하루 끼니를
염려해야 하고 농사철이 오면 물 대고 소 빌릴 걱정을 해야 한다. 이러
는 한편으로 자신이 품은 대장부의 뜻이 나날의 삶 속에 가물가물해지
는 것도 기어코 붙잡아야 한다. 현실의 고난과 이념의 수호 양쪽 모두
화자의 헤아림에서 벗어날 줄 모른다. 그러니 헤아림 많은 화자로서는

더욱 큰 고민과 좌절에 빠져드는 것이다.

이러한 심리 상태가 소를 못 빌리고 돌아왔을 때의 모습에 잘 나타나 있다.

와실(蝸室)에 드러간들   잠이 와사 누어시랴

북창(北牕)을 비겨 안자   시비를 기다리니

무정(無情)흔 대승(戴勝)은   이닉 한(恨)을 도우느다.

종조 추창(終朝惆悵)ᄒ며   먼 들흘 바라보니

즐기는 농가(農歌)도   홍(興) 업서 들리느다.

세정(世情) 모른 한숨은   그칠 줄을 모르느다.

달팽이집같이 비좁은 방에 쪼그려 누웠으나 잠은 안 오고 창가에 기대어 새벽을 기다리니 창 밖에 뻐꾸기가 처량히 울어댄다. 아침이 다 갈 때까지 서글픈 마음에 먼 들을 바라보다가 들판의 농민들이 부르는 민요를 들으면서도 동조하는 홍이 일지 않는다. 그저 세상 물정 모르는 자신을 책망하고 있으려니 한숨만 절로 나온다. 이렇듯 '헤아림 많은' 화자의 모습이 애처롭게 그려져 있다.

넷째 단락은 낙담을 떨치고 자연의 홍취를 즐기려는 뜻을 나타내었다. 이웃에게 소를 빌리는 데 실패한 일은 화자가 처한 현실을 직면하게 하였다. 그러나 벽에 걸린 쟁기만 바라보고 경작은 내버려 둔 채 느닷없이 자연 속에 노닐고자 한다. 고단한 생활에 잊고 지내던 '강호(江湖) 흔 쑴'을 실행해 보겠다는 것이다. 낚싯대를 빌리고자 '유비군자(有斐君子)'를 부르며, 갈대 우거진 곳이나 갈매기 나는 강가에서 '님직 업슨 풍월 강산(風月江山)애 절로 절로 늘그리라'고 한다. 그런데 이 뜻이 실제 행동으로 옮겨진 것 같지는 않다. '늙으리라'는 미래 의지형의 표현만 했을 뿐이고 오히려 '임자 없는, 다툴 것 없을'이라는 수식어를 통해 앞서의 소 빌리려던 사건을 떠올리고 있기 때문이다. 이렇게 보면, '문채 나는 군자들'이 즐겼을 전원생활을 '강호의 한 꿈'이라 말하여 지금의 참담한 기분을 달래 보고자 한 것이라 하겠다.

여기서 사대부에게 익숙한 강호 한정(江湖閑情)의 주제조차 궁핍한 현실에 눌려 버린 형국이 드러난다. 현실을 사실적으로 그린 셋째 단락의 압도적인 인상이 넷째 단락에도 영향을 끼치고 있다. 사정이 이렇다 보니 첫째, 둘째 단락에서 화자가 애써 부여잡은 안빈낙도와 충의에 대한 신념도 고달픈 현실의 압력 아래 점점 위축되는 양상을 띤다.

다섯째 단락에서 어떻게 해서든지 현재의 상황을 반전시키려는 의지를 보여 준다. 먼저 '무상(無狀)흔 이 몸애 무슨 지취(志趣) 이스리마는'이라 하여 앞 단락에서 말한 유비군자들의 지취가 서린 강호의 꿈을 부정한 다음, '두세 이렁 밧논를 다 무겨 더뎌 두고 / 이시면 죽(粥)이오 업시면 굴물망졍 / 남의 집 남의 거슨 전혀 부러 말렷노라'처럼 농사를 못 지어 소출이 없더라도 남의 집 것은 일체 부러워하지 않겠다고 다짐한다. 이는 이웃집 소 사건의 충격에 대한 대응으로 나온 말이라 할 수 있다.

다짐을 하고 나서 다시 마음을 추슬러, '빈이무원(貧而無怨)을 어렵다 흐건마는 / 닉 생애(生涯) 이러호딕 설온 뜻은 업노왜라 / 단사표음(簞食瓢飲)을 이도 족(足)히 너기로라 / 평생(平生) 흔 뜻이 온포(溫飽)애는 업노왜라'라고 한다. 첫째 단락에 제시한 안빈낙도의 유교 이념을 다시 확인하며 그로써 가난과 궁핍을 견디어 내리라는 뜻을 굳힌다. 그러는 중에 '태평천하(太平天下)애 충효(忠孝)를 일을 삼아 / 화형제(和兄弟) 신붕우(信朋友) 외다 흐리 뉘 이시리'라고 하여 충과 효, 형제 화합,

친구 간 신의와 같이 가족과 농촌 공동체의 생활 윤리를 지키며 살겠다
고 한다. 궁핍한 현실을 감당하는 힘을 유교 이념에서 충당하려는 것이
다. 현실보다 이념을 택한 듯하나 사실은 가난과 궁핍에 찌든 사대부의
자존심을 표현한 것이 아닐까 싶다.

　이어서 마지막에 '그 밧긔 남은 일이야 삼긴 듸로 살렷노라'면서 곤
궁한 현실을 운명으로 받아들이고 그것에 순응하며 살겠다고 한다. 현
실 대응과 극복의 방법은 찾지 못한 채로 작품이 마무리된 것이다. 이
로써 조선 후기 현실의 문제를 타개할 만한 인식과 방법론을 제공하지
못하는 유교 이념의 무기력한 양상이 여운으로 남는다.

　<누항사>는 현실과 이념의 긴장 속에서 조선 후기의 가난하고 곤
궁한 농촌 현실을 그려 낸 작품이다. 중심 단락을 서사적으로 구성하여
인물과 사건을 형상화함으로써 현실의 고난상을 사실적으로 표현하였
다. 그러는 중에 '헤아림 많은' 화자의 심정과 처지가 잘 드러나 청·독자
의 깊은 공감을 이끌어 낸다. 전후의 궁핍한 현실을 다룬 혁신적인 주
제, 서사적 구성을 통한 사실성의 제고, 화자 내면의 적실하고 다채로
운 표현 등에서 가사 문학의 높은 수준을 보여 준다.

심청전

    <심청전>은 눈먼 아버지를 위해 제 몸을 희생한 효녀 심청의 이야기로 널리 알려져 있다. 판소리계 소설이 대개 그렇듯이 이 작품도 조선 후기 서민들의 고달픈 삶이 반영되었다. 일반인도 고생스러운데 심봉사는 장애인이자 아내 잃은 홀아비로서 외동딸을 기르는 신세이니 그 고난은 더욱 처절하다. 그렇지만 2인 가족, 장애인 가족으로서 심청과 심 봉사를 예외적으로 설정한 것은 아니고 당대 서민의 고난상을 그들에게 압축하여 표현한 것이다. 그러므로 부녀의 인생살이에 서민층의 일상과 꿈이 투영된 면을 중심으로 작품을 살펴볼 수 있다.

    작품의 내용 중 심청이 공양미 삼백 석에 몸을 팔아 인당수에 빠진다거나, 용궁에서 어머니와 상봉한다거나, 꽃송이에 들었다가 나와 황후가 된다거나 하는 것들은 현실에서 일어나기 어려운, 극적이고 환상적인 사건들이다. 이로 인해 작품이 현실과 동떨어졌다고 여길 수 있으나 이 사건들은 주로 이야기의 흐름을 전환하고 서사적 흥미를 고조하는 역할을 한다. 이에 비해 일상에서 겪는 사건과 그에 따른 인물의 심리를 그려 낸 것이 작품의 중심을 이룬다. 그러는 중에 일상의 근심 걱정이 다루어졌으므로 이에 주목하여 감상할 필요가 있다.

    심 봉사는 사대부 출신이긴 하지만 집안 형편이 기울었고 스무 살이 못 되어 눈까지 멀어 가난하게 살았다. 그의 아내 곽씨 부인이 현숙하고 생활력이 있어서 삯바느질, 품팔이 등을 하여 생계를 이어 갔다. 마흔 살이 되도록 자식이 없어 걱정하였으나 명산대천의 여러 신령에게 정성을 들인 효험으로 하늘에서 선녀가 내려와 안기는 태몽을 꾸고 심청을 낳았다. 그런데 산후 조리를 하지 못한 산모가 죽음으로써 이 가정에 큰 고난이 닥쳐온다. 임종할 때 곽씨 부인이 하는 유언은 구구절절이 남편과 아기에 대한 근심 걱정으로 가득하다.

> 눈을 어찌 감고 갈까. 뉘라서 헌 옷 지어 주며 맛난 음식 뉘라서 권하리오. 내가 한번 죽어지면 눈 어둔 우리 가장 사고무친 혈혈단신 의탁할 곳이 없어 바가지 손에 들고 지팡막대 부여잡고 때맞추어 나가다가 구렁에도 빠지고 돌에도 채여 엎어져서 신세 자탄으로 우는 양은 눈으로 곧 보는 듯……어미 없는 어린것이 뉘 젖 먹고 자라나며 가장의 일신도 주체 못 하는데 또 저것을 어찌하며 그 모양 어찌할까.17)

이러한 염려와 함께 이웃에게 맡긴 돈, 광 안에 둔 곡식, 짓다 만 삯바느질 옷 등을 알려 주고 아기에게 먹일 젖을 귀덕 어미에게 부탁하라고 당부한다. 남은 부녀의 살 길을 어떻게든지 마련해 주고 세상을 떠나려는 곽씨 부인의 마음이 무척이나 애처롭다.

어느 시대나 안주인의 죽음은 가정의 큰 손실이자 남은 가족에게 고난을 가져오는 엄청난 사건이다. 그러한 일을 당하는 가족으로서는 한 세계가 무너져 내린 절망감 속에 살길이 막막하여 어찌할 바를 몰라 한다. 심 봉사는 아내의 죽음 앞에 '가슴을 쾅쾅 두드리며 머리를 탕탕 부

---

17) 정하영 역주, 『심청전』, 고려대 민족문화연구소, 1995, 74-219면 ; 「심청전」, 『영인 고소설판각본전집』2, 인문과학연구소, 1973, 143-178면 참조.

딪치며 내리궁굴 치궁굴며 엎어지며 자빠지며 발 구르며', "그대 살고 내가 죽으면 저 자식을 키울 것을, 내가 살고 그대 죽어 저 자식 어찌 키우잔 말고. 애고 애고, 모진 목숨 살자 하니 무엇 먹고 살며 함께 죽자 한들 어린 자식 어찌할까."라며 통곡한다. 자신과 아기의 목숨을 부지해 나갈 방도가 보이지 않는 심 봉사의 절망이 절절히 전해진다.

그렇지만 떠난 이는 떠난 것이고 남은 이들은 그 나름의 일상 속에 삶을 이어 간다. 한 존재가 사라지는 극적인 변화에도 불구하고 시간의 흐름에 따른 일상의 사건들은 크고 작은 의미를 지니며 계속해서 일어나는 것이다. 심 봉사는 동네 사람들의 도움으로 그럭저럭 장례를 치렀다. 그러고 나서 돌아온 집안 풍경은 삭막하기 그지없다.

> 부엌은 적적하고 방은 텅 비었구나. 어린아이 데려다가 휑뎅그렁한 빈 방 안에 태백산 갈가마귀 게 발 물어 던진 듯이 홀로 누웠으니 마음이 온전하리. 벌떡 일어서더니 이불도 만져 보며 베개도 더듬으며 예전 덥던 금침은 의구히 있다마는 독숙공방 뉘와 함께 덥고 자며 농짝도 쾅쾅 치며 바느질 상자도 덥석 만져 보고 빗던 빗접도 핑 등그리 던져 보고 받던 밥상도 더듬더듬 만져보고 부엌을 향하여 공연히 불러도 보며

심 봉사의 행동을 통해 그 집의 살림살이가 하나씩 보이는데, 부엌과 방으로 이루어진 단칸방 집에 이불, 베개, 농짝, 바느질 상자, 빗접, 밥상 등이 놓여 있다. 아마도 이 정도가 심 봉사 집 살림의 전부일 듯하다. 이 물건들은 곽씨 부인이 생시에 가난한 살림을 꾸려 가면서 손에서 놓지 않은 것이다. 주인을 잃어 버렸으니 물건을 만지고 더듬는 심 봉사의 마음이 얼마나 상심하고 처량한 것일지 충분히 짐작이 간다. 더구나 장례를 치른 후 갓난아기를 데리고 들어온 방 안은 부부가 함께 살던

때의 공간과는 전혀 다른 느낌을 주었을 것이다. 이러한 방 안의 풍경은 아내를 여읜 심 봉사의 쓸쓸한 마음과 함께 앞으로 살아갈 길에 대한 막막한 심정을 대변해 준다.

심 봉사가 절망적인 상황을 딛고 일어선 것은 아기를 길러야 한다는 일념에서였다. 자기가 아니면 누구도 돌보아 주지 않을 어린 생명을 위해 어떻게든 살아갈 길을 찾아야 했다. 그리하여 장애와 가난의 멍에를 짊어진 채로 몸소 양육하는 일에 나선다. 홀아비 봉사인 처지에 아기를 기르자니 그 고난은 이루 말할 수가 없다. 동네 아낙들이 모이는 우물가, 빨래터, 김매는 곳 등을 찾아가 젖동냥을 한다. 동냥을 해서 얻은 베, 동전 등을 쌀로 바꾸어서 암죽을 쑤어 먹인다. 이렇게 애쓴 덕에 심청은 잔병 없이 무럭무럭 자라난다. 어여쁜 용모에 일 처리가 민첩하고 효심이 특출 난 아이로 성장하니 심 봉사가 홀로 고생하며 기른 보람을 느낄 만하게 되었다.

일고여덟 살이 되자 심청은 아버지 대신 집안 살림에 대해 걱정을 한다. '아버지 눈 어두우신데 밥 빌러 가시다가 높은 데 깊은 데와 좁은 길로 천방지방 다니다가 엎어져 상하기 쉽고 만일 날 궂은 날 비바람 불고 서리 친 날 추워 병이 나실까 주야로 염려오니'라면서 자기가 동냥을 나가겠다고 말한다. 제안을 거절하는 아버지를 여러 차례 설득하여 허락을 받아 낸다. 심 봉사의 젖동냥도 그렇지만 어린 심청이 다 떨어진 옷을 입고 엄동설한에 돌아다니며 동냥하는 모습은 애처롭기 그지없다. 동네 사람들이 불쌍히 여겨 음식을 주면 그것을 받아 집에 돌아와 온종일 굶은 아버지에게 먹여 드린다. 그렇게 몇 해가 지나자 동냥뿐 아니라 삯바느질을 하여 생계를 잇는다. 이는 돌아가신 어머니가 생전에 했던 일이기도 한데, 아직 열 살을 조금 넘긴 심청에게 삯바느질은 동냥을 보충하는 정도의 생계 수단이 된다.

이제 열다섯의 꽃다운 나이가 되었다. 출천의 효행이 널리 알려져 도화동 인근 무릉촌의 장 승상 댁 부인이 심청을 불러 본다. 그 자리에서 수양딸을 삼겠다고 제안하는 부인에게 심청은 아버지를 모셔야 한다며 정중히 거절한다. 이러는 사이 집에서 딸을 기다리던 심 봉사에게 일대 사건이 일어난다. 큰 사건이긴 해도 그 발단은 딸의 귀가가 늦는 것을 걱정하던 중에 나온 일상적인 행동에서였다.

심 봉사 홀로 앉아 심청을 기다릴 제 배고파 등에 붙고 방은 추워 턱이 떨어지고 잘 새는 날아들고 먼 데 절에서 쇠북 소리 들리니 날 저문 줄 짐작하고 혼자 하는 말이, "내 딸 심청이는 무슨 일에 골몰하여 날이 저문 줄 모르는고? 주인에게 잡히어 못 오는가, 저물게 오는 길에 동무에게 정신을 쏟았는가?" 눈바람에 가는 사람보고 짖는 개 소리에 "심청이 오느냐?" 반겨 듣기도 하고. 무단히 떨어진 창에 와 눈바람 섞여 부딪치니 심청이 온 자취 행여 긴가 하여 반겨 나서면서 "심청이 네 오느냐?" 적막한 빈 뜰에 인적이 없었으니 허튼 마음에 아득히 속았구나.

끼니를 거른 채 추운 방 안에서 딸의 귀가 길을 걱정하는 가난한 아버지의 모습이 잘 그려져 있다. 부녀 2인 가족의 생활에서 딸이 밖에 나가 동냥하고 돌아오는 때는 대체로 일정하였을 텐데, 그러한 일상의 시간이 어긋나자 딸을 기다리는 아버지는 걱정이 클 수밖에 없다. 날이 저물어 어두워지는 데다 눈바람까지 치는 궂은 날씨는 근심을 더해 준다.

기다리다 못한 심 봉사가 지팡막대를 짚고 사립문 밖에 나갔다가 개천 밑으로 떨어진다. 나오려고 허우적거려 보나 자꾸 미끄러져 내려가 위험천만하게 되었다. 마침 지나가던 몽운사 화주승에게 구출되어 집으로 돌아오니 두려움과 서러움과 한스러움이 한꺼번에 밀어닥친다. 이 모든 고난이 눈먼 봉사라서 그렇다고 한탄하는 그에게 공양미 삼백 석으로 눈을 뜰 수 있다는 화주승의 말은 지금의 상황을 단번에 뒤집을 것 같은 구원의 소리였다. 이런저런 헤아림 없이 즉석에서 장부에 적도록 하고 화주승이 받아 가지고 떠난 후에야 후회가 엄습한다. 빈털터리 주제에 무턱대고 시주를 약속했으나 아무리 생각해도 공양미를 구할 방도가 없다. 그저 팔자타령에 신세 한탄만 할 뿐이다.

심청이 돌아와 아버지가 겪은 일을 듣고 나니 이제 모든 고민은 심청에게로 옮겨 온다. 하지만 그녀로서도 어찌해 볼 도리가 없어 다만 목욕재계하고 단을 무어 정화수 떠 놓고 빌 따름이다. "아비는 무자(戊子)생으로 삼십 안에 눈이 멀어 사물을 못 보오니 아비 허물을 내 몸으로 대신하옵고 아비 눈을 밝혀 주옵소서."라며 간절히 기도한다. 현실의 난관을 헤쳐 나갈 방도가 천지신명에게 비는 일밖에 없다는 것이 이 부녀가 놓인 곤궁한 형편과 심리적 암울함을 보여 준다.

정성이 닿았던지 남경 장사 뱃사람들이 처녀를 산다는 소식이 들려온다. 심청은 제 몸을 팔아 공양미를 마련하기로 결심한다. 떠날 날이 다가올수록 기구한 운명에 대한 한탄과 혼자 남을 아버지에 대한 걱정으로 일도 손에 잡히지 않고 밥도 먹지 못한다. 그러다가 정신을 차리고 아버지 옷들을 빨고 수선하여 정돈해 두고, 떠나기 전날 밤에 아버지 버선을 꿰매다가 깊이 탄식한다.

내가 한번 죽어지면 뉘를 믿고 사실까. 애닯도다, 우리 부친. 내가 철을 안 연후에 밥 빌기를 놓으시더니 내일부터라도 동네 걸인 되겠으니 눈친들 오죽하며 멸신들 오죽할까. 무슨 험한 팔자로서 초칠일 만에 모친 죽고 부친조차 이별하니 이런 일도 있을까.

앞서 곽씨 부인이 임종할 때 했던 탄식의 말이 이제 심청에게서 다시 나온다. 아버지에 대한 걱정과 자신의 운명에 대한 한탄으로 하염없이 울고 있다. 그러는 사이 동방이 밝아 오고 남경 상인들이 사립문 밖에서 재촉한다. 심청은 아침밥을 지어 아버지에게 올리며 사실대로 말한다. 울부짖고 나뒹구는 아버지를 보며 "하늘님이 하신 바이오니 한탄한들 어찌 하오리까?"라면서 위로한다. 장 승상 댁과 동네 사람들에게 인사하고 아버지를 부탁한 후 상인들을 따라나선다.

상선을 타고 바다로 나간 심청은 아황, 여영, 오자서, 굴원 등 열녀와 충신의 모습을 보고 소리를 듣는다. 그들의 원한과 애통함이 심청의 마음과 공명을 이루어 죽으러 가는 길에 한없이 슬퍼진다. 인당수에 다다라 폭풍우가 휘몰아치는 중에, 누누이 빌어 왔던바 천지신명에게 아버지의 눈을 뜨게 해 달라고 다시 또 빌고는 물로 뛰어든다. 이 장면에서 부녀가 겪는 고난과 역경이 절정에 이른다. 그리고 환상적인 사건이 본격적으로 전개되면서 이야기의 성격이 변한다.

출천의 효녀를 구하라는 옥황상제의 명을 받고 인당수와 사해의 용왕이 물에 빠진 심청을 용궁으로 맞아들인다. 심청은 용궁에서 융숭한 대접을 받고 옥진 부인이 되어 있는 어머니도 만나 회포를 푼다. 그런 후 큰 꽃송이 속에 들어가 다시 세상으로 나온다. 황제에게 바쳐진 꽃에서 나온 심청은 황후가 된다. 이렇듯 이야기는 현실에서 환상으로, 고난에서 행복으로 급격하게 바뀌고 있다. 이 같은 진행을 통해 효도를 다하면 하늘이 복을 준다는 주제를 강조하는 듯이 보인다.

그런데 이러한 사건 전개에도 지난날의 고생스런 삶이 여전히 영향을 끼치고 있다. 심청이 용궁에서 어머니를 만난 장면이 이를 잘 보여준다. 용궁에서의 모녀 상봉은 이제까지 전개된 부녀 2인 가족의 고생담이 딸의 죽음으로 일단락된 후 일종의 보상 체험으로 설정되었다. 곽씨 부인이 살았더라면 심청의 비극은 일어나지 않았을 것이다. 그녀가 죽은 후에 어머니에 대한 심청의 그리움은 또 얼마나 깊었겠는가. 이러한 면들을 보상하는 차원에서 어머니와의 만남이 주선되었다고 할 수 있다. 한없이 반갑고 감격스런 자리이지만 다른 한편으로 모녀는 큰 슬픔과 애달픔에 빠진다. 눈먼 아버지이자 남편에 대한 걱정으로 인해 기쁨보다 슬픔이 더 큰 것이다.

심청은 어머니를 보고 십오 년간 얼굴도 모르고 지내 온 한을 말하고 홀로 남은 아버지를 생각하며 슬퍼한다. 곽씨 부인도 심청을 잃은 남편 심 봉사의 처지가 오죽하겠느냐며 탄식하고 "아버지 이별하고 어미를 다시 보니 둘 다 온전하기 어려울손 인간의 고락이라."며 다독인다. 심청으로서는 현실에서 아버지와 살았고 용궁에 와서 어머니를 만나 평생의 회포를 풀었으나 부모와 함께 사는 일은 영영 불가능한 것이다. 곽씨 부인의 말은 부모 자식으로 구성된 가족이 심청에게만큼은 허여되지 못한 운명이기에 그것대로 받아들일 수밖에 없다는 취지로 들린다.

용궁의 모녀 상봉은 심 봉사가 어떻게 살고 있는지 독자의 관심을 돌리는 계기가 된다. 모녀는 홀로된 심 봉사에 대해 한걱정하지만, 실제로 그는 뺑덕 어미를 만나 동거를 시작하였다. 그러나 워낙 나쁜 성품과 행실을 지닌 뺑덕 어미인지라 살림은 금세 동나고 이웃에게 면목이 없어 마을을 떠나 떠돌이 생활을 한다. 심 봉사는 외로워서 고달픈 처지가 아니라 사람을 잘못 만나 주변의 도움으로 얻은 살림마저 거덜을 내고 떠도는 신세가 되었다. 이러한 그의 모습은 예전에 궁핍과 가난으로 인한 것에 비해 인격과 행실 면에서 걱정거리가 되어 버린 양상이다. 딸의 봉양을 받으며 지낼 때 어느 정도 유지하였던 사대부의 체면과 위신을 뺑덕 어미를 만나 생활하면서 거의 다 잃어버리고 말았다. 이는 몽운사 화주승에게 앞뒤 헤아리지 않고 덜컥 시주 약속을 하던 모습의 연장으로 여겨진다. 심 봉사에게는 성급함과 어리석음이라는 부정적인 성격이 부여되어 있다.

심청은 용궁에서 나와 마침 홀로된 천자의 배필로서 황후에 오른다. 그녀에 대한 하늘의 보답은 이계인 용궁에서 융숭하게 대접받는 것뿐 아니라 현실로 돌아와 여자로서 가장 높은 자리에 오르는 것까지 마련되었다. 온갖 부귀영화를 누릴 수 있는 위치이나 심청은 여전히 근심에 싸여 지낸다. 가을 달밤에 기러기에게 부쳐 보내는 편지에서 지금까지 겪은 일을 요약한 후 다음과 같이 말한다.

> 당금 천자의 황후가 되었으니 부귀영화 극진하오나 간장에 맺힌 한이 부귀도 뜻이 없고 살기도 원치 아니하되 다만 소원이 부친 슬하에 다시 뵈온 후에 그날 죽사와도 한이 없겠나이다. 아버지 나를 보내고 겨우 지낸 마음 문에 비겨 생각하는 줄을 분명히 알거니와 죽었을 제는 혼이 막혀 있고 살았을 제는 액운이 막히어서 천륜이 끊겼나이다.

부녀 사이의 천륜이 끊긴 지금 상황이 심청에게는 큰 슬픔이기에 궁중에서도 수심에 차서 지낸다. 아버지와 헤어질 때를 회상하며 사립문에 기대어 날마다 딸을 생각하는 모습을 그려 본다. 그 사이에 심 봉사가 뺑덕 어미와 동거하고 마을을 떠나 유랑 생활을 한 이야기가 나오지만 작중 인물인 심청은 그것을 모른 채 아버지에 대한 걱정과 그리움만 깊어지는 나날을 보내고 있다. 하긴 그 사정을 알았더라면 더욱 큰 근심에 빠졌을 것이다.

황후의 마음을 알게 된 황제가 명을 내려 도화동 심학규를 불러올리라고 한다. 그러나 이미 마을을 떠난 사람을 찾을 길이 막막하다. 이에 황후가 맹인 잔치를 제안하여 전국의 맹인들을 황성으로 불러들인다. 잔치 소식을 듣고 가는 길에 뺑덕 어미는 황 봉사를 만나 도망간다. 심봉사 홀로 가다가 더위에 지쳐 개천에서 목욕하고 나오니 옷과 짐이 사라져 버렸다. 오도 가도 못하고 알몸으로 길가에서 울고 있는 그의 모습은 심청을 마중하러 문 밖에 나갔다가 개천에 빠져 허우적대던 때와 닮아 있다. 주위에 누구 하나 도와줄 사람 없이 혼자가 된 형상이다. 심봉사의 실존이 원래 이러한 것이나 아내 곽씨 부인이, 딸 심청이 있어서 사는 데 크게 지장을 받지는 않았었다. 심청이 떠난 후 뺑덕 어미가 있을 때만 해도 이렇게까지는 아니었는데 이제 본모습이 적나라하게 드러난 것이다. 사실 곽씨 부인과 심청은 심 봉사의 이러한 면모를 잘 알고 있었으므로 지극정성으로 봉양하며 인간적인 존엄과 사회적인 지위를 지켜 주었던 것이다. 독자인 우리도 주위의 도움이 없다면 알몸의 심 봉사와 별로 다르지 않은 모습일 터이다.

곤경에 빠진 심 봉사는 지나가던 무릉 태수를 졸라서 옷과 노자를 얻어 황성으로 향한다. 도중에 방아 찧는 아낙들을 만나 걸쭉한 농담을 주고받기도 한다. 황성에 이르자 안씨 맹인이 그를 맞이하여 인연을 맺는다. 맹인 잔치를 열고 하루하루를 고대하며 보내던 황후는 마지막 날의 잔지를 마진 후 맹인 명단에 늘지 못한 심 봉사를 불러 연고를 묻는다. 심 봉사는 아내를 잃고 젖동냥으로 딸을 길렀으나 공양미에 팔려 가 죽었다는 말을 아뢴다. 그러고 나서 "인당수에 제물로 빠져 죽었사오니 그때에 십 오 세라. 눈도 뜨지 못하고 자식만 잃었사오니 자식 팔아먹은 놈이 세상에 살아 쓸데없사오니 죽여 주옵소서."라며 눈물로 호소한다.

심 봉사의 호소는 마음속 깊이 품고 있던 원한과 죄의식을 토로한 것이다. 아무리 뺑덕 어미와 동거하며 회회덕대고 길가 아낙네에게 성적인 농담을 걸었다고 해도 그의 본심은 늘 이 지점에 있었다. 심 봉사의 이러한 애통함은 곧 심청이 품은 아버지에 대한 염려와 그리움에 호응한다. 이처럼 부녀 상봉의 장면은 진심이 진심을 만난 것이기에 만인의 감동을 자아낸다. 이러한 행복한 결말은 고단한 인생의 근심 걱정을 한바탕 허구의 이야기로 풀어 버리려는 향유층의 소망을 담고 있다.

<심청전>은 심청과 심 봉사의 근심 걱정으로 가득한 삶을 이야기하고 있다. 효성스런 딸의 장애인 아버지에 대한 걱정과 그를 봉양하려는 마음은 지고의 자리에 올라서도 그칠 줄 모른다. 심 봉사도 딸이 고생하는 것에 가슴 아팠고 자기 때문에 희생한 것에 깊은 죄의식을 지니고 있었다. 두 사람이 서로를 걱정하는 것이 궁핍하고 고생스런 인생을 지탱하는 힘이 되었다. 작품에 대해 유교적 효도의 교훈을 강조했다거나 있을 수 없는 환상적 보상이 한계라거나 하며 평가하기 전에, 부녀 2인 가족, 장애인 가족의 고단한 삶에서 두 사람이 서로 의지하고 헤어졌다가 다시 만나는 모습이 주는 애틋한 인상과 감동이 있다. 우리가 두고두고 기억하고 음미해야 할 작품의 가치가 여기에 있지 않을까 한다.

토별가

    <토별가(兎鼈歌)>는 신재효(申在孝, 1812-1884)가 개작한 판소리 사설 6마당 중 한 편이다. 판소리 사설은 광대가 판소리 공연을 하며 부른 노랫말이 구비 전승되다가 기록으로 남은 것을 말한다. 이것이 독서물의 형태로 만들어져 널리 읽힌 것이 판소리계 소설이다. 신재효는 뚜렷한 작가 의식을 가지고 기존의 판소리 사설을 정리, 개작하여 6편의 작품을 남겼다. 그중 <토별가>는 <토끼전>의 여러 이본 중 하나로서 주제 중심의 합리적인 사건 전개를 추구한 개작 의식으로 인해 개성이 강한 작품으로 평가된다.

    <토끼전>은 계통상의 명칭인 판소리계 소설이면서도 창작 방법상으로는 우화 소설(寓話小說)이다. 동물이 등장하여 사람처럼 말하고 행동하며 사건이 전개되는 이야기인 것이다. <토끼전>의 이본인 <토별가>도 당연히 이러한 특성을 지니고 있다. 그리하여 작품을 감상할 때에는 동물의 외모와 습성에 기초한 기발하고 재치 있는 말과 행동에 더하여 그것에 반영된 인간 사회의 양상과 의미에도 주의를 기울여야 한다. 등장인물이 동물이긴 하지만 다른 판소리계 소설처럼 조선 후기 서민들의 생활상이 반영되었고 그들이 겪는 고난과 시련이 그려져 있다. 그것의 원인이 되는 사회 체제의 부조리와 모순을 풍자, 비판하는

의식도 강하게 나타난다. 동물들의 이야기로 포장된 당대인의 삶의 모습 속에서 생존을 위한 분투와 세상살이의 근심 걱정을 읽어 낼 수 있다.

<토별가>는 남해 용왕이 건물을 새로 세우고 여러 용왕들을 초청하여 낙성연을 베푼 후 병이 나는 것에서 시작한다.[18] 어떤 약으로도 차도가 없던 차에 선관이 내려와 토끼의 간을 먹어야 낫는다고 일러 준다. 이에 백관을 모으고 육지에 가 토끼를 데려올 신하를 구하는데 이 자리에서 문관과 무관이 서로 다투는 광경을 연출한다. 공부상서 민어가 토끼를 잡으러 삼천 명의 정예 병사를 주어 대장 고래를 보내라고 청하자, 고래가 화를 내며 수중의 군사가 육지 전투를 할 수 없다면서 민어를 비난한다. "저런 소견 가지고도 문관이라 위세하여 좋은 벼슬하여 먹고 조금 위태한 일이면 호반에게 밀려 하니 뱃속에 있는 것이 부레풀뿐이기로 변통 없이 하는 말이 교주고슬(膠柱鼓瑟) 같사이다."라고 한다. 민어와 고래가 문관과 무관의 대표자로서 각자의 입장에서 다투는 양상이다. 또한, 민어의 부레풀로 접착제를 만드는 사실에서 유추하여 융통성이 없다는 뜻의 교주고슬을 언급하는 데서는 언어유희를 통해 표현의 묘미를 추구한 면이 나타난다.

이번에는 한림학사 깔따구가 산군(山君)에게 조서를 보내 토끼를 잡아 올리게 하자고 하니, 표기장군 벌덕게가 게거품을 물고 나선다. 이부상서 농어의 자식인 깔따구가 집안의 세력으로 어린 나이에 청요직에 있으면서 일의 이치도 모르고 '방안 장담 저리하나' 산군이 용왕의 명을 듣겠느냐면서 따진다. 이렇게 문관과 무관이 사사건건 부딪치자 서술자는 용왕의 생각을 빌려 '불쌍한 호반들이 문관에게 평생 눌려 절

---

18) 강한영 교주, 『신재효 판소리 사설집』, 교문사, 1984, 253-321면.

치부심하였다가 이런 때를 당하여서 큰 싸움이 나겠구나.'라고 논평한다. 용왕 앞에서 벌어진 이러한 쟁론은 조선 후기 조정(朝廷)의 당쟁 양상을 문무의 대립으로 바꾸어 나타낸 것으로 볼 수 있다.

의논이 분분하여 결론을 내지 못하던 중에 하찮은 주부 벼슬의 자라가 나서며, 대대로 충신의 집안 자손인 자신이 가겠다고 한다. 용왕이 칭찬하고 꿩의 후신인 전복에게 토끼 화상을 그리게 하여 가지고 가게 한다. 자라가 집에 돌아와 가족과 이별할 때 어머니는 다음과 같이 말한다.

> 너의 부친 식욕 많아 낚싯밥을 물었다가 청년 조사(早死)하였기로 독수공방 내 설움이 너 하나를 길러 내어, 불면 날까 쥐면 꺼질까 아침에 나가 늦게 오면 문에 비겨 기다리고 저물게 나가 안 돌아오면 여(閭)에 비겨 바라더니, 네가 지금 벼슬하여 임금을 섬기다가 임금이 병환 계셔 약 구하러 간다 하니 주우신욕(主憂臣辱), 주욕신사(主辱臣死) 당당한 직분이니 지성으로 구하다가 만일 약을 못 얻거든 골포 사장(骨暴沙場)게서 죽지 돌아오지 말지어다. 대대로 충신 집에 선영 누덕(先塋陋德) 될 것이니 두어서 무엇하리.

신하의 직분을 감당하고 충신 집안의 덕을 더럽히지 말라는 당부의 말이다. 그런데 이 말에 앞서 일찍 과부가 되어 홀로 주부를 기를 때의 고생을 회상하고 있다. 충신 가문의 여자 어른으로서 겉으로는 의연하게 당부하고 있으나 속마음은 고생하여 키운 자식을 사지로 떠나보내는 것이 무척이나 억울하고 애달픈 것이다. 이 말에는 사회적 지위와 체면을 유지하기 위한 말과 행동의 이면에 인간적인 정리와 근심 걱정이 자리 잡은 모습이 서로 부조화를 이루며 나타나 있다.

자라는 가족 친지와 작별하고 바다를 건너 육지로 올라온다. 이름난

산천을 두루 구경한 후 남생이를 만나 동족이라고 반갑게 인사한다. 그를 따라 낭야산 취옹정에서 열리는 모족 회의(毛族會議)를 참관하러 간다. 산군인 호랑이가 주석이 되어 모든 산짐승들이 모인 자리의 의제는 '근래 인심 하 무서워 짐승을 잡아먹기 온갖 꾀가 다 생기고 산중에 수목 없어 은신할 데 없었으니 애잔한 우리 모족 절종(絶種)이 가련키로' 모두 모여 의견을 들어 보아 몸을 보존하고 피난할 방책을 찾으려는 것이다. 이는 조선 후기 취사와 난방을 위한 남벌과 식량 부족의 사회상에 대해 인간에게 당하는 동물의 입장에서 서술한 것이다. 그리하여 동물에게 절실한 생존의 문제를 가지고 한바탕 토론의 자리가 마련된다.

너구리는 동류의 짐승인 사냥개가 사냥꾼의 앞장을 서서 구석구석 찾아 들어 자기들을 잡는 것에 대하여 성토한다. 그런데 논의가 옆으로 흘러 노루는 이 자리의 어른인 기린을 대접해야 한다고 말한다. 이에 여우가 산군에게 아첨하여 다람쥐와 쥐가 모아 둔 밤과 도토리를 바치도록 만든다. 그 양식을 가지고 산짐승들은 나눠 먹었으나 육식하는 산군이 먹을 것이 없으니 여우가 또 나서서 멧돼지의 새끼를 잡아먹으라고 권한다. 이에 대한 멧돼지의 반응과 이어서 벌어진 일이 다음과 같이 서술되었다.

멧돼지 분이 나서 여우를 깨물잔들 성호사서(城狐社鼠)인바 세거(世居)하는 것들이요 산군 옆에 앉았으니 호가호위(狐假虎威)를 하였구나. 어찌할 수 없었으니 제 분을 못 이기어 백자 새금치 입에 물고 으득으득 깨물면서 큰자식을 납상하니 산군이 큰 입으로 양볼제비 먹을 적에 여우가 옆에 앉아 자랑이 무섭구나. "저희들이 못 생겨서 남에게 볶이네 잡혀 먹네 걱정하제. 날같이 행세하면 아무 걱정 없제. 남의 무덤 바짝 옆에 굴을 파고 엎뎠으면 사냥꾼이 암만해도 불지를 수도 없고 쫓기어 가다가도 오줌만 누었으면 사냥개도 할 수

없고 아무 데를 가더라도 주관하는 사람에게 비위만 맞추면 일생이
편한 신세 공출물(空出物)에 놀아 주제."

멧돼지가 분하고 원통함을 거우 참고 큰자식을 상납하자 호랑이가
그것을 양 볼에 가득 넣고 먹어 치운다. 그 옆에서 여우는 자기의 생존
법과 처세술을 한껏 자랑한다. 회의하기 위해 모인 자리에서 예기치 않
게 아주 끔찍하고 엽기적인 장면이 연출되었다. 멧돼지가 바친 새끼를
호랑이가 산 채로 입에 넣어 우걱우걱 씹고 있고 그 옆에서 여우는 종
알종알 자기 자랑을 내뱉고 있는 모습이다. 신재효의 개작 판소리 사설
에 기괴한 대목이 종종 나타나지만 이 장면은 <변강쇠가>에 그려진
강쇠의 장승 죽음과 뎁득이의 갈이질 사설 대목에 버금갈 만큼 인상적
이라 할 수 있다.

이러한 참상을 보다 못한 곰이 의기 있게 나선다.

오늘 우리 모이기는 산중 제폐(除弊)하자더니 사냥개는 없애라되
포수 무서워 할 수 없고 애잔한 쥐, 다람쥐 과동지자(過冬之資) 다 뺏
기어 부모처자 굶길 테요 가세 부족 멧돼지 상명지통(喪明之痛) 보
았으니, 시속에 비하며는 산군은 수령 같고 여우는 간물 출패(奸物
出牌), 사냥개는 세도 아전, 너구리, 멧돼지며 쥐와 다람쥐는 굶지 않
는 백성이라. 오늘 저녁 또 지내면 여우 눈에 못 괴인 놈 무슨 환(患)
또 당할지 그놈의 웃음소리 뼈저려 못 들겠네. ㄱ만하여 파합시다.

모족 회의에서 벌어진 사건을 두고 호랑이는 수령, 여우는 간사한 건
달, 사냥개는 세도가의 아전, 너구리·멧돼지·쥐·다람쥐는 굶지 않을 정
도의 백성이라고 정리하였다. 이는 곧 수령, 아전, 건달 등의 모략, 착
취, 수탈로 인해 생존 자체를 위협받는 조선 후기 일반 서민들의 위태

롭고 고단한 삶을 날카롭게 풍자한 것이다. '여우 눈에 못 괴인 놈 무슨 환 또 당할지. 그놈의 웃음소리 뼈저려 못 듣겠네.'라는 말이 당대 서민의 위기의식과 분노의 감정, 일상의 삶에 퍼져 있는 근심 걱정을 생생하게 전하고 있다.

회의가 파한 후 자리를 뜨는 토끼를 자라가 좇아간다. 자라는 처음부터 끝까지 모족 회의를 지켜보며 너구리, 멧돼지 등의 현실적 처지가 어떠한지 간파하였다. 토끼도 그 동물들과 별반 다르지 않거나 더욱 어려운 형편에 처해 있다. 자라는 그 점을 파고들어 토끼를 설득하여 용궁으로 데려가고자 한다. 그는 먼저 '여보, 토 선생' 하고 토끼를 부른다. 이러한 호칭은 '온 산중이 멸시하여 누가 대접하겠느냐. 쥐와 여우, 다람쥐도 토끼야, 토끼야 여호소아(如呼小兒) 이름 부'르는 신세의 토끼에게 존칭을 써서 호감을 사고자 한 것이다. 호기심 많은 토끼가 정중하게 자기를 부르는 자라를 보고 다가와 둘은 정식으로 인사를 한다.

자라는 온갖 유식한 문자로 토끼를 칭송한 다음 토끼가 수궁에 가면 높은 벼슬을 할 것이라고 꾄다. 그러자 토끼는 '산수지락(山水之樂) 풍월지흥(風月之興)'을 잊을 수 없어 못 가겠다고 버틴다. 자라가 그 즐거움이 무엇인지 묻자 토끼는 자신만만하게 사시사철의 변화 속에 청산에 사는 즐거움과 흥취를 자랑한다. 이에 대해 자라가 반론을 제기한다.

천봉에 바람 차고 만학에 눈 쌓이어 땅에는 풀이 없고 나무에 과실 없어 여러 날 굶은 신세 어두컴컴 바위틈에 고픈 배 틀어쥐고 적막히 앉은 거동, 진나라 함곡관에 초회왕의 신세런가 북해상 대교(大窖) 중에 소 중랑의 고생인가, 무슨 정에 상설 방매(賞雪訪梅). 이삼월에 눈이 녹아 풀도 돋고 꽃도 피면 주린 구복 채우려고 이 골 저골 다니다가 숙숙 토저(肅肅兎罝) 코 잔 그물 빈틈없이 둘러치고 규

규무부(赳赳武夫) 날랜 걸음 소리치고 쫓아오니 짧은 꽁지 샅에 끼고 큰 구멍에 단내 펄펄, 불변천지 도망할 제 천만의외 독수리가 중천에 높이 떴다 날아 내려 앞 막으니 당신의 가긍 정세 적벽강 화전 중에 목숨이 아니 죽고 간신히 도망타가 화용도 좁은 목에 관공 만난 조조로다, 어느 틈 무슨 경황 기수목욕 무우(舞雩) 바람.

이런 식으로 겨울, 봄, 여름, 가을에 토끼가 겪는 굶주림, 고난, 죽을 고비 등을 실감 나게 묘사한다. 앞서 토끼가 자랑한 산수지락의 허위성을 여지없이 폭로한 것이다. 이 내용으로 보면 모족 회의의 너구리 등이 '굶지 않는 백성'인 것에 비해 토끼는 사시사철 굶는 백성임을 알 수 있다. 그들보다 더 열악한 처지의 빈민층에 속하는 존재가 토끼이다. 정곡을 찌른 자라의 말에 토끼는 그를 따라갈 마음을 먹게 된다. 좀 더 다짐을 받은 다음에 자라를 따라나서는데, 가는 도중에 여우 새끼가 자라를 따라가면 죽는다며 말리자 토끼가 솔깃하여 그만두려고 한다. 조급하게 된 자라가 여우가 질투해서 저런다며 구슬리자 토끼는 마음을 굳히고 용궁으로 향한다.

이와 같이 토끼가 수궁으로 향하는 것은 자라의 현란한 구변에 빠져들어 결심함으로써 이루어진다. 그러나 수궁 행의 핵심은 토끼의 현실적인 신세와 처지에 대한 자라의 추궁을 수궁할 수밖에 없다는 데에 있다. 곤궁하고 위험투성이의 삶에서 벗어나고 싶어 하는 토끼의 욕망을 자라가 정확히 파악하여 끌어내었기 때문에 토끼는 수궁으로 떠난다. 세상살이의 근심 걱정을 모두 떨쳐 버리고 안락과 부귀영화의 낙원을 향해 가는 것이다.

토끼는 자라의 등에 타고 바닷속 수궁에 당도한다. 잔뜩 기대하고 왔건만 문 지킨 군사로부터 자기를 데려온 이유를 알고 큰 절망에 빠진다. 수궁의 이 상황은 모족 회의에서 멧돼지가 산군에게 자식을 바치는 것과 비슷하면서도 그보다 더 심각하다. 최고 권력자가 하층의 일반 백성에게 희생을 강요한다는 점에서 유사하나 자식이 아니라 본인의 목숨을 내놓아야 하니 멧돼지보다 더욱 위태롭게 되었다. 여기서 이야기의 반전이 일어난다. 멧돼지 등은 지배자의 요구에 어쩔 수 없이 응하고 말았으나 토끼는 기지를 발휘하여 지배자를 속이고 위기에서 탈출한다.

용왕을 속이고 자기 목숨을 구하려고 꾸민 것이긴 하나, 간을 육지에 두고 왔다는 주장을 펴기 위한 토끼의 논리는 다음과 같다.

천상의 영허지리(盈虛之理) 달이 맑아 있삽기로 보름이 되기 전이면 차옵다가 보름 후면 줄었으니 달의 별호 옥토(玉兎)옵고 지상의 진퇴지리(進退之理) 조수가 맑았기로 사리에는 물이 많고 조금에는 적사오니 조수 별호 삼토(三兎)오니, 소토의 뱃속 간이 달빛 같고 조수 같아 보름 전에는 배에 두고 보름 후에는 밖에 두어 진퇴 영허(進退盈虛) 하는 고로 약이 되어 좋다 하제. 만일 다른 짐승같이 뱃속에만 장 있으면 허다한 짐승 중에 소토 간이 좋다리까. 금월 십오 일 낭야산 취옹정에 모족 모임 하옵기로 소토의 간을 내어 파초 잎에 고이 싸서 방장산 최고봉에 우뚝 섰는 노송 가지에 높이높이 매다옵고 모임 참에 갔삽다가 별주부를 상봉하여 함께 따라왔사오니 내월 초하룻날 복중에 넣을 간을 어찌 가져올 수 있소.

하늘의 달은 찼다가 줄어들고 땅의 조수는 밀려왔다 밀려가는 이치가 있다. 달을 '옥토', 밀물 때의 조수를 '삼토'라 일컫는 것에서 그러한 현상이 토끼와 관련되었음을 짐작할 수 있다. 이렇게 차고 줄고, 나아가고 물러나는 것이 토끼와 연관되어 있으니, 이로써 유추하여 토끼가 간을 배에서 꺼내었다 들였다 함을 알 수 있다. 천지자연의 이치가 자기의 몸에 구현되었다는 논리로써 설득한 것이다. 그러면서 육지에서 모족 회의 후 자라를 만났을 때는 보름이라서 간을 내어 소나무에 높이 매달아 놓았다고 하였다. 앞의 논리와 뒤의 상봉 시점이 연결된 이 말은 상징적인 의미를 지닌다.

앞에서 보았듯이 모족 회의는 지배자에게 수탈당하는 일반 백성의 고달픈 삶을 풍자, 고발한 것이다. 백성의 일원인 토끼는 너구리 등에 비해 더욱 열악한 처지의 인물이다. 그가 자라의 꾐에 빠져 수궁에 와서 모족 회의의 산군에 해당하는 용왕의 요구에 목숨을 잃게 되었다. 이러한 절체절명의 상황에서 토끼는 기지를 발휘하여 간을 빼내어 놓고 왔다고 주장한다. 달이 차고 주는 것, 조수가 나아가고 물러나는 것을 인생살이에 적용한다면 위기-극복, 문제-해결, 고난-평안, 불행-행복 등의 인생 역정에 대응하는 이치라 할 수 있다. 모족 회의에서 적나라하게 드러난 것이 약육강식의 사회 체제하에 하층민이 겪는 고난상이다. 그러한 고난의 연장에서 토끼는 죽음의 위협에 직면하였다. 이를 극복하기 위해 차고 주는, 나아가고 물러나는 자연의 이치에 근거한 삶의 논리를 구축하였다. 그런 다음에 고난을 넘어 평안을 찾고, 불행을 딛고 행복을 얻는 낙천적 자세를 굳게 지니고 끝까지 밀고나가서 용왕을 설득하는 데 성공하였다.

토끼의 주장이 터무니없는 서릿발이라고 할 수는 없다. 오히려 뜻밖의 위기를 극복하기 위해 급히 만들어 낸 논리 속에 절박함이 배어 있어 설득력을 얻는다. 토끼의 말을 듣고 자라가 강력히 반대하나 용왕을 비롯하여 수궁의 대신들은 토끼를 수긍하고 오히려 융숭하게 대접한다. 이러한 양상은 토끼의 기지에 놀아난 그들의 어리석음을 폭로한다는 의미가 있다. 하지만 더 중요한 것은 생존을 위한 토끼의 필사적인 노력에 대해 작품의 향유층이 마음으로 응원하는 뜻이 담겨 있는 점이다.

이제 토끼는 수궁행을 택했을 때 기대한 만큼은 아니더라도 그의 생전에 받지 못한 온갖 대접과 환락을 누리며 일정 기간 용궁에 머문다. 그러고 나서 용궁에 올 때처럼 자라를 타고 육지로 돌아온다. 땅에 오른 토끼는 자라에게서 멀리 떨어지며 용왕의 어리석음을 조롱하고 자기를 속인 자라에게 화풀이를 한다. 그리고는 자기의 똥을 주며 약으로 쓰라고 한다. 간은 생명 유지에 긴요한 것인 반면 똥은 몸에서 배설된 더러운 찌꺼기이다. 이러한 극적인 대비를 통해 토끼의 통쾌한 승리를 칭송하고 용왕을 비롯한 지배층의 부당한 권력과 부정부패를 신랄하게 비판하였다.

죽다가 살아난 토끼는 깡충깡충 뛰며 환호한다. 위기를 극복하고 목숨을 건진 기쁨을 마음껏 즐기며 "너구리 아재 평안하오, 오소리 형님 잘 있던가? 벼슬 생각 부디 말고 이사 생각 부디 마소. 벼슬하면 몸 위태롭고 타관 가면 천대 받네."라고 인사를 건넨다. 고달픈 육지 생활에서 벗어나고자 수궁으로 가 보았으나 오히려 목숨이 위태롭게 된 자신의 경험에 빗대어 한 말이다. 다른 한편으로는 너구리, 오소리와 같은 이웃과 세상살이의 근심 걱정을 나누고 서로 도우면서 살아가자는 제안이기도 하다.

<토별가>는 동물들의 이야기로 구성된 우화 소설로서 조선 후기의 사회상이 반영되어 있다. 양반 사대부 지배층의 압박과 수탈에 고달프고 억울한 삶을 살아야 했던 하층 서민들의 모습이 담겨 있다. 너구리, 쥐, 다람쥐, 멧돼지 등이 사냥개, 여우, 호랑이의 위협, 간계, 착취 등을 견디며 살아야 했던 상황이다. 토끼의 경우는 이보다 심하여 용왕의 강

요에 의해 목숨을 잃을 처지까지 내몰려 있다. 절체절명의 위기 앞에 필사적으로 용왕을 설득한 토끼의 논리와 주장은 어떠한 위협에도 굴하지 않고 고난을 행복으로 바꾸어 가려는 서민층의 노력과 의지의 표현이다. 이러한 내용으로써 조선 후기 서민들이 품은 근심 걱정이 양반 지배층의 상시적인 억압과 착취에 의한 것임을 드러내었다. 백성의 근심 걱정을 덜어 주는 것이 지배층의 책무인데도 그와는 거꾸로 가 버린 당대의 지배 체제에 대해 작품의 향유층이 던지는 날카로운 풍자와 고발인 것이다.

Ⅲ.
사랑의 시름

동동

<동동(動動)>은 작품의 주제가 일 년 열두 달에 맞추어 표현된 달거리(월령체月令體) 형식의 고려 가요이다. 님에 대한 그리움과 송축의 주제를 각 월령마다 애절한 어조로 그려 낸 명작으로 평가받고 있다. 대개는 원래 달거리 민요였던 것이 궁중 속악에 편입되면서 서사(序詞)가 덧붙어 전체 13연으로 이루어졌다고 설명된다. 그러나 일관된 목소리로 매달의 사적인 감정을 토로하고 있어 민요 형식을 차용한 개인 창작시로 보는 것이 온당하다.

노랫말에 나타난 화자의 처지와 시적 상황을 정리해 보면 다음과 같다. 화자는 님을 모시려 하고(8월), 님에게 약을 받들고(5월), 님 앞에서 아양을 떨려고 하나(12월), 혼자 지내고(1월), 잊히고(4월), 버려지고(6월·10월), 고운 이를 저대로 두고 지내는(11월) 여성이다. 빗(6월), 한삼(11월), 산초나무 저(12월)를 사용하고, 약초(5월), 황화(9월), 화살나무(10월)로 약재를 만들기도 한다. 그녀가 사랑하는 님은 만인을 비추는 모습(2월), 남이 부러워할 모습(3월)에 등불(2월), 만춘[궁/각/루]의 진달래꽃(3월)으로 비유되며, 최고위층의 보좌역인 녹사(4월) 벼슬을 하며, 화자가 천 년을 장수하기를(5월) 기원하는 남성이다. 자신을 벼랑에 버려진 빗(6월), 저며진 화살나무(10월), 사람 손이 탄 산초나무 저(12

월)로 비유하면서도, 님을 잠시라도 좇아가고(6월), 함께 살아가기(7월)를 기원한다.

이처럼 화자는 님과 이별한 상황에서 열두 달의 시간에 따라 정서를 표출하고 있다. 그런데 님과 멀리 떨어져 있지는 않고 명절이나 행사 때 만날 기회가 있었던 것 같다. 문면에 드러난 명절은 2월 연등회, 5월 단오, 6월 유두, 7월 백중, 8월 한가위, 9월 중양절이 있고, 추정할 만한 것으로 1월 대보름 답교, 3월 삼짇날, 12월 제석의 나례가 있다. 화자는 답교놀이에서 다리 아래 냇물을 바라보고, 연등회를 구경하며, 유두에 머리 감고 빗질을 한다. 단오·중양절에는 약을 받들거나 약재를 만들고, 백중·한가위·나례에는 음식을 장만하여 상을 차리거나 내놓는다. 화자는 예전에 님과 사랑하는 사이였는데(4월), 지금은 잊혀 버림받고(4월·6월·10월) 떨어져 혼자 지내고 있으나(1월·11월), 간혹 님 앞에 나설 기회가 있다(12월).

이러한 처지와 상황을 고려하면 화자는 기녀인 듯하다. 봉당(11월)이 놓인 초가집(9월)에 거주하며 명절 때 동원되는 기녀로서 궁궐이나 귀족 저택의 행사에서 접대와 공연을 하고 약을 바치기도 하였다. 그러던 중 왕족 또는 귀족 자제와 사랑에 빠져 한때 모셨으나 지금은 헤어져 혼자 그리워하며 지낸다. 여전히 행사에 나가기에 때로는 옛 연인을 만나기도 하나 가까이할 수 없는 처지이다. 이러한 화자와 님의 관계는 신라 시대 국선도(國仙徒, 화랑도)와 유화(遊花) 집단에서 이루어진 남녀 애정의 양상을 띠고 있다. 그래서 작품에 쓰인 말들이 '선어(仙語)', 즉 국선의 언어라고 인식되기도 하였다.[19]

이제 서사를 포함한 13연의 시상 전개를 따라가며 작품을 살펴보고

---

19) 其歌詞 多有頌禱之詞 蓋效仙語而爲之(『고려사』71, 「악」2, 동동).

자 한다. 각 연 끝의 후렴구 '아으 동동(動動) 다리'는 생략하고 원문의 한자어에 음을 붙여 1행 3음보 율격에 맞추어 인용하며 현대어 번역을 붙인다.

덕(德)으란 곰ㅂㅣ예 받줍고   덕을랑 뒤 잔에 받들고
복(福)으란 림ㅂㅣ예 받줍고   복을랑 앞 잔에 받들고
덕(德)이여 복(福)이라 호ᄂᆞᆯ   덕이요 복이라 하는 것을
나ᅀᆞ라 오소이다20)   진상하러 옵니다.

서사는 노래가 불리는 현장의 목소리를 담고 있다. 어느 행사에서 앞 뒤로 연달아 윗사람에게 잔을 바치는 모습이 그려졌다. 아마도 기녀나 무희가 순차적으로 참석자의 술잔을 받아서 바쳤을 것이다. 애초 1월 에서 12월까지의 달거리 형식에 맞춰 지은 누군가의 노래를 궁중 속악 으로 편입하면서 현장성을 담은 서사를 맨 앞에 덧붙였다. 뿐만 아니라 12월령에 나온 '나ᅀᆞᆯ 반(盤)'과 연결되는 '나ᅀᆞ라'를 사용한 것을 보면 시상의 연속성도 고려한 듯하다. 윗사람에게 진상하는 소반 위에 '곰ㅂㅣ 림ㅂㅣ'의 'ㅂㅣ(杯)'가 놓였고, 12월령의 '져(箸)'로써 소반의 음식을 차렸던 정황을 추정할 수 있다. 행사의 주관자에게 덕과 복을 비는 송축의 서 사로써 노래를 시작한 것이다.

정월(正月)ㅅ 나릿 므른 아으   정월 냇물은 아아,
어져 녹져 ᄒᆞ논ᄃᆡ   얼다가 녹다가 하는데
누릿 가온ᄃᆡ 나곤   세상 가운데 나고는
몸하 ᄒᆞ올로 녈셔   몸이여, 홀로 지내는구나.

---

20) 『악학궤범』, 국립국악원, 2011, 231-232면.

본사는 이처럼 화자의 정서를 애절하게 표출하면서 시작된다. 정월 대보름 답교놀이에 참가하여 주변의 흥성거림에 빠져들고자 하지만 다리 아래 흐르는 냇물을 보며 오히려 외로운 처지를 절감한다. 냇물이 '얼다가 녹다가 하'며 계절은 겨울에서 봄으로 가고 있다. 그와 같이 님과의 관계가 얼었다가도 녹으면, 혹은 님과 떨어져 있다가도 함께 지내면 좋으련만, 님과는 오래 헤어져 있어 이 세상에 혼자뿐이라는 고독감에 시달린다.

이월(二月)ㅅ 보로매 아으	이월 보름에 아아,
노피 현 등(燈)ㅅ블 다호라	높이 켠 등불 같아라.
만인(萬人) 비취실	만인 비추실
즈싀샷다	모습이시도다.
삼월(三月) 나며 개(開)흔 아으	삼월 나며 핀 아아,
만춘(滿春) 둘 욋고지여	만춘[궁/각/루] 진달래꽃이여.
느믜 브롤 즈슬	남의 부러워할 모습을
디녀 나샷다	지녀 나시도다.

3월령에서 '남의 부러워할 모습을 지닌' 꽃이라면 같은 수준의 '다른' 꽃을 상정해야 한다. 특정 공간에 핀 꽃이어야 보통 꽃과 구분되어 부러워할 만한 꽃이 될 수 있다. 이에 '만춘(滿春)'은 '~궁/각/루/정(亭)/대(臺)/지(池)' 등 특정 장소에 붙은 고유 명사로 보아 '만춘[궁/각/루] 진달래꽃이여'로 풀이한다.

2월령과 3월령은 님을 칭송하는 내용이 공통된다. 2월 보름의 연등회에 참가한 화자는 높이 켜 있는 등불을 보며 님을 떠올린다. 등불이 거리를 환히 비추듯이 님은 많은 사람을 비추는 존재이다. 이럴 수 있는 사람은 임금이 아니라면 고위층의 귀족 인사일 것이다. 3월이 되자 삼짇날이 돌아왔다. 여기저기 진달래꽃이 화사하게 피어 있으나 님이 있는 '만춘[궁/각/루]'에 핀 진달래꽃이야말로 다른 꽃들이 모두 부러워하는 자태를 뽐낸다. 그 꽃은 아마도 님의 거처나 님과 만난 곳에 피어 있는 것일 터이다. 이렇게 뭇사람이 선망하는 대상이라서 화자로서는 옛 인연을 소중히 간직하면서도 감히 나서서 독차지할 수 없는 처지이다.

사월(四月) 아니 니저 아으	사월 아니 잊어 아아,
오실서 곳고리 새여	오셨네, 꾀꼬리 새여.
므슴 다 녹사(錄事)니몬	무슨 탓[인지] 녹사님은
녯 나를 닛고신뎌	옛 나를 잊으시려는구나.

'므슴 다'는 대개 '므슴ᄒ다'에서 'ᄒ'가 생략된 형태로서 '어떻다, 어찌하여'로 풀이되나 두 단어인 '무슨 탓'으로 해석되기도 하였다.[21] '다'를 '닷(故)'의 이형태로 본 이 해석이 타당하다고 본다. '녹사(錄事)'는 고려 시대 중간층의 아전 벼슬이지만 '문하녹사(門下綠事)'같이 최고 관직인 문하시중을 보필하는 문한(文翰) 직으로도 볼 수 있다. 촉망받는 귀족 자제가 거쳐 가는 관직이기에 '만인 비추실'(2월), '남의 부러워 할'(3월), '천 년을 길이 사실'(5월) 등 임금이나 최고위층 귀족에게 어울리는 수식어가 붙을 수 있었을 것이다. '닛고신뎌'의 '-고-'는 의도·미래형 선어말 어미로 보아 '하려 하다'의 뜻으로 풀이한다.

사월이 되어 꽃이 만발하고 새들이 지저귄다. 어디선가 꾀꼬리 소리가 들려 바라보니 노란 자태를 드러내고 울고 있다. 여름 철새라 겨울에서 봄까지 못 본 그 새를 다시 보니 반가운 마음이 앞선다. 이렇게 꾀

---

21) 한글학회, 「옛말과 이두」, 『우리말큰사전』, 어문각, 1992, '다' 참조.

꾀리는 다시 보았으나 자기 곁을 떠나간 녹사님은 무슨 이유에서인지 돌아올 기미가 없다. 화자와의 인연을 잊어버리려고만 하는 님을 생각하니 다시 온 꾀꼬리의 신의와 대비되어 님이 원망스럽다.

오월(五月) 오일(五日)애 아으
수릿날 아춤 약(藥)은
즈믄 힐 장존(長存)ᄒ샬
약(藥)이라 받줍노이다

오월 오일에 아아,
단옷날 아침 약은
천 년을 길이 사실
약이라 받듭니다.

5월 단옷날 아침에 화자는 님에게 약을 '받든다'. 여기서 받든다는 말은 님과 떨어져 있는 상태에서 약을 '받들어 보낸다'는 의미로 보아야 전체 문맥과 통한다. 단오에는 쑥, 익모초 등을 캐어 말려서 약재를 만드는 풍습이 있다. 그 약재로 만든 약을 님에게 받들어 보내면서 '천 년을 길이 사실' 것을 기원한다. 비록 떨어져 있으나 님의 건강을 염려하고 챙기려는 뜻과 정성을 전하였다.

유월(六月)ㅅ 보로매 아으
별해 ᄇ론 빗 다호라
도라보실 니믈
젹곰 좃니노이다

유월 보름에 아아,
벼랑에 버려진 빗 같아라.
돌아보실 님을
조금씩 좇아가렵니다.

6월 유둣날에는 풍습에 따라 냇가에서 머리를 감는다. 그런 후 머리를 빗는데 벼랑 아래에 버려진 빗이 보인다. 저렇게 쓰다 버린 빗처럼 자신도 버려졌다고 생각하니 비참한 기분이 든다. 그러나 한편으로 자기를 버린 님이 다시 '돌아보실' 수도 있다는 희망을 품는다. 그럴 기회가 생긴다면 '조금씩'이라도 님을 좇아가고 싶은 마음이다. '조금씩'은 님과 늘 함께할 수는 없고 잠깐씩, 잠시 동안 좇는다는 뜻으로 이해된다. 헤어진 님을 다시 만나 잠시라도 좇을 수 있기를 바라는 것이다.

칠월(七月)ㅅ 보로매 아으   칠월 보름에 아아,
백종(百種) 배(排)ᄒ야 두고   백곡[을] 벌여 두고
니믈 흔ᄃᆡ 녀가져   님과 함께 지내고 싶구나 [하는]
원(願)을 비ᄉᆞᆸ노이다   소원을 빕니다.

팔월(八月)ㅅ 보로ᄆᆞᆫ 아으   팔월 보름은 아아,
가배(嘉俳) 나리마ᄅᆞᆫ   한가위 날이지마는
니믈 뫼셔 녀곤   님을 모셔 지내고는
오ᄂᆞᆯ낤 가배(嘉俳)샷다   오늘날 [진짜] 한가위이도다.

6월령의 염원을 이어서 7월령과 8월령도 님과 함께 지내고 싶은 마음을 나타내었다. 7월 보름은 조상을 제사하는 백중날이다. 오곡백과를 벌여 놓은 제사상을 차린다. 조상의 음덕을 빌려 님을 다시 만나 함께 지내기를 기원한다. 8월 한가위는 풍성하고 충만함을 누리는 명절이다. 그런데 님이 곁에 없으니 명절의 의미와 흥취가 살아나지 않는다. 오늘의 가윗날이 의미가 있으려면 님을 모셔야 하는데 그렇지 못하여 탄식만 나온다.

구월(九月) 구일(九日)애 아으   구월 구일에 아아,
약(藥)이라 먹논 황화(黃花)   약이라 먹는 국화
고지 안해 드니   [그] 꽃이 [방] 안에 드니
새서 가만ᄒᆞ얘라   초가집[이] 조용하여라.

시월(十月)애 아으   시월에 아아,

져미연 ㅂㄹ 룻 다호라	저며진 화살나무 같아라.
것거 ㅂ리신 후(後)에	꺾어 버리신 후에
디니실 흔 부니 업스샷다	지니실 한 분이 없으시도다.

9월령의 '새셔'에 대해 논란이 있으나 '초가집(茅椽/茅齋)'이라는 해석이 타당하다고 본다.22) <이상곡>의 '우셔'에도 나온 '셔'를 '서(椽)'로 보고 '새셔'는 '새를 얹은 서까래, 초가지붕'의 뜻으로써 초가집을 지칭하는 말로 이해한다.

10월령의 'ㅂ ㄹ 룻'을 '보롯/보로쇠'(보리수나무, 보리수 열매)로 본 견해가23) 널리 받아들여지지만, '보롯'이나 '보로쇠'는 근거가 분명치 않은 말이다. 'ㅂ ㄹ 룻'과 관련지을 만한 단어로 위모(衛矛, 화살나무)를 뜻하는 'ㅂ 딕회'가 있다. 그 향명(鄕名)이 '件帶檜'인데(『향약채취월령』 「구월채(九月採)」),24) '件'에 해당하는 우리말이 '블'이므로25) '블딕회'의 차자 표기이다. 그리하여 'ㅂ 른 + 익 + 회 > ㅂ ㄹ딕회 > 블딕회 > ㅂ 딕회'로 분석하고 'ㅂ 른의 회/훼나무'로써 화살나무를 지시하는 말로 파악된다. 이에 'ㅂ ㄹ 룻/ㅂ 른'을 화살나무로 풀이하면, 화살나무를 '꺾어', 가지에 2~4줄로 붙은 코르크질 날개인 귀전우(鬼箭羽)를 '져미어' 놓고, 나뭇가지는 '버리'는 일의 절차가 드러난다.26)

9월령과 10월령은 명절 음식이나 약재를 만들어 먹는 풍습을 배경으

---

22) 남광우, 「고려가요 주석상의 문제점에 대하여」, 『고려시대의 언어와 문학』, 형설출판사, 1975, 64면.
23) 양주동, 『여요전주』, 을유문화사, 1955. 123면.
24) 한국학연구원, 『원본 향약채취월령·속자고·속문고·차자고』, 대제각, 1987, 18면.
25) 국립국어원, 『표준국어대사전』, 「우리말샘」, '블' 참조. '뎌 흔 집의 사는 漢 사름이 여러 블 오술 일코(他一家住的漢兒人 不見了幾件衣裳)(『박언』하:16)'.
26) 신재홍, 「동동의 선어 및 난해구 재해석」, 『향가의 연구』, 집문당, 2017, 362-363면의 논의를 보완한 것이다.

로 하였다. 9월 9일 중양절에는 국화로 차나 술을 만들어 마신다. '꽃이 안에 드니'는 차·술·약재 등의 재료가 되는 국화를 따다가 집 안에서 말리는 모습을 그린 것이다. 말린 국화의 향기가 초가지붕 아래 집 안에 조용하고 은은히 퍼져 있다. 5월 단오 때처럼 약을 만들어 님에게 보내려고 하나, 다른 한편으로 님이 없는 집 안에 꽃향기만 은은히 퍼진 것이 오히려 적막감을 일으켜 시름에 젖어 든다.

시월에는 화살나무를 꺾어다가 가지에 달린 귀전우를 저며서 약재를 만든다. 가지에 2~4줄로 붙어 있는 코르크질의 줄기를 얇게 잘라 내어 약재로 쓰는 것이다. 귀전우를 떼고 난 나뭇가지가 버려진 것을 보니 님에게 버림받은 자기 같다는 생각이 든다. 약재로는 쓸모없는 가지이지만 화살대나 막대기, 아니면 불쏘시개로라도 쓸 수 있는데 그것을 가져가는 사람이 없다. 그것처럼 비록 버려졌어도 다른 용도로 쓰이기를 바라나 화자를 데려갈 님은 오지 않는다. 그래서 자기를 버린 님을 원망하고 신세를 한탄한다.

십일월(十一月)ㅅ 봉당 자리예아으	십일월 봉당 자리에 아아,
한삼(汗衫) 두퍼 누워	한삼 덮어 놓아
슬홀ᄉ라 온뎌	시림(냉기)을 없애 왔구나.
고우닐 스싀옴 녈셔	고운 이를 저대로[두고] 지내는구나.

11월령의 시적 상황을 한겨울에 속적삼만 입고 차디찬 봉당에 누워 있다고 보아 왔으나, 이것이 무슨 상황인지 이해하기 어렵다. '누워'를 '눕다(臥)'의 뜻으로만 풀어서 생긴 문제로 보인다. 이두 '臥乎隱'은 '누온/는'의 표기이고, 향찰 '作將來臥乎隱, 落臥乎隱'(<청불주세가>)은 '저즈려 누본(저질러 놓은), 디 누본(떨어져 놓은)'으로 풀이된다. 이렇

듯 이두와 향찰에서 '臥'는 '눕다'보다 '두다(置)'로 쓰이는 경우가 많으므로 문면의 '누워'를 '놓아/두어'로 해석할 수 있다. '슬흘 스라 온뎌'에서 '슬흘'은 '슬히-(冷, 시리다)'의 동명사형, '스라'는 '슬(燃, 사르다/없애다)+아'로서 '시림(냉기)을 없애 왔구나'로 해석한다.

화자는 동짓달 한겨울 추위 속에 님을 기다리고 있다. 행여 님이 오면 밟고 오를 안방 문 앞의 봉당(또는 안방과 건넌방 사이의 봉당)이 너무 시릴까 봐 덧소매인 한삼이라도 덮어 놓고서 기다린다. 봉당에 덮은 한삼은 연회석에서 춤출 때 썼던 것이기도 하다. 이제나저제나 님 오기를 기다리며 냉기 찬 봉당 자리에 조금이라도 온기가 돌게 하려는 것이다. 이러한 정성도 아랑곳없이 오지 않으니 고운 님을 '저대로(自)' 둔 채로 지낼 뿐이다. 님과 떨어져 있으면서 그리움만 쌓여 간다.

십이월(十二月)ㅅ 분디남ᄀ로 갓곤아으	십이월 산초나무로 깎은 아아,
나ᄉᆯ 반(盤)잇 져 다호라	진상할 소반에 저 같아라.
니믜 알ᄑᆡ 드러 얼이노니	님의 앞에 들어가 아양 떨려니
소니 가재 다 므ᄅ ᄉᆞ노이다	손이 나란히 한 탓[에] 물러납니다.

'나ᄉᆯ 반(盤)잇 져'는 '소반 위에 놓인 저'처럼 소반과 저를 한 묶음으로 보았으나, '나ᄉᆯ'은 '진상할'이니 아직 진상하지는 않은 상태이다. '산초나무로 깎은 저(箸)'는 소반 위에 놓인 것이 아니라 소반 위의 그릇에 음식을 담는 도구로 보인다. 강한 향내가 나는 산초나무 저는 일용품이기보다는 특별한 때, 가령 12월 제석의 나례 행사에 사용하였을 것이다. '가재 다'의 '가재'는 '새붉~새배, 딛붉~딛배'처럼 '가ᄌᆨ/ᄀᆞᆨ(齊, 가지런함/나란함)'의 이형태로, 이어지는 '다'는 4월령 '므슴 다'의 '다(닷/탓, 故)'와 같은 말로 볼 수 있다. '므ᄅ ᄉᆞ노이다'는 1인칭 의도법

의 '노'를 살려 '[내가] 물러납니다(退)'의 뜻으로 본다.

섣달그믐 제석의 나례 행사 후 손님상을 차린다. 부엌에서 일하는 사람들이 산초나무 저를 가지고 음식을 그릇에 담아 소반에 얹어 나르는데 화자도 그 무리 속에 끼어 있다. 그러다가 문득 이 젓가락이 자신의 처지와 비슷하다고 느낀다. 사람 손이 많이 탔으므로 진상할 소반에는 오르지 못하는 산초나무 저처럼 화자도 님이 아닌 다른 사람을 모시는 자리가 있었던 것이다. 그래서 기다리던 님이 좌중에 와 있으나 들어가 그 앞에서 애교를 부릴 처지가 못 된다. 결국 사랑하는 님을 저만치 두고 화자는 물러나고 만다. 님에게서 물러나는 쓸쓸한 심정은 1월령으로 넘어가 고독감으로 이어진다. 일 년 열두 달 시간의 흐름 속에 화자의 정서는 끝과 처음이 연결되어 순환하는 양상을 보인다.

<동동>은 헤어진 님을 그리워하고 버려진 신세를 한탄하면서도 혹시라도 다시 만날까 고대하며 사시의 절기를 보내는 심정을 그렸다. 기녀로 추측되는 화자는 매달 명절이 돌아오면 행사에 참여하여 흥성이는 분위기 속에 님을 송축하거나 원망하는 한편 자신의 처지를 한탄하면서 님을 그리워한다. 이는 각 절기의 행사를 배경으로 그때의 자연, 물품, 약재 등과 비유로 결합되어 구체적이고 애절한 느낌을 자아낸다. 각 월령마다 시간적 배경, 비유의 대상, 화자의 처지 등을 특색 있게 그려 내어 그리움, 기다림, 시름 등의 정서가 개성적으로 드러난다. 사랑의 감정을 표현한 월령 한 편 한 편이 절창이면서도 순환적 시간관을 바탕으로 외롭고 애타는 정서가 사시사철에 걸쳐 맥맥이 흐르고 있다. 사랑의 시름이 시간의 흐름 속에 절절히 표현된 아름답고 애달픈 서정시인 것이다.

동짓달 기나긴 밤을

동지(冬至)ㅅ들 기나긴 밤을 한 허리를 버혀 내어
춘풍(春風) 니불 아레 서리서리 너헛다가
어론 님 오신 날 밤이여든 구뷔구뷔 펴리라[27]

　이 시조는 조선 중기의 기녀 황진이(黃眞伊, ?-?)의 대표작이자 한국 고
전 시가의 명작이다. 교육 과정의 변동에 상관없이 대부분의 교과서에 수
록되었기 때문에 중등 교육을 받았다면 누구나 알 만한 작품이다. 아마도
시간을 물질로 바꾸어 표현한 기발한 상상력을 통해 님에 대한 그리움을
표현하였다는 설명쯤은 들어 보았을 것 같다. 이러한 교과서적인 설명에
서 조금 더 들어가 그리움과 기다림의 정서가 어떠한 시적 의미를 바탕으
로 그려졌는지를 살펴봄으로써 작품에 대한 이해를 심화할 수 있다.

　이 작품은 표현과 긴밀히 결합한 의미들이 씨줄과 날줄로 엮여서 풍
성한 주제를 생성한다. 여러 층위의 의미가 겹겹이 맥락을 이루어 표현
되는 주제는 음미하면 할수록 깊은 맛이 있다. 더 미세하게 분석할 수
도 있겠으나 여기서는 세 층위의 의미가 서로 얽히는 양상을 살펴 주제
의 풍성함과 표현의 묘미를 드러내고자 한다. 그러는 중에 화자가 품은

---

27) 심재완 편저, 『교본 역대시조전서』, 세종문화사, 1972, 322면.

시름의 깊이도 짐작해 볼 수 있을 것이다.

첫 번째 의미 층위는 시간이다. 작품은 밤 시간을 배경으로 시상이 전개되었다. 초장의 '동짓달 기나긴 밤'에서 종장의 '님 오신 날 밤'으로 옮겨 간 것이 주제 형성의 바탕을 이룬다. 두 가지 밤 시간의 차이는 전자가 길고 후자가 짧다는 것이다. 그런데 작품에서는 긴 시간을 보내는 심정만 표현되었고 짧은 시간에 대한 것은 감추어져 있다. 님이 오신 날의 밤이 짧을 수밖에 없음은 표현하지 않아도 자명하다. 그리도 긴 시간을 기다린 끝에 다시 만난 님, 더욱이 계속해서 함께할 수 없고 얼마 안 있어 떠날 님이라면 그 밤 시간은 무척이나 짧게 느껴질 것이다. 이와 같이 자명한 사실은 말하지 않은 채, 님을 기다리는 긴 시간만을 시적 배경의 중심 소재로 표현하였다.

작품에 표현된 핵심 정서는 동짓달 기나긴 밤 시간에 길러진 것이다. 님과 만나는 그 짧은 시간을 간절히 바라나 지금은 긴 시간을 견뎌야 하는 처지이다. 길고 긴 시간만큼이나 그에 따른 정서와 의식이 쌓이고 쌓여서 노래가 되었다. 이렇게 혼자서 온몸으로 부딪치며 보내는 시간이기에 화자는 그 흐름 속에 있는 자신의 모습을 찬찬히 들여다보면서 시간이 지닌 속성과 의미를 체득할 수 있었을 것이다. 그리하여 기다림과 그리움의 시간을 알 만큼 되었을 때 시적 상상력으로써 시간을 요리하여 '기나긴 밤을 한 허리를 베어 내어'라는 구절을 얻을 수 있었다.

두 번째 의미 층위는 성애(性愛)이다. 화자가 말한 내용을 요약해 보면, '동짓달 밤의 허리를 베어 내어 이불 아래 넣었다가 사랑하는 님이 오신 밤에 펴리라.'이다. '밤, 허리, 이불, 사랑하다(어르다)'로 이어지는 시어의 계열은 작품의 의미망에 성애의 주제가 은근하게 깔려 있음을 알려 준다. 이불 속에 허리를 넣었다가 편다는 말이 문맥상으로는 긴 밤의 허리를 그렇게 한다는 것이지만 달리 생각하면 화자의 몸을 떠올리게 한다. 허리를 이불 속에 구부려 넣은 채 님 생각에 괴로워하며 기나긴 겨울밤을 힘겹게 보내고 있다. 이러한 몸의 자세는 이불 속에서 함께할 님이 없기 때문에 취하게 된 것이다. 그렇게 지내다가 님을 만나 이불 속에 들어가 껴안을 때에는 허리가 펴지게 될 터이다. 홀로 이불 속에 누워 오랫동안 구부렸던 허리를 님을 만난 밤에 쭉 펴며 님의 품에 안길 수 있다.

허리로써 연상되는 몸의 자세는 님과 만난 밤에 '사랑하는(어르는)' 모습으로 변화한다. 혼자서 허리를 구부리고 이리저리 뒤척이는 자세에서 님의 품에 안겨 허리를 펴고 서로 어르는 자세로 바뀌는 것이다. 이러한 연상이 작품에 담긴 성애의 주제를 환기한다. 이는 앞에서 본 시간의 의미와 결합하여 밤 시간에 남녀가 사랑하는 모습으로 그려진다.

그리하여 종장의 '어론 님'은 밤 시간에 사랑을 나누는 님으로 그려진다. 님은 고고한 선비, 덕망 높은 명사, 힘 있는 권세가 등이 아니라 성적 매력을 지닌 남성의 형상에 가깝다. 화자가 기다린 님은 자기와 함께 밤에 서로 어르며 사랑을 하는 사람인 것이다. 화자와 님의 인간 관계가 밤에 사랑하면서 맺어진 것이므로 몸의 자세에 대한 표현이 동원되어 성애, 즉 육체적 사랑의 주제와 심상이 그려지게 되었다. 이는 직업이 기녀인 작자의 의식이 투영된 것이라 할 수 있다.

세 번째 의미 층위는 이야기이다. 동짓달 긴 밤의 한 허리를 베어 내어 춘풍 이불 속에 '서리서리' 넣은 것은 베어 낸 시간의 질적 의미를 표현한 것이다. 시간을 베어 내는 행위에는 간절하고 처절한 느낌이 배어 있다. 그렇게 하려고 사용한 도구는 도끼나 낫이 아니라 가위, 부엌칼

같이 여성이 쓰는 것이겠다. 가위를 쓴다고 생각해 보면, 시간의 한 허리는 비단 폭의 가운데 부분 같은 것을 연상시킨다. 옷을 만들며 가위로 재단해 본 솜씨로 시간을 다룬 결과로서 얻은 표현이라 하겠다. 그리하여 이불 속에 들어간 시간은 비단 천과 같은 것이어서 비단 이불과 어우러져 서리서리 간직될 수 있다.

서리서리는 '국수, 새끼, 실 따위를 헝클어지지 아니하도록 둥그렇게 포개어 감다.' 또는 '뱀 따위가 몸을 똬리처럼 둥그렇게 감다.'[28]는 뜻의 '서리다'와 같은 어원의 부사어이다. 기나긴 시간이 똬리를 틀고 포개어 감겨 있는 형상이다. 이러한 모양의 시간만큼 견뎌 온 화자의 사연이 그것에 담겨 있다. 수많은 생각과 감정이 몰려왔다 몰려갔을 것이고 불쑥불쑥 일어나는 불안과 걱정으로 괴로웠을 것이다. 그러한 의식과 정서를 시간과 함께 똬리처럼 감아 이불 속에 넣어 두었다. 그것이 이불 속에서 마치 음식이 곰삭는 것처럼 이야기로 만들어져 나중에 님을 만나면 펼쳐져 나오게 될 것이다. 오랜 시간 격렬했다가 헝클어졌다가 뒤죽박죽이었다가 했을 그 정서들을 서리서리 정돈하여 이불 속에 넣어 두는 것은 기다림의 시간을 오롯이 견뎌 낸 의연한 마음에 말미암은 것이다.

그런 상태에서 동지섣달이 가고 이월, 삼월이 되면서 춘풍이 불어온다. 멀리 있는 님의 소식이 바람을 타고 전해지거나 언 땅이 녹으면서 길이 트여 님이 돌아올 수도 있다. 그러한 봄날을 상정함으로써 작품의 시상 전개에 윤기가 돈다. 삭막한 때를 지나 바야흐로 따뜻하고 울렁이는 계절이 그려지는 것이다. 그러나 작품 속에서 님과 실제로 만났다는 말은 나오지 않는다. '-리라'라는 미래형의 종결 어미로 끝났으니 봄날

---

28) 국립국어원,『표준국어대사전』'서리다' 항목 참조.

에 님을 만난 것은 아니고 그렇게 되기를 간절히 바라고 있을 따름이다. 화자의 의식은 여전히 외롭고 춥고 기나긴 동짓달 밤 시간에 놓여 있다.

그렇지만 화자의 간절한 염원은 시적 표현으로 실현된다. '서리서리'에 상응하는 '구비구비'로써 염원이 실현된 양 느껴지게 만든 것이다. 이불 속에 서리서리 넣은 마음속 이야기를 님을 만난 밤에 구비구비 펼쳐 내겠다고 한다. 서리서리로써 마음을 추스르고 가다듬는 태도를 보인다면 구비구비는 그렇게 담아 놓은 마음속 이야기를 하나하나 펼쳐 내는 모습을 나타낸다. 동그랗게 포개어 감겨 있는 마음속 이야기를 한 구비 두 구비 돌아가며 풀어낸다. 하나하나의 굽어진 마음, 굽어진 이야기를 바르게 펼쳐서 술술 풀어내는 것이다.

한 구비마다 맺힌 시름이 어떠했을 것이고 한 구비마다 얽힌 사연은 또 어떠했을지 생각해 보면, 구비구비에 깔려 있는 삶의 애환이 절절히 느껴진다. 기다림의 긴 밤 시간 동안 화자는 온갖 시름에 애태웠고 그것을 마음속에 이야기로 간직하였다가 님을 만나 시시콜콜, 조단조단 이야기한다. 구비구비의 한 구비 한 구비는 서리서리의 한 서리 한 서리와 상응하여 마음속에 간직하는 것과 그것을 풀어내는 것이 서로 짝을 이룬다. 두 음성상징어로 인해 작품은 이야기를 품은 시가 되어 사랑과 이별의 사연, 님을 기다리며 겪은 마음의 움직임이 녹아 들어 있다.

이 작품은 시간, 성애, 이야기라는 세 층위의 의미망을 구성하여 님에 대한 그리움과 기다림의 정서를 절실하게 그려 내었다. 주제를 표현하는 데 쓰인 아름다운 시어들이 서로 연결되어 큰 공명을 이룬다. 아직 봄바람의 따스한 기운을 느낄 때는 아니지만 사랑하는 님과 함께할 시간이 오기를 갈망하는 마음이 작품 전체의 비극적인 정조를 포근히 감싸고 있다. 오랫동안 시름에 겨워 기다리고 있으나 그래도 노래가 있어 그 시간을 견뎌 낼 수 있다. 시간을 요리할 만큼 성숙한 의식과 정서가 탁월한 언어로 표현되어 감동적인 노래가 되었다.

상사별곡

조선 후기의 유흥 공간에서 노래로 불린 십이 가사(十二歌詞)는 시조, 가사(歌辭), 어부가, 민요 등에서 차용한 노랫말이 주로 4·4조의 율격으로 구성된 작품들이다. 그중 한 곡인 <상사별곡(相思別曲)>은 님과 이별하고 혼자 지내는 슬픔을 구구절절이 그려 낸 작자 미상의 작품이다. 당대에 인기를 끈 것으로 보아 가창에 의한 음악적 감동이 컸을 것으로 보이나 여기서는 노랫말로 표현된 의식과 정서를 중심으로 감상해 보고자 한다. 중복되거나 문맥에서 벗어난 구절이 거의 없이 잘 짜인 이본을 택하여 살펴보겠다.

작품의 구조는 서사·본사·결사로 구분해 볼 수 있다.

인간 이별(人間離別) 만사 중(萬事中)에
상사불견(相思不見) 이뇌 진정(眞情)을
이렁저렁이라 흣트러진 근심
쟈나 쌔나 쌔나 쟈나
어린 양자(樣姿) 고은 소뢰
보고 지고 님의 얼골
비뇌이다 하늘님게
독숙공방(獨宿空房) 더욱 섧다.
제 뉘라셔 알리 밋친 시름.
다 후룻처 더뎌 두고
님을 못 보아 가슴이 답답.
눈에 암암(黯黯) 하고 귀에 쟁쟁.
듯고 지고 님의 말슴.
이제 보게 하오소셔.29)

서사는 화자의 현재 처지를 진술하는 데서 시작한다. 첫 행에 님과 이별하여 빈 방에서 홀로 지내는 '독숙공방'의 처지를 말함으로써 시상 전개의 근간이 되는 시적 상황을 제시하였다. '공방'의 상황을 생각해 보면 화자의 마음이 그려진다. 그의 방이 '빈' 방이 된 것은 지금 그곳에 님이 거하지 않기 때문이다. 벽걸이 없이 농짝 하나 놓인 초라한 방이든, 사면에 그림이 걸리고 온갖 가구가 들어찬 화려한 방이든, 없으면 없는 대로 있으면 있는 대로 님의 부재 자체가 모든 것을 무의미하게 만들어 텅 빈 것으로 느끼게 한다.

제2행의 '제 뉘라서 알리'는 그 앞의 '이내 진정'과 뒤의 '맺힌 시름' 양쪽에 걸리는 말이다. '상사불견' 만나지 못해 그리워하는 마음에 시름만 쌓이는 것을 누가 알겠냐는 것이다. 그뿐 아니라 생각은 이리저리 흩어져 갈피를 잡을 수 없으니 '이렇게 저렇게라 흐트러진 근심'이 된다. 사방으로 치닫는 근심이지만 '후려쳐 던져'둘 만큼 그것은 오히려 작은 문제이다. 그보다는 오매불망 '님을 못 보아 가슴이 답답'한 것이 큰 문제다. '어리비친 모습 고운 소리 눈에 어른하고 귀에 쟁쟁'하여 '보고 싶고 듣고 싶어' 죽을 지경이다. 그러니 '비나이다 하느님께'라며 하늘에 호소할 수밖에 없다.

전생 차생(前生此生)이라 무슴 죄(罪)로   우리 둘이 삼겨나셔
글인 상사(相思) 한데 만니   이별 마쟈 백년기약(百年期約),
죽지 말고 한데 잇셔   닛지 마자 쳐음 맹세(盟誓) ㅣ
천금 주옥(千金珠玉) 귀 밧기요   세사 일빈(世事一貧) 관계(關係)ㅎ랴.
근원(根源) 흘너 소(沼)이 되야   깁고 깁고 다시 깁고
수랑 뫼혀 뫼히 되여   놉고 놉고 다시 놉하

29) 임기중,『한국역대가사문학집성』, KRpia, 2005, 원문이미지 16-17면.

| 문허질 줄 모로거든 | 슨쳐질 줄 어이 알니. |

본사의 첫 번째 단락은 과거를 회상하는 내용이다. '전생 차생이라 무슨 죄로 우리 둘이 생겨나서'라 하여 님과 내가 이 세상에 태어난 것 자체가 전생의 죄라고 자책한다. 님과 만났을 때 '이별 말자 백년기약, 잊지 말자 처음 맹세'라는 다짐을 떠올리고, '천금 주옥 귀 밖이요 세사 일빈[일부] 관계하랴.'라며 재물도 빈부(貧富)도 상관하지 않는 사랑을 기억한다. 깊은 못 같고 높은 산 같은 사랑이었던 것이다. 그런데 맹세와 사랑에 대해 '무너질 줄 모르거든 끊어질 줄 어이 알리.'라고 되묻는 사정이 생겨 버렸다. 이 구절에는 앞의 말을 받아 무너지고 끊어질 줄 모른다는 부정의 뜻과, 뒤의 말로 이어져 무너지고 끊어질 줄 어찌 알았겠냐는 한탄의 뜻이 섞여 있다. 설의법을 사용하여 앞뒤의 문맥적 의미를 미묘하게 전환한 것이다.

본사의 두 번째 단락은 '조물(造物)이 싀오는지 귀신(鬼神)이 희(戱) 짓는지 / 일조(一朝) 낭군(郎君) 이별 후(離別後)에 소식(消息)좃 돈절(頓絶)ᄒ랴.'라고 하여 갑자기 찾아온 이별을 말하였다. 이별의 이유나 상황에 대한 언급 없이 곧바로 이별당한 심정을 토로하고 님을 그리며 지내는 모습을 묘사한다.

오늘이나 드러올가.	내일(來日)이나 기별(奇別) 올까.
일월(日月) 무정(無情) 절노 가니	옥빈홍안(玉鬢紅顏)이 공로(空老)ㅣ로다.
오동 추야(梧桐秋夜) 성근 비예	밤은 어이 더듸 싀며
녹음방초(綠陰芳草) 져문 날에	히는 어이 기돗던고.
이닉 상사(相思) 아랏시면	님도 날을 글이는가.
독숙공방(獨宿空房) 혼즈 안저	다만 한숨이 닉 벗이라.

화자는 떠나간 님에게서 소식 오기를 기다리고 있다. 그 심정을 '일월 무정 절로 가니 옥빈홍안 공로로다.'라며 시간의 흐름을 따라 표현하였다. '오동추야, 녹음방초'의 가을과 봄을 지내고 '님도 나를 그리는가.'라고 자문하며 독숙공방의 시름을 한탄한다. 이 대목에서는 시간성을 바탕으로 정서를 표출하였다. 그러나 작품 전반에 걸쳐서는 서두에 제시된 공방(空房)의 공간성이 지배적인 의미를 띠고 있다.

일촌간장(一寸肝腸) 구뷔구뷔 뷔여나니 가슴 답답
우는 눈물 밧아 닉면 빅를 타고 아니 가랴.
뛰는 불이 니러나면 님의 옷세 당그리라.
스랑 겨워 우든 우름 싱각ᄒ면 목이 메고
교태(驕態) 계위 웃던 우슴 혜여 보니 더옥 셟다.
지척 동남(咫尺東南) 천리(千里) 되어 도라보니 눈이 싀고
만리 상사(萬里相思) 그려닌들 흔 붓스로 다 그리랴.
나릭 놋틴 학(鶴)이 되어 나라가면 보련마는
산(山)은 첩첩(疊疊)ᄒ야 고기 되고 물은 통통 흘너 소(沼)히로다.

시간의 흐름에 따른 정서 표출에 이어서 공간적 배경을 바탕으로 시상이 펼쳐진다. 독숙공방하는 화자의 정서를 구체적으로 표현하기에 적합한 방식이다. 현재 화자는 '가슴 답답'하여 '우는 눈물', '피[어나]는 불'에 휩싸여 있다. 사랑의 시름으로 인해 마음이 답답하여 눈물을 흘렸다가 격정이 솟았다가 하는 모습이다. 물과 불의 단순 명료한 심상으로 감정의 변화를 그려 낸 다음 그것을 가지고 비유적 표현을 구사한다. 눈물이 바다 같아 '배를 타고' 갈 만하고 격정의 불이 타올라 '님의 옷에 댕기리라.'는 것이다. 화자의 처지와 심정을 선명한 심상과 비유로 표현하였다.

그리고는 현재 상태에 대비되는 과거의 일을 떠올린다. '사랑에 겨워 울던 울음', '교태에 겨워 웃던 웃음'이 님과 함께했던 때의 모습이다. 예전이나 지금이나 울음과 웃음이 나지만 그 동기와 성격은 사랑과 이별의 차이만큼 다른 것이 되었다. 상황이 정반대로 바뀐 현실 속에서 '생각하면 목이 메고, 헤아려 보니 더욱 섧다.'

과거 회상에서 돌아와 현재 상황을 생각하니 님과의 거리가 새삼 멀게 느껴진다. 화자와 님은 '지척 동남', 동쪽과 남쪽 동네에 가까이 살던 사이였다. 그런데 지금은 '천리, 만리' 떨어져 있다. 님 그리는 마음을 '한 붓으로 다 그'릴 수 없으니 붓털이 닳으면 붓을 갈아 수없이 그려도 모자란다. '학이 되어 날아간'다 해도 '산은 첩첩, 물은 충충'하여 만날 길이 아득하다. 이러한 님과의 거리감은 실제라기보다 의식상의 느낌일 것이다. 아마도 사는 곳이 멀지 않은 두 사람이 사랑했다가 어떤 사정으로 헤어져 이제는 만날 수 없게 된 것으로 보인다.

본사의 세 번째 단락은 '천지 인간(天地人間) 이별 중(離別中)에 날 갓트니 또 잇ᄂ가.'라는 탄식과 함께 공방에서 애태우며 지내는 모습을 구체화하였다.

곳즌 픠여 졀노 지고	희ᄂ 돌아 져문 날에
이슬 갓튼 이 인생(人生)이	무슴 일노 숨겻ᄂ고.
ᄇ람 부러 구즌비와	구룸 ᄭᅵ여 져문 날에
나며 들며 뷘 방(房)으로	오락가락 혼자 서셔
님 가신 데 ᄇ라보니	이니 상사(相思) 허사(虛事) ㅣ로다.

'나며 들며 빈 방으로 오락가락 혼자 서서'처럼 어쩔 줄 몰라 우왕좌왕하는 모습을 그렸다. 그 배경에는 꽃이 지고, (비)바람 불고, 굿은비

내리고, (먹)구름 끼고 하는 '저문 날'이 있다. 화자의 마음이 투영된 날씨와 시간일 것이다. 이러한 초조함과 외로움, '이슬 같은 이 인생'의 허무함, 아무리 님을 그리워해도 '허사'라는 무력감 등이 독숙공방하는 화자의 마음에 가득 차 시름으로 맺힌다.

감정에 싸이기도 하지만 온갖 상념도 일어난다. '공방 미인(空房美人) 독상사(獨相思)는 예로붓터 이러흔가. / 늬라 혼자 이러흔가. 님도 아니 이러흔가.'라며 님이 어떻게 지내고 있을지 생각해 본다. '날 사랑 흐는 싯틔 남 사랑흐시는가. / 무정(無情)흐야 이졋는가. / 산계야목(山鷄野鶩) 길흘 드려 노흘 쥴 모로는가. / 노류장화(路柳墻花) 것거 쥐고 춘색(春色)으로 노니는가.'처럼 나를 버리고 다른 여인과 사랑에 빠졌을 님을 원망한다. 빈 방에서 이리저리 생각하는 중에 화자를 가장 괴롭히는 것이 님이 다른 사람을 사랑하는 것이다. 무엇보다 괴롭고 원망스런 생각에 이르러서 더 이상의 시상 전개가 힘들어진다. 이 지점에서 작품은 서둘러 결말을 맺는다.

결사는 서사의 '비나이다 하느님께 이제 보게 하옵소서.'라며 하늘에 기원한 것을 님에게로 옮겨 다시 한 번 호소하는 것이다.

> 가는 쑴이 ᄌ최 되면　　　오는 길이 무되리라.
> 한번 죽어 도라가면　　　다시 보기 어려오니
> 아마두 옛 정(情)이 잇거든　　다시 보게 ᄒ기소서.

첫 행의 '무되리라'의 '무'는 다른 본에서 '물, 뫼'로 표기되어 혼선이 있다. 이와 시상이 비슷한 것으로 '꿈속의 넋이 다니는 데 자취 있다면 / 문 앞 돌길이 반쯤 모래 되었으리(若使夢魂行有跡 門前石路半成沙)'(이옥봉, <몽혼(夢魂)> 전·결구), '쑴에 단니는 길히 자최곳 날쟉시면 / 님

의 집 창(窓) 밧기 석로(石路)라도 달흐리라'(이명한의 시조 초·중장)가
있다. 둘 다 길의 돌이 잘게 되거나 닳거나 하는 표현을 썼다. 이를 참조
하여 '무 되리라'가 아니라 '무되리라'로 붙여 '무듸리라'의 오자로 보면
의미가 연결된다. '무듸다>무디다'는 '둔(鈍), 독(禿)'의 의미인데 그중
'독'이 지닌 '대머리, 민둥민둥하다'의 뜻이 이 구절에 어울린다. '가는
꿈이 자취 되면 오는 길이 민둥민둥해지리라.'는 뜻이다.

   이옥봉의 한시나 이명한의 시조에서 소재로 삼은 '꿈속에 다니는 길'
을 여기서는 꿈속에 '가는' 길과 '오는' 길로 나누었다. 화자가 꿈에서
님에게 가는 길에 자취가 남는다면 님이 오는 길이 민둥민둥해져 있으
리라는 것이다. 기존의 표현을 변형하여 새로운 의미를 창출한 구절이
라 할 수 있다.

   이처럼 화자는 꿈에서 수없이 님에게 간 길로 님이 오기를 바란다.
그러나 님에게서는 아무 소식이 없다. 그리움과 기다림에 죽을 지경이
나 '한번 죽어 돌아가면 다시 보기 어렵'다. 그러니 예전에 함께하면서
서로 사랑하던 마음을 상기시켜 '다시 보게 만드소서.'라며 님에게 애
원한다. 님에 대한 간절한 호소로써 독숙공방 중에 한없이 외롭고 슬프
고 한스러운 마음을 스스로 위로하고 다시 만날 한 가닥의 희망을 간직
한다.

   <상사별곡>은 이별한 님에 대한 애절한 정서를 짜임새 있는 구조
와 묘미 있는 표현으로 그려 내었다. 빈 방에서 외롭게 지내면서 이리
저리 치닫는 감정과 생각에 갈피를 못 잡고 안절부절 허둥대는 화자의
모습이 나타나 있다. 주로 공간성을 바탕으로 이별의 정한을 구체적으
로 표현하였다. 사랑하는 애인이 떠나 혼자 지내는 여성의 마음을 섬세
하고 진실하게 포착한 것이다. 대중에게 인기 있는 속악의 가락에 얹힌

노랫말이 이렇게 구구절절했으니 그 음악과 문학은 시대적 의의를 지
니기에 충분했을 것이다.

조신전

　『삼국유사』「낙산이대성 관음·정취 조신」에 실려 전하는 조신의 이야기는 작품 뒤에 붙은 일연(一然, 1206-1289)의 의론에서 '이 전을 읽고(讀此傳)'라 한 것에 근거하여 <조신전(調信傳)>으로 명명할 수 있다. 작품의 주제, 구조, 문체 등을 살펴보면 언중 사이에서 자연스럽게 형성된 공동작의 설화라기보다는 뚜렷한 창작 의식을 지닌 작자에 의해 지어진 전기 소설(傳奇小說)임을 알 수 있다. 조신이 꿈을 꾸어 지방 관인 태수의 딸과 결연한 후 비참하게 생활하던 끝에 서로 헤어지자고 할 때쯤 깨어나 인생의 허망함을 깨닫는다는 내용이다. 이렇게 현실-꿈-현실 또는 입몽-몽중-각몽의 구조로 이루어져 후대 몽유 소설의 선구적인 작품이 되었다.

　주인공 조신은 불승의 신분이다.[30] 그런데 속세를 떠나 수도 정진하는 승려가 아니라 남몰래 여인을 사모하고 그녀와 혼인해 살기를 갈망하는 승려이다. 그는 '지장(知莊)'이라는 직책을 맡아서 신라 수도 서라벌의 본사(本寺)에 귀속된 명주(溟州) 지역의 장원을 감독하는 일을 하는 인물이다. 이처럼 불승을 세속적인 존재로 설정하여 인간의 현세적

---

30) 강인구 외, 『역주 삼국유사』3, 이회문화사, 2003, 239-257면.

욕망과 그것의 초월이라는 주제를 다루고 있다.

명주에 온 조신은 태수 김흔(金昕, 803-849)의 딸을 사랑하게 되었다. 그는 사랑의 욕망을 주체하지 못해 수년간 낙산사 관음보살 앞에 나아가 그녀와 맺어지기를 가만히 기도하였다. 그러나 김씨 여인은 그 사이 다른 배필을 얻었다. 이에 조신은 소원을 들어 주지 않은 관음보살을 원망하며 슬피 울다가 정념에 지쳐서 잠이 든다. 사랑의 욕망을 이루는 데 실패하고 원망과 슬픔의 감정에 휘둘린 끝에 지쳐 잠든 남자 주인공의 모습이 그려진 것이다. 현존하는 작품 원문은 이러한 양상이 아주 간략한 필치로 서술되어 있다. 만약 이것이 원작의 축약본이라면, 원래의 글은 주인공이 겪는 사랑의 우여곡절이 상당한 편폭과 깊이로 그려졌으리라 짐작된다.

조신은 심신이 소진된 상태에서 잠이 들어 꿈을 꾼다. 꿈속에서 김씨 여인이 환하게 웃으며 가벼운 발걸음으로 그에게 다가왔다. 꿈 이전에 비해 지옥이 천국으로 바뀐 만큼이나 상황이 극적으로 변하였다. 그녀는 자기도 조신을 보고 사랑하여 잊지 못했으나 부모의 명을 어길 수 없어 다른 사람을 좇았다고 한다. 그러나 이제는 조신과 함께 살기를 바란다는 것이다. 수년간 관음보살에게 기도한 바가 이루어진 순간이니 조신의 기쁨은 이루 말할 수 없었다.

두 사람은 함께 시골로 가서 살림을 시작한다. 그런데 살면 살수록 가난해져서 먹을 것과 입을 것이 떨어져 결국에는 빌어먹는 신세로 전락한다. 그 사이에 아이를 다섯이나 낳았으니 그들을 기르는 것도 무척 힘겨운 일이었다. 걸식을 다니던 중에 십오 세의 아들은 고개를 넘다가 굶어 죽는다. 그리고 열 살의 딸은 병든 부모를 대신하여 구걸하다가 개에게 물려 피를 흘리며 움막으로 들어온다.

조신 부부가 왜 이렇게 비참한 삶을 살게 되었는지 따져 보아야 작품을 깊이 있게 이해할 수 있다. 달리 참조할 자료가 없으니 작품 속에서 실마리를 찾아야 하는데, 『삼국유사』 원문에 쓰인 숫자에 오기(誤記)가 있어 그것부터 교정한 후에 부부의 삶이 그렇게 된 이유를 살펴볼 수 있다.

현존 『삼국유사』에는 경과 시간, 인물의 나이 등이 다음과 같이 혼동되어 있다.

> [두 사람은] 함께 시골로 가 40여 년 동안 생계를 꾸렸는데 자식은 5명을 두었다.……사방을 다니며 입에 풀칠하기를 10년 동안 그렇게 지냈다.……명주 해현령을 지나다가 15세 큰아이가 갑자기 굶어 죽었다.……10세 된 딸이 다니며 구걸하다가 마을 개에게 물렸다.……"제가 그대를 처음 만났을 때는 얼굴도 아름다운 방년의 나이였습니다.……[집을] 나와 산 지 50년 동안 정은 쌓여 허물없고 은혜와 사랑이 얽혔습니다."[31]

조신과 김씨 여인은 '방년'의 나이에 인연을 맺어 '40여 년'을 살았고 그에 더하여 '10년'을 지냈다. 두 사람에게서 난 자식 '5명' 중 큰아이는 '15세'에 죽었고 딸은 '10세'에 개에게 물렸다. 딸이 피를 흘리며 들어오는 것을 보고 부부는 아이 둘씩 데리고 헤어지기로 한다. 그러한 제안을 하는 아내의 말에서 '50년'을 같이 살았다고 하였다. 원문에 쓰인 대로 보면, 부부가 50년을 산 시점에서 딸이 10세라는 것이니 그들은 40

---

31) 강인구 외, 앞의 책에서 한문 원문을 인용한다. 同歸鄕里 計活四十餘霜 有兒息五……糊其口於四方 如是十年……適過溟州蟹縣嶺 大兒十五歲者 忽餒死……十歲女兒巡乞 乃爲里獒所噬……予之始遇君也 色美年芳……出處五十年 情鍾莫逆 恩愛綢繆.

년을 함께 산 다음에 딸을 낳았다는 말이 된다. 이렇게 불합리한 서술이 된 것은 원문에 표기된 숫자에 착오가 있기 때문으로 보인다.

현 자료에는 '40년-10년-50년'으로 이어지는 숫자와 '방년-15세-10세'로 이어지는 숫자의 두 계열이 나와 있다. 이 둘이 서로 어긋남으로 인해 혼동이 일어났다. 큰아이가 굶어 죽은 것과 딸이 개에게 물린 것은 조신 부부의 비참한 삶을 극명하게 보여 주는 사건이다. 두 아이의 비극이 고통스런 삶을 대변하고 있는데, 그들이 사건을 당할 때의 나이인 15세와 10세를 기준으로 보면 서사 전개가 자연스러운 맥락을 형성한다. 따라서 두 계열의 숫자 중에서 후자가 사건의 합리적인 전개를 뒷받침한다고 생각된다.

이러한 관점에서, 각주에 인용한 한문 원문 중 밑줄 친 '四十'과 '五十'에서 '十'이 잘못 표기된 글자로 보인다. 원 글자의 획이 마모되거나 탈락되어 '十'으로 오각된 것으로 추정하면 '四十→四五', '五十→五六' 정도로 보정할 수 있다. 이 숫자들로 문맥을 연결해 보면 사건이 경과된 시간과 인물의 나이가 작품 전체의 줄거리에 부합한다. 추정에 따라 보정한 원문을 번역해 보면 다음과 같다.

> [두 사람은] 함께 시골로 가 4, 5년 동안 생계를 꾸렸는데 자식은 5명을 두었다.……사방을 다니며 입에 풀칠하기를 10년 동안 그렇게 지냈다.……"[집을] 나와 산 지 5, 6년 동안 정은 쌓여 허물없고 은혜와 사랑이 얽혔으니 도타운 인연이라 할 만합니다. [그러나 사방을 돌아다닌 10년의] 요 몇 년 이래로 해마다 더욱 늙고 병들어 춥고 배고픔은 날로 닥쳐옵니다."[32]

---

32) 교정한 원문을 제시한다. 同歸鄉里 計活四五餘霜 有兒息五……糊其口於四方 如是十年……出處五六年 情鍾莫逆 恩愛綢繆 可謂厚緣 自比年來 衰病歲益深 飢寒日益迫.

조신이 지장의 임무를 띠고 명주에 간 나이는 김흔의 딸과 비슷한 '방년' 20세쯤으로 짐작된다. 그 나이에서 '수년간' 관음보살 앞에 나아 가 그녀와 맺어지기를 빌었다. 꿈에 만나 인연을 맺고 함께 시골로 가 서 4, 5년을 사는 동안에 5명의 자식을 둔다. 그 후 사방으로 떠돌며 생 계를 이어 간 기간이 10년이다. 이 시기에 큰아이, 즉 맏이는 15세, 딸 즉 막내는 10세가 되었다. 고개를 넘다가 맏이는 굶어 죽고, 구걸하던 막내가 개에게 물리자 조신 부부는 헤어지기로 결심한다. 헤어질 때의 나이를 계산해 보면 기도를 드린 '수년간'을 포함하여 대략 40세가량 된다.

이렇게 보면, 조신 부부가 비참해진 것은 함께 산 후 4, 5년간 사랑에 몰두하여 연년생으로 자식만 낳고 생계를 돌보지 않았기 때문임을 알 수 있다. 사랑에 빠져 지내다가 먹고살 길이 막연해지자 사방을 돌아다 니며 품팔이, 막노동, 동냥 등의 호구지책을 찾은 것이다. 그러다가 결 국에는 늙고 병들어 아이를 시켜 구걸하는 지경에 이르렀다. 이러한 맥 락에서 김씨 아내의 다음 말이 구체적으로 이해된다.

아이들이 춥고 굶주리니 생계를 돕는 데 급급한데 어느 겨를에 부부가 사랑하고 기뻐할 마음을 두겠습니까. 어여쁜 얼굴과 공교로 운 웃음은 풀 위의 이슬이요 지초와 난초 같은 약속은 버들개지가 바람에 날림이라. 그대는 나를 가져 폐가 되었고 나는 그대를 위하 다가 근심이 되었습니다. 세세히 예전의 즐거움을 생각해 보면 그것 이 근심이 생기는 계제가 되었으니 그대여, 이 몸이여, 어찌 이런 극 한에 이르렀습니까.[33]

---

[33] 兒寒兒飢 未遑計補 何暇有愛悅夫婦之心哉 紅顔巧笑 草上之露 約束芝蘭 柳絮飄風 君有我而爲累 我爲君而足憂 細思昔日之歡 適爲憂患所階 君乎予乎 奚至此極.

이 말은 생활고에 못 이겨 부부의 정이 깨어지는 일반적인 사정에 대해 비관한 것이 아니다. 신혼 시절 사랑에 몰두하는 중에 아이를 계속 낳았고, 생계의 방도를 구하지 못하다 보니 생활고가 가중되어 곤궁하게 된 자기 부부의 신세에 대한 한탄이다. 조신과 김씨 여인이 겪은 인생의 구체적인 경험에서 우러나온 말인 것이다.

여기서 눈여겨 볼 점은 작품에 등장한 아이들이다. 15세와 10세의 아이들은 가난 속에 죽어 가거나 병든 부모 대신 구걸에 나서는 모습으로 나온다. 고전 소설에서는 대개 15, 16세 남녀가 연애와 출세 이야기의 주인공으로 나오는 데 비해 여기서는 15세나 10세의 아이가 생활 전선에 뛰어든 모습이 그려져 있다. 조선 시대까지 통틀어 현전하는 전기 소설 중에서 유일하게 생활의 현장에 놓인 어린이가 등장하는 작품인 셈이다. 이것은 이 작품이 신라 시대 현실의 일면을 밀도 있게 반영하였음을 말해 준다.

이와 함께 인생에 대한 비관적 인식이 작품 전반에 깔려 있는 점도 주목된다. 조신 부부의 꿈속 삶은 신혼 때를 지나면서 호구지책과 구걸, 늙음과 질병, 추위와 배고픔 등이 압도해 오는 양상으로 그려진다. 위에 인용한 아내의 말에서 삶의 비극성은 애정 자체에 이미 내재해 있었다는 고백이 나오는데, 이러한 애정 탐닉의 결과는 무서울 정도로 비참한 것이었다. 작품의 몽중 세계에는 애욕에 내재된 파괴성, 삶 자체가 지닌 비극성에 대한 인식이 날카롭게 드러나 있다.

이렇듯 사랑의 욕망에 탐닉하는 남녀의 모습은 신라의 수도인 서라벌의 도시적인 분위기를 반영하고 있다고 생각된다. 조신은 본사에서 명주로 파견 나간 승려인데 본사는 아마도 서라벌에 있었을 것이다. 김씨 여인의 아버지인 김흔은 서라벌의 귀족으로서 명주 지방의 태수로

부임한 고위 관리이다. 작품에서 꿈속의 일은 명주 지역을 배경으로 전개되었으나, 조신이 꿈을 깨어 깨달음을 얻은 다음에는 서라벌로 돌아오는 것으로 끝난다. 말하자면, 이야기의 처음과 끝이 모두 서라벌을 배경으로 한 작품인 것이다. 이에 당시의 대도시 서라벌에 살던 청춘 남녀 사이에 널리 퍼져 있던 애정 탐닉의 시대적 풍조가 작품의 분위기, 남녀 관계, 주제 등의 설정에 영향을 끼쳤으리라 짐작된다.

남녀 주인공이 사랑을 하고 고난을 겪는 곳은 명주 지방이다. 작품은 근거지가 서라벌인 조신이나 김흔의 딸이 방년의 나이에 지방으로 나가서 경험한 사건을 서술한 것이다. 그 경험은 사랑의 욕망과 생활의 곤궁을 내용으로 하고 꿈을 통해 겪는 것으로 그려졌다. 이러한 양상은 서라벌 사람들의 탈도시적, 몽환적 취향을 반영한 설정으로 보인다. 전체적으로는 애정 탐닉의 풍조와 비극적 정조를 깔고 있으나, 작품의 특징은 탈도시적 상황에서 벌어진 몽환적 사건을 통해 드러난다. 이는 전기 소설의 기이성과 환상성을 즐긴 서라벌 사람들의 문학적 취향을 반영한 것으로 볼 수 있다.

꿈속의 비참한 경험을 겪고 난 다음에 조신은 잠에서 깨어난다.

바야흐로 잡은 손을 놓고 길을 떠나려는 참에 잠이 깨었다. 잔등은 희미하게 비추고 밤빛이 밝으려 하였다. 아침이 되어 보니 머리가 다 세어 있었다. 멍하니 인간 세상에 뜻이 없어졌다. 수고로운 생애가 싫은 것이 마치 한평생의 고생을 실컷 맛본 듯하였다. 탐욕에 물든 마음도 얼음 녹듯 사라졌다. 이에 성스러운 대비보살의 얼굴을 대하기가 부끄러워 뉘우치기를 마지않았다.[34]

---

34) 方分手進途 而形開 殘燈翳吐 夜色將闌 及旦 鬢髮盡白 惘惘然 殊無人世意 已猒勞生 如飫百年辛苦 貪染之心 洒然氷釋 於是 慚對聖容懺滌無已.

조신은 꿈을 통해 '한평생의 고생을 실컷 맛본 듯하였다.' 그리하여 수고로운 생애가 싫어졌고 이 세상에 뜻이 없어졌으며 사랑을 탐닉하는 욕망도 사라져 버렸다. 꿈을 통해 얻은 깨달음으로 인해 자신에 대한 부끄러움과 뉘우침이 밀려왔다. 그는 결국 전 재산을 내놓아 절을 짓고 선업을 닦는 데 힘쓴다.

이렇듯 조신의 꿈꾸기는 욕망의 허망함을 깨닫는 계기가 된다. 연인과 사랑 놀음에 빠져 생계유지의 노력을 등한히 하다가 생활이 어려워져 전락을 거듭한 끝에 비참한 말로에 다다른다. 이러한 인생 경로를 꿈에서 경험한 후 덧없는 욕망과 고난의 인생살이에 시달리는 이 세상을 초월하려는 뜻을 갖게 된다. 꿈속에서 욕망으로 인한 죄와 고통을 겪음으로써 그로부터 벗어나는 길을 찾은 것이다.

<조신전>은 꿈속 경험을 통해 조신이 지닌 사랑의 열망과 그것의 대가가 어떠한지 간략하면서도 핍진하게 그려 내었다. 조신 부부는 사랑에만 탐닉한 결과로 가족 모두가 고단하고 비참한 삶을 사는 모습을 보여 준다. 애초 서라벌에 살던 조신과 김씨 여인이 명주에 가서 서로 만나 사랑하고 아이를 낳고 고난을 당하는 것이다. 꿈을 깬 후에는 욕망의 허망함을 깨닫고 속세를 벗어나 선업을 닦는다. 이러한 줄거리를 통해 작품에 반영된 9세기 무렵 신라 시대의 사회적 배경을 추측해 볼 수 있다. 당시 서라벌 사람들은 애정 탐닉의 분위기, 인생에 대한 비관적 전망에 젖어 있었고 탈도시적인 지향 속에 농환적 세계에서 펼쳐지는 남녀의 사랑 이야기를 즐겼던 것으로 보인다.

작품에서 문제 삼은 사랑의 욕망, 애정과 생활의 부조화라는 주제는 오늘의 독자에게도 생각할 거리를 제공한다. 꿈에서 깨어나 허망함을 깨닫고 현실을 초월한다는 결말을 제시했으나 거기에 이르는 인생 역

정을 음미하면 할수록 깊은 감흥을 얻는다. 이에 축약된 서술로 남아 있는 <조신전>에 함축된 풍성하고 뜻깊은 세부 사항들은 독자의 상상으로 꾸며질 수 있을 것이다.

만복사저포기

<만복사저포기(萬福寺樗蒲記)>는 김시습(金時習, 1435-1493)의 전기 소설집 ≪금오신화≫에 수록된 다섯 작품 중 하나이다. 사람이 귀신을 만나 사랑하고 이별한다는 내용을 통해 사랑의 주제를 형상화한 면에서 <이생규장전(李生窺墻傳)>과 공통되지만, 귀신과의 사랑이 전면적으로 전개된다는 점에서 차이가 있다. <만복사저포기>에 그려진 사람과 귀신 사이의 비현실적, 환상적 사랑은 사람 간의 사랑과 다른 양상이어서 함축된 의미가 더욱 복합적이라 할 수 있다. 여기서는 환상적인 사랑을 경험하는 당사자의 심리에 초점을 두어 사랑의 이야기를 따라가 보고자 한다.

남자 주인공 양생은 조실부모하고 배필도 얻지 못한 채 퇴락한 만복사의 동쪽 방에서 홀로 지내는 인물이다.[35] 절에 더부살이하는 처지이긴 하나 문학적 소양을 갖춘 청년이다. 그에게는 무엇보다도 배필을 얻는 일이 절실하였다. 봄이 되어 앞뜰의 배나무에 꽃이 활짝 피자 달빛 아래에서 시 두 수를 짓는다. 그중 두 번째 시를 보이면 다음과 같다.

---

35) 한국어문학회 편, 「금오신화」, 『고전소설선』, 형설출판사, 2000. 286-291면. 필요할 때 외에는 한문 원문은 생략하고 필자가 번역하여 인용한다.

물총새 외로이 날며 쌍을 짓지 못하고	翡翠孤飛不作雙
원앙새 짝 잃고 맑은 강에 멱 감네.	鴛鴦失侶浴晴江
뉘 집과 언약 있어 [함께] 바둑을 두리.	誰家有約敲碁子
밤에 등불 꽃 점치며 근심스레 창에 기대노라.	夜卜燈花愁倚窓

양생의 '근심'은 짝을 찾지 못한 새들과 같은 신세에서 마음에 쌓인 것이다. 물총새는 쌍을 짓지 못한 채 외로이 날고 원앙새는 짝을 잃고 홀로 물 위를 떠다닌다. 쌍을 짓는 것과 짝을 잃는 것을 나란히 표현하여 배필과 만나기 이전과 헤어진 이후의 어느 경우든 양생의 감정 이입 소재로 활용하였다. 이는 헤어져도 좋으니 한 번만이라도 만나고 싶은 마음을 표현한 것이다. 그는 어느 집 여자와 언약을 맺고 부부가 되어 함께 바둑을 둘 수 있을지 생각하면서 방 안에 켜 놓은 등불이 꽃잎처럼 흔들리는 모양으로 점을 치며 근심을 달래 본다. 점치는 행위를 통해 어떤 일이든 운명과 같은 필연적인 힘이 작용하기를 기대하는 것이다.

시를 읊고 났는데 공중에서 "그대가 좋은 배필을 얻고자 한다면 어찌 이루지 못할까 근심하리오."라는 소리가 들려왔다. 양생의 간절한 염원이 미지의 신적 존재에게 감동을 주었던 것이다. 이 대목을 중시하면 앞으로 펼쳐질 만남과 이별의 이야기는 이 말을 한 존재의 기획에 의한 것이 될 터이다. 뒤에서 만복사 부처와 내기한 다음에 양생의 소원이 이루어지는 과정이 전개되는 것으로 보아 공중에서 말한 존재는 이 부처일 것이다.

소리를 들은 다음날인 3월 24일은 매년 연등제가 열리는 날이라서 남원의 남녀가 만복사에 모여들어 복을 빌었다. 행사를 마치고 모두 돌아간 저녁에 양생 홀로 부처 앞에 나아가 저포 놀이로 내기를 청한다. 자기가 지면 법회를 베풀고 부처가 지면 아름다운 배필을 얻게 해 달라고 기원한다. 내기에서 이긴 양생은 "업이 이미 정해졌으니 속이시면 안 됩니다."라고 말한다. 이 말 속의 '업 업(業)' 자와 '속일 광(誑)' 자가 앞으로 펼쳐질 이야기의 운명적이고 환상적인 성격을 암시하고 있다.

불좌 뒤에서 기다리는데 한 여인이 들어와 "인생의 박명(薄命)함이 이와 같을 수 있을까."라며 탄식한다. 이 말 속의 '박명'은 여인이 겪은 현실의 삶을 요약할 뿐 아니라 앞서 양생이 갈구한 '운명'적인 만남에 호응하는 의미를 지닌다. 지금까지 그녀의 운명이 기구하였다는 점과 더불어 앞으로 운명적인 만남이 이루어짐을 시사하기 때문이다. 탄식을 하고 나서 부처 앞에 축원문을 내놓는데 그 속에 여인의 사정과 심정이 기술되어 있다.

여인은 자신을 하씨(何氏) 아무개라고 소개하였다. 지난번 왜구가 침략해 들어와 백성을 노략질하니 친척과 하인이 모두 도망가 버렸다. 연약한 여자의 몸으로 멀리 가지 못해 깊숙한 규방에 들어 있다가 끝내 '그윽한 정절(幽貞)'을 지켰다고 한다. 여성의 정절 관념을 드러낸 것이지만 이 말에는 또 다른 뜻이 담겨 있다. '유정'은 대개 그윽하고 깨끗한 정절을 뜻하나 '유혼(幽魂)의 정절'로 이해할 수도 있다. 이러한 중의적 표현은 하씨가 겪은 사건의 배경을 설명하면서도 뭔가 감추려는 의도에 따른 것이다. 하씨의 글을 통해 인물들의 상황 및 심리를 세심하게 살피며 읽도록 유도하는 서술 방식이 잘 드러난다.

이어 말하기를, 부모가 외진 곳으로 피하게 하여 조야(草野)에서 임시로 지낸 지 3년이 되었다고 한다. 여자의 몸으로 풀숲의 들판에서 3년을 보냈다는 것도 상식적으로는 이해하기 어렵다. 이처럼 하씨의 등장과 함께 뭔가 모호한 상황 속에서 사건이 전개된다. 그녀는 들에서 지내며 느낀 심정을 다음과 같이 진술하였다.

가을 달과 봄꽃을 상심한 채 헛되이 보내고 들판의 구름과 흐르는 물에 무료히 날을 보냈습니다. 빈 골짜기에서 그윽이 지내며 평생의 박명함을 탄식하였고 좋은 밤을 홀로 지새우며 채색 난새의 외로운 춤을 슬퍼하였습니다. 날이 가고 달이 가니 혼백도 녹아 없어지고 여름 저녁과 겨울밤에 속이 찢어지고 애가 끊어집니다.

상심, 무료함, 탄식, 슬픔, 혼백의 녹아 없어짐, 속이 찢어지고 애가 끊어짐 등의 말을 사용하여 자신의 심정을 표현하고 있다. 이를 모아 한마디로 요약한다면, 깊은 시름 속에 세월을 견뎌 왔다는 것이다. 그리고 이제 부처 앞에 축원문을 내놓고 시름을 풀어 주기를 간구한다. "일생은 전생에서 정해졌고 업은 피할 수 없으니 부여된 운명에 있는 인연으로 기쁘게 즐길 일을 하루빨리 얻도록 간절히 기도합니다."라고 한다. 이는 양생이 부처 앞에서 말한 업과 인연에 호응하는 것이다. 두 인물의 마음속에 품은 시름이 동질적인 것이기에 그 만남도 이미 정해져 있던 업이라 할 수 있다.

불좌 뒤에서 지켜보던 양생이 나와서 하씨의 글을 보고 기뻐한다. 그리고 "당신은 어떤 사람이기에 홀로 이곳에 오셨나요?"라고 묻는다. 하씨는 "저도 사람입니다. 무엇이 의심스러운가요? 그대는 단지 아름다운 배필을 구하면 되지 이렇게 급히 이름과 성을 물을 필요는 없습니다."라고 대답한다. 첫 대화에서도 앞서의 모호함은 지속된다. 하씨의 신상이 궁금하여 물었으나 자신도 사람이니 성급하게 캐묻지 말라는 답변이 돌아왔다. 이 말 속에는 지금 당장은 성명을 말해 줄 수 없으나 인연을 맺고 시간이 흐른 뒤에 정체를 드러낼 것이라는 암묵적인 뜻이 담겨 있다. 이처럼 어정쩡한 상태에서 두 사람의 사랑 이야기가 진행된다.

양생은 곧바로 하씨를 데리고 법당 앞 행랑 끝에 붙은 좁은 판자 방으로 가서 사랑을 나눈다. 그들의 오랜 시름은 마음에 맞는 짝을 얻지 못한 까닭이므로 이렇게 배필로 만나자 마자 사랑을 나눌 수 있었다. 서로 첫눈에 반한 것이라기보다 오랫동안 기다린 바가 한 순간에 성취된 것이라 하겠다.

관계를 맺은 후 동산에 달이 떠오르자 시녀가 찾아온다. 그녀는, "지난날 낭자께서는 중문 밖을 나서거나 몇 걸음도 옮기지 않으셨는데 어제 저녁에 우연히 나가시어 한 번에 어찌 이 극단에 이르렀습니까?"라고 한다. 시녀의 말 속에 하씨와 양생의 만남이 갖는 성격이 잘 나타나 있다. 단 한 번의 행동이 극단에 이르렀다는 것이야말로 운명적인 만남을 적절하게 표현한 것이다. 시녀로서는 평생토록 정절을 지켜 온 여주인이 한 번의 행동으로 그와 반대되는 극단에 이르렀다고 생각할 만하다.

이에 대해 하씨는, "오늘 일은 우연이 아닐지라. 하늘이 도우시고 부처님이 돌보시어 고운 님을 만나 해로하게 되었노라."라고 말한다. 정해진 업에 따라 이루어진 운명적인 만남임을 뚜렷이 인식하고 있다. 그리고는 "부모께 여쭙지 않고 시집가는 것에 [대해] 비록 밝히 가르치는 [것이] 법전이지만, 잔치를 베풀고 노는 것 또한 평생의 기이한 만남이니, 초가집에 가서 자리와 술, 안주를 가져 오너라."라고 말한다. '부모께 여쭙지 않고 시집가는 것(不告而娶)'이 윤리의 문제라면 '잔치를 베풀고 노는 것(式燕以遨)'은 욕망의 문제이다. 두 가지 가지 사이에서 긴장된 의식과 행동을 보이고 있다.

이렇듯 양생과 하씨의 만남과 사랑은 애매하고 긴장된 채로 진행된다. 시녀가 차린 방석과 술상은 '수수하고 담박한데 무늬가 없고', 술의 향내도 '인간 세상의 맛이 아니었다.' 이에 양생은 처음의 의심을 거두지 못해 괴이하게 여겼으나 '말하고 웃는 것이 맑고 고우며 몸가짐과 용모가 여유 있고 침착하였기에 귀한 집 처녀가 담을 넘어 나왔거니 생각하였다.'고 하여 상대에 대한 의심을 유보하고 있다.

하씨는 양생에게 술잔을 올리며 <만강홍> 한 곡을 지어 시녀에게 부르게 한다.

기쁘구나, 오늘 밤	喜今宵
추연이 피리 한번 불어 따뜻해졌다네.	鄒律一吹回暖
내 가성의 오랜 한을 깨뜨렸으니	破我佳城千古恨
나직이 '금루곡' 부르며 은 술잔 기울이네.	細歌金縷傾銀椀

이제까지의 번민과 원한을 오늘 밤에 풀어 버린 것을 기뻐하는 내용이다. 노랫말에 무덤을 뜻하는 '가성(佳城)', 나중에 헤어질 때 양생에게 주는 '은 술잔(銀椀)'이 시어로 쓰였다. 오랜 원한의 시간을 말하고 지금의 심정을 토로하는 중에 자신의 정체를 시사하고 은 술잔이 인연의 신표가 됨을 암시한 것이다.

서로 회포를 풀다 보니 날이 밝아 왔다. 하씨는 인연이 정해졌으니 자기가 사는 곳으로 함께 가자고 청한다. 두 사람이 손잡고 마을을 지나가다가 길에서 행인을 만난다. 그 사람은 양생이 여자와 함께 가는 것을 알지 못한 채 이른 아침에 어디를 다녀오느냐고 묻는다. 양생은 "만복사에서 술에 취해 누웠다가 옛 친구의 마을 터에 투탁하려고 합니다."라고 대답한다. 여기에 나온 '던질 투(投)' 자가 양생이 환상의 공간 속으로 빨려드는 양상을 대변해 준다.

둘이 손잡고 가는 도중에 『시경』의 노래로써 서로를 놀리며 친밀해지는 모습이 그려진다. 이슬 내린 풀숲을 헤치며 가다가 양생이, "사는 집이 왜 이 모양인가요?"라고 묻는다. 하씨는 '청상과부의 집'이라서 그렇다고 답한다. 그리고는 『시경』「행로(行露)」의 시를 읊으며 농담을 거니, 양생도 『시경』「유호(有狐)」와 「재구(載驅)」의 시로써 화답한다.

축축이 젖은 길 이슬	於邑行路
이른 아침 늦은 밤 어찌 다니지 않나?	豈不夙夜
길에 이슬이 많아서라네.	謂行多露
여우가 [짝을 찾아] 어슬렁어슬렁	有狐綏綏
저 기수의 다리에 있구나.	在彼淇梁
노나라 길은 평탄하니	魯道有蕩
제나라 처녀 나는 듯이 가네.	齊子翱翔

하씨가 읊은 시는 여자가 밤에 겁탈을 당할까 염려하여 남자를 피했으나 결국 쟁송에 휘말리자 예의 없는 남자를 비난하는 내용이다. 양생의 시 중 앞의 두 구는 여우로 비유된 홀아비를 보고 과부가 시집가고픈 마음을 나타내었고, 뒤의 두 구는 노나라로 시집간 문강(文姜)이 아무 부끄럼 없이 오빠인 제양공(齊襄公)을 만나러 가는 모습을 그렸다.[36] 거처로 가는 길에 이슬이 내린 것을 보고 하씨가 「행로」 시를 읊었고, '청상과부'라는 대답을 듣고서 양생이 「유호」와 「재구」 시로 화답한 것이다.

이렇게 주고받은 시에서 두 사람의 심리가 드러난다. 그들은 이 시들이 문왕의 교화가 구석까지 못 미쳐 순화되지 않았거나, 나라가 어지러워 짝 잃은 과부가 홀아비에게 시집가고 싶어 하거나, 염치도 없이 불

---

36)『시전-부 언해』·천(天), 학민문화사, 1990, 142-143면, 360-361면, 475-476면의 주석 및 해석본들을 참조하여 정리하였다.

륜을 저지른 여자를 풍자하거나 하는 내용임을 잘 알고 있었다. 이로써 시가 지닌 음탕한 분위기와 불륜의 내용이 지금 그들의 행동에도 해당할 수 있다는 의식을 나타낸 것이다. 그러면서도 시를 농담으로 주고받은 후 한바탕 웃어넘기는 데에서는 그러한 자의식을 누르려는 마음도 있음을 알 수 있다.

두 사람은 하씨의 거처인 개녕동에 이른다. 다북쑥과 가시나무가 우거진 곳에 '작지만 지극히 아름다운' 집 한 채가 있었다. 그 집에 들어서자 이부자리와 휘장이 '지극히 잘 정돈'되어 있다. 단 한 번 집을 나와 '극단'에 이른 하씨의 행동에 시녀가 놀랐던 것처럼, 그녀의 거처가 '지극히' 아름답고 가지런한 모습에 양생이 놀랐다. '다할 극(極)' 자를 써서 하씨와 양생이 경험하는 사랑이 궁극적인 성격을 지녔다는 점, 이것 외에 다른 선택지는 없다는 점을 시사하고 있다.

거기서 양생은 3일간 머물며 평상시처럼 즐거움을 누린다. '시녀는 아름다우면서도 약빠르지 않았고 그릇은 깨끗하고 무늬가 없었다. 인간 세상이 아닌 듯싶었으나 살뜰히 사랑하는 정이 두터워 다시는 그런 생각을 하지 않았다.' 아직도 의심이 남아 있으나 사랑의 감정이 그것을 덮어 버렸다. 하씨와의 사랑에 비한다면 그가 있는 곳이 이 세상인지 저세상인지는 문제가 되지 않는다.

개녕동에서 3일을 지낸 후 하씨는 양생에게 집으로 돌아가기를 청한다. 떠나기에 앞서 이웃의 친척 처녀들을 초대하여 조촐한 이별 모임을 마련한다. 정씨, 오씨, 김씨, 유씨가 참석해 각각 7언 절구 4수씩 지어 전송한다. 이들의 시는 대개 자신의 처지를 한탄하며 두 사람의 인연을 축하하는 내용인데, 각자의 개성과 의지에 따라 서로 다른 주제를 표현하였다.

풍류가 있는 정씨는, '남교를 지나는 나그네 [아직] 보지 못했으니 / 어느 해 배항은 운교 부인 만나려나(不見藍橋經過客 何年裴航遇雲翹)?' 라고 하여 운교 부인의 지시에 따라 배항이 운영을 만난 고사를 말하여 자기도 배항 같은 짝을 만나고 싶다고 하였다. 정다운 태도를 보인 오씨는, '부러워라, 저 연꽃은 꼭지가 나란하여 / 밤 깊어 한 연못에서 함께 목욕하네(羨却芙蕖猶並蔕 夜深同浴一池中).'라며 하씨와 양생의 사랑을 무척 부러워하였다. 몸가짐이 단정한 김씨는 앞의 시들이 음탕하다고 꾸짖고 그 자리의 광경만 읊겠다면서, '몇 해 동안 흙먼지가 쪽머리에 엉겼더니 / 오늘에야 님을 만나 얼굴 한번 폈구나(幾年塵土惹雲鬟 今日逢人一解顏).'라면서 하씨를 위로하였다. 엷은 화장에 법도 있는 태도의 유씨는, '평생토록 쇠파리가 묻힌 얼룩 짚지 말아야지 / 잘못해서 곤륜산 옥에 티가 엉힐 수 있으니까(平生莫把青蠅點 誤作崑山玉上瑕).' 라고 하여 끝까지 정절을 지킬 것을 다짐하였다. 이와 같이 네 처녀는 두 사람의 사랑에 대해 서로 다른 태도와 의식을 보여 주었다.

이어서 하씨와 양생이 시를 지어 헤어지기 아쉬운 마음을 표현한다. 그리고 나서 하씨는 처음 만났을 때 술잔으로 썼던 은그릇을 양생에게 주며 내일 다시 만날 것을 약속한다. 이렇듯 개녕동의 3일은 양생이 하씨를 따라 환상 공간에 투숙하여 겪은 일과 그곳의 인물들을 만나 교유한 내용으로 되어 있다.

나음날 양생은 은그릇을 들고 보련사로 가는 길가에 서 있었다. 어느 귀족 집에서 딸의 대상(大祥)을 치르러 절로 행차하였다. 하인이 길가의 양생을 보고 낭자의 무덤에 매장한 은그릇을 들고 있다고 주인에게 고한다. 주인이 양생을 불러 사연을 듣고 나서 딸이 왜구의 침입으로 죽어 가묘를 해 둔 지 3년째가 되어 명복을 빌러 간다고 말한다. 이로써 이제까지 암시적으로만 서술되어 애매하게 남아 있던 하씨의 정체가 밝혀짐과 동시에 양생의 의심과 주저함도 해소된다.

행차가 먼저 가고 약속 시간에 맞춰 하씨가 나타났다. 사정이 명백해졌음에도 그녀가 귀신인 것은 거의 의식되지 않는다. 두 사람은 '서로 기뻐하며 손을 잡고 절에 가' 예불하고 장막 안에 들어가 제삿밥을 나눠 먹는다. 양생에게는 그러한 일이 괴이하지 않으나 부모와 승려들에게는 경탄스러운 일로 여겨진다.

천도재를 마치고 이제 영원히 헤어져야 할 때가 되었다. 운명적인 만남에 따르는 필연적인 이별이다. 하씨는, "업은 피할 수 없고 저승길은 당연합니다. 기쁘게 즐기는 일이 다하지 않았는데 문득 슬픈 이별이 다가왔습니다."라며 이별을 고한다. 그들이 이승과 저승의 경계를 넘어 사랑을 나눈 것은 깊은 시름과 원한을 풀기 위해 잠시 허락된 것이었다. 운명은 만남과 함께 이별까지도 준비하였기에 두 사람은 정해진 업에 따라 헤어져야만 한다. 이 지점에서 등장인물이나 독자 모두 삶과 죽음이 엄연히 다르고 인간이 유한한 존재임을 통렬히 인식하게 된다. 떠나는 하씨가 '저승 운수의 유한함'에 슬퍼하여 흐느끼고, 곡성이 점차 잦아들다가 여음을 남기고는 사라진다. 이렇게 사라지는 여주인공의 모습에서 아련하고 먹먹한 느낌을 받는 한편으로 인간의 삶과 죽음이란 무엇인가를 생각해 보게 된다.

하씨가 사라진 후 부모는 실상을 알고 다시 의심하지 않았다. 양생은 마치 이때에야 비로소 그녀의 정체를 안듯이 '그녀가 귀신이었음을 알고 상심하는 마음이 더욱 컸다.' 이에 부모는 딸 몫의 전답과 노비를 양생에게 준다. 그는 개녕동으로 가 빈장 처를 찾아서 장례를 치른다. 제문에서 '비록 저승과 이승이 서로 떨어져 있음을 알았으나 실로 물고기와 물이 함께 즐김을 다하였습니다.'라고 하여 죽음을 넘어선 사랑의 주제를 요약하였다. 그리고는 전 재산을 하씨의 명복을 비는 데 바친다. 그 공덕에 힘입어 다른 나라에 남자로 태어났다는 하씨의 목소리가 들려온다. 그런 후 양생은 다시 혼인하지 않고 지리산에 들어가 약초를 캐며 살다가 '어디서 생을 마쳤는지 알 수 없다.'

<만복사저포기>는 불우한 처지의 양생이 왜구의 난에 죽은 하씨를 만나 사랑하고 헤어지는 이야기이다. 양생은 정체가 모호한 하씨에 대해 의심하면서도 사랑에 빠지고 환상 공간인 개녕동에 머물러 그곳의 인물들과 교유하는 경험을 한다. 하씨는 정절을 지키고 죽어 들판에 묻혀 있다가 양생을 만나 부모에게 고하지 않은 채 혼인하였다. 이로써 정절 관념과 욕망 성취 사이의 긴장이 지속되는 양상을 보인다. 작품은 사람과 귀신 사이의 생사를 넘은 사랑 이야기로써 평생의 시름과 원한을 푸는 해원의 주제를 그려 내었다. 이와 함께 운명적인 사랑에 내재된 인간 욕망의 유한성을 인식하도록 이끌었다. 이야기가 끝나서도 깊은 울림과 긴 여운을 남기는 작품이다.

운영전

    <운영전(雲英傳)>은 17세기 초반에 나온 작자 미상의 전기 소설(傳奇小說)이다. <수성궁몽유록(壽聖宮夢遊錄)>으로 명명된 이본이 있는 만큼 몽유록 양식의 특성도 지니고 있다. 작자에 대해서는 몽유록에서 몽유자가 작자인 경우가 있는 점을 고려하여 유영(柳泳)일 가능성이 없지 않으나 아직까지 당대에 실재한 동명의 인물은 찾을 수 없다. 최근에 작품 내·외적으로 면밀히 살펴 성로(成輅, 1550-1615)로 추정한 논의가 나왔는데[37] 유력하긴 하나 확정 짓기에는 좀 더 명확한 증거가 필요하다.

    이 작품은 고전 문학 연구 초기부터 비극 소설로 주목받았다. 연구가 진행됨에 따라 중세 체제에 대한 도전의 주제, 중층적 서술 구조, 시점의 변화에 따른 입체적 사건 구성 등에서 더욱 중요한 의의를 지닌 작품으로 인식되었다. 운영과 김 진사의 비극적 사랑을 중심으로 안평 대군과의 삼각관계, 자란·소옥 같은 동료 궁녀의 인물 성격, 특과 무녀의 매개자적 역할 등이 다채롭게 엮여 이야기가 전개된다. 남녀 주인공이 서로 그리워하다가 만나서 사랑을 나누고 결국에 좌절하는 과정을 통

---

37) 박희병, 「운영전 작자 고증」, 『국문학연구』42, 국문학회, 2020, 5-66면.

해 사랑의 주제가 진지하고도 심각하게 그려졌다. 내용과 형식의 여러 면에서 볼 때, 17세기 애정 전기 소설의 수작일 뿐 아니라 고전 소설의 대표작 중 하나라고 할 수 있다.

먼저 작품의 줄거리를 제시한다.[38)]

청파동의 가난한 선비 유영이 수성궁을 배회하다가 술에 취해 잠든 후 깨어나 운영과 김 진사를 만난다. 그들이 슬퍼하는 기색을 보고 까닭을 묻는다.

운영이 먼저 사연을 말한다. 수성궁 주인 안평 대군이 자신을 포함한 궁녀 10인을 뽑아 문학 공부를 시켰다. 어느 날 대군 앞에서 지은 시에 어떤 이를 그리워하는 뜻이 나타나 질책을 받는다. 자란의 진정 어린 염려에 1년 전 가을 수성궁을 찾아온 김 진사를 보고 사랑에 빠져 편지를 전달했고 김 진사도 무녀를 통해 답신을 보낸 일을 고백한다. 속사정을 알게 된 자란은 일 년에 한 번 궁궐을 벗어날 기회인 완사(浣紗)의 행사를 이용해 운영과 김 진사를 만나게 하려 한다. 동료 궁녀를 설득하여 동쪽으로 나간 덕에 동문 밖 무녀 집에서 두 사람이 만난다. 궁녀들의 도움으로 궁 안에서 두 사람의 밀회가 성사된다. 출궁을 위한 계책으로 운영의 재물을 빼내어 김 진사의 하인 특에게 맡긴다. 위태로운 만남이 이어지던 중 운영이 지은 또 다른 시로 인해 대군이 그녀와 김 진사의 관계를 의심한다. 도망하기도 어려워져 김 진사가 운영의 재물을 되찾으려 하니 특이 거짓말로 둘러댄다. 진사가 특의 소행을 알고 추궁해 오자 특은 두 사람의 소문을 퍼뜨린다. 일이 발각되어 문초를 받는 자리에서 궁녀들은 운영을 옹호하고 자신들의 진정을 토로한다. 그날 밤 운영은 목을 매어 죽는다.

김 진사가 이어서 말한다. 운영이 죽은 후 김 진사는 특에게 불공

---

38) 이상구 역주,『17세기 애정전기소설』, 월인, 1999, 96-159면 ; 한국어문학회 편,
「운영전」,『고전소설선』, 형설출판사, 2000. 170-196면 참조.

Ⅲ. 사랑의 시름 143

을 드리도록 시키지만 특은 절에서 나쁜 짓만 하고 온다. 나중에 특은 천벌을 받아 급사한다. 김 진사는 운영을 위해 천도재(薦度齋)를 지낸 후 몸을 깨끗이 하고 죽는다.

운영과 김 진사의 이야기가 끝나고 세 사람은 비통하여 술 마시고 잠들었다가 깨어 보니 이야기를 적은 책자만 남아 있었다. 그 후 유영도 세상을 등졌는데 어떻게 생을 마쳤는지 모른다.

유영이 꿈속에서 만난 두 사람에 대한 묘사부터 앞으로 전개될 사랑의 이야기가 아주 애절한 것임을 시사한다. 세 사람이 모인 자리에서 운영은 슬픈 노래를 부르고 눈물을 흘린다. 김 진사도 사랑으로 인해 부모가 끼친 몸을 망쳐 천지간 죄인이 되었다고 한탄한다. 이에 유영이 그들의 슬퍼하는 연유를 듣고자 하니 운영이 '가슴속에 쌓인 원한을 어느 날인들 잊을 수 있겠냐.'며 이야기를 시작한다.

서술 시점의 전이, 작중 시간의 역전 등 서술상의 변화는 줄거리 요약에 어느 정도 드러났으므로 서술 기법에 대한 설명은 생략하고 사랑 이야기에 초점을 맞춰 감상하고자 한다. 두 인물의 성격과 사랑의 과정을 살피기 위해서는 운영의 어릴 때 모습부터 주목해야 한다. 무녀의 집에서 김 진사를 만나 건네는 운영의 편지에 그녀의 어린 시절이 잘 나타나 있다. 부모의 사랑을 듬뿍 받아 자기 마음대로 밖에 나가 놀면서 숲속이나 시냇가를 돌아다녔고 나무 그늘 아래에서 노닐었다. 낚시꾼이나 목동을 만나기도 했고 산야의 모습, 농촌의 흥취에 빠져들기도 하였다.

그러다가 13세에 궁녀로 차출되어 궁에 들어왔는데, '처음에는 고향으로 돌아가고 싶은 마음을 억제하지 못해 매일 흐트러진 머리와 때 묻은 얼굴을 하고 남루한 옷을 입음으로써 보는 사람이 더럽게 여기도록'

하였고, '뜰에 엎드려 울'었다고도 했다. 자유분방하게 자라난 운영에게 수성궁에 들어온 것이 몸의 구속, 자유의 속박으로 인식된 것이다. 안평 대군이 총애하였으나 그의 뜻을 따르지 않은 것을 대군 부인의 은혜 때문으로 핑계 대고 있으나 사실 운영은 입궁할 때부터 궁 밖으로의 탈출을 꿈꾸었기에 그렇게 한 것이다.

애초의 노력도 소용이 없어 궁에서 지내던 중 글공부에 전념할 10인의 궁녀에 선발된 것은 그녀에게 큰 위안이 되었다. 문학을 통해서나마 자신이 품은 탈출의 욕망을 대리 충족할 방법을 찾을 수 있기 때문이다. 그녀는 문학을 공부하고 시를 지음으로써 답답한 심사를 풀 수 있었는데 그녀의 작품은 맑고 순수한 세계를 그린 것이었다. 운영의 속마음을 모르는 대군과 동료 궁녀는 그녀의 시가 지닌 초탈한 품격에 감탄할 따름이었다.

어느 가을날 김 진사가 수성궁을 찾아온다. 대군은 그의 소문을 들었던 터라 반갑게 맞이하였고 나이가 어린 까닭에 시중드는 궁녀들을 물리치지 않았다. '무명옷을 입고 가죽띠를 맨 선비가 성큼성큼 계단을 올라오는데 마치 새가 날개를 편 듯하였고 자리에 이르러 절하고 앉으니 그 용모가 신선 같았다.' 대군과 문학에 대해 나눈 대화에서 진사의 학식과 안목이 나타났고, 즉석에서 지은 그의 시는 대군의 칭찬과 궁녀들의 경탄을 받았다. 김 진사가 글씨를 쓸 때 옆에서 먹을 갈고 있던 운영의 손등에 먹 섬이 뛰었다. 이것으로써 그녀는 김 진사와 사랑으로 얽힐 운명을 직감하였다. '이때부터 잠자리에 들어도 잠을 이룰 수가 없고 마음이 심란하여 밥을 먹지도 못했으며 옷이 따뜻한지도 알지 못했다.'고 일 년 후 자란에게 고백한다. 바야흐로 사랑의 열병을 앓게 된 것이다.

이렇게 첫 만남이 이루어진 후 한참 동안 서로 볼 수 없었다. 김 진사가 수성궁에 오더라도 첫 번째 방문처럼 궁녀를 그대로 두지 않았던 것이다. 기회를 엿보던 운영은 문사들의 모임 후 모두 술에 취한 사이에 벽의 틈새로 시와 비녀가 든 편지를 진사에게 전달한다. '무명옷 입고 가죽띠를 찬 선비여 / 옥처럼 고운 용모 신선 같구나. / 매양 주렴 사이로 바라보는데 / 어찌하여 월하(月下)의 인연 맺지 못하나.' '얼굴 씻으면 눈물이 물줄기를 이루고 / 거문고 타면 한(恨)은 줄이 되어 우네. / 끝없이 쌓이는 마음속 원망을 / 홀로 고개 들어 하늘에 호소하네.' 이와 같은 오언절구 두 수를 통해 자신의 마음을 전하였다.

김 진사도 운영을 보았을 때부터 사랑의 감정이 일어난 터였다. 편지를 받고 나서 애달픈 마음과 사랑하는 정이 더욱 간절해졌다. 동문 밖에 사는 무녀가 수성궁에 출입한다는 말을 듣고 찾아간다. 며칠을 망설이다가 진정을 말하자 무녀는 점을 쳐 본다.

즉시 신을 모신 자리로 나아가 신령에게 절을 한 뒤 방울을 흔들고 거문고를 어루만지더니 온몸을 덜덜 떨었습니다. 잠시 후 무녀는 몸을 돌이키며 말했습니다. "낭군이여, 참으로 불쌍하도다! 이치에 맞지 않는 꾀로써 이루기 어려운 계획을 이루려고 하니 그 뜻을 이루지 못할 뿐만 아니라 채 삼 년이 못 되어 저세상 사람이 되리이다!"

이 말에서 운영과 김 진사의 사랑이 당시의 '이치에 맞지 않는' 도저히 '이루기 어려운' 것임이 표명되었다. 궁녀와 외간 남자의 사랑은 무녀가 '온몸을 덜덜 떨' 만큼 위험하고 체제 도전적인 성격을 지닌 것이었다. 이에 대해 진사는 다음과 같이 대답한다.

"자네가 비록 말하지 않더라도 나 역시 알고 있네. 그러나 가슴 속에 원한이 맺혀 온갖 약으로도 풀지 못하고 있네. 만약 신통한 그대 덕분에 다행히 편지를 전달할 수만 있다면 죽어도 영광스러울 것일세."

김 진사도 이 사랑이 얼마나 위험한 것인지 잘 알고 있다. 운영은 진사보다 더 심각하게 이를 인식했을 것이다. 그러나 서로에 대한 사랑의 감정은 죽음의 공포도 이겨 낼 만큼 강렬하고 절실하였다. 진사의 굳은 마음을 확인한 무녀는 그의 편지를 가지고 궁에 들어가 은밀히 운영에게 전해 준다. 편지를 주고받음으로써 두 사람은 서로의 마음을 알게 되었다.

애타게 그리워하면서도 두 사람이 만날 길은 아득하기만 하다. 운영은 '바보나 미치광이가 된 것'처럼 하루하루를 보낼 뿐이었다. 그러던 어느 날 안평 대군이 성첩(城堞)을 휘둘러 나가는 연기를 소재로 궁녀들에게 시를 짓도록 한다. 열 명의 궁녀가 바친 시를 일일이 보고 칭찬하다가 운영의 시에 누군가를 그리워하는 뜻이 있다고 평한다. 궁녀의 입장에서 대군의 이 말은 곧 죽음을 뜻하였다. 주군 한 사람만 섬겨야 할 궁녀가 누군가를 사모한다는 것은 죽을죄에 해당하는 것이다. 운영은 즉시 뜰에 엎드려 울면서 우연히 표현했을 따름이라며 결백을 주장한다. 대군이 일단 덮어 두기로 하여 사건은 더 커지지 않는다.

다음날 밤 자란이 간곡하게 사정을 묻자 운영이 이제까지의 일을 고백한다. 지난 가을에 있었던 첫 만남부터 편지의 교환에 이르기까지 그동안의 일에 대해 자세히 말한 것이다. 자란은 그 이야기를 듣는 중간에 탄식을 하기도 한다. 운영의 속사정을 알고 나서는 두 사람의 만남을 주선하기로 약속한다. 그녀는 운영을 진심으로 알아주고 믿는 친구로서 김 진사와의 사랑이 맺어지는 데 매개자의 역할을 충실히 하고 있다.

수성궁의 궁녀들은 매년 중추절에 궁을 나가 탕춘대 물가에서 빨래를 하여 말리면서 하루를 보내는 것을 관례로 삼았다. 자란은 이러한 완사(浣紗)의 행사를 기회로 삼아 두 사람을 만나게 하려는 계획을 세운다. 그런데 장소를 변경해야 가능한 일이라는 점이 문제였다. 수성궁에서 무녀 집이 있는 동문 밖으로 가자면 방향이 반대인 탕춘대보다 소격서동이 좀 더 가까워 해 지기 전에 돌아올 수 있기 때문이다. 그 즈음 10인의 궁녀는 서궁과 남궁으로 다섯 명씩 나뉘어 지내고 있었다. 중추절이 다가오면서 기대에 부푼 운영은 끝까지 숨기지 못하고 함께 있는 서궁 사람들에게 사실을 말하였다. 하지만 사정을 모르는 남궁의 궁녀들은 느닷없이 장소를 바꾸려는 시도에 대해 반대하였다.

자란이 밤중에 남궁으로 건너가 그들을 설득한다. 궁 안에 깊이 갇혀 지내는 자신들의 처지를 한탄하면서 소격서동에 가서 태을 성군에게 기도를 드리자고 한다. 소옥을 비롯한 남궁 사람들은 자란의 말에 숨기는 것이 있다면서 선뜻 동의해 주지 않는다. 그러다가 운영이 남자를 만날 것이라는 점괘가 나오자 그녀의 초췌한 모습이 님에 대한 그리움 때문임을 알고는 자란의 말을 따르기로 결정한다. 불가능할 것 같던 운영의 사랑은 이와 같은 동료들의 이해와 도움에 힘입어 극적인 반전을 통해 성사되는 것이다.

완사하는 날이 되자 운영은 일행보다 일찍 궁을 나와 무녀 집에 가서 김 진사를 만난다. 오랜 기다림 끝에 만난 것이라서 두 사람은 말도 하지 못한 채 눈물만 흘린다. 준비한 장문의 편지를 건네고 완사하는 곳으로 갔다가 저녁 무렵 궁으로 돌아가기 전에 일행보다 먼저 출발하여 무녀 집에서 다시 김 진사를 본다. 구구절절이 운영의 살아 온 내력과 사랑하는 마음을 써 내려간 편지를 읽은 진사는 넋을 잃은 듯이 앉아 온종일 울기만 할 뿐이었다. 그런 그에게 가락지를 빼어 신물(信物)로 주고 밤에 서궁의 담을 넘어 오라고 넌지시 이르고는 궁으로 돌아온다.

다음날 밤 김 진사는 하인 특에게서 얻은 접이식 사다리와 털가죽 버선으로 담을 넘어 궁 안으로 들어왔다. 자란이 그를 맞아 운영의 방으로 안내하였다. 운영과 김 진사는 손님과 주인의 예절을 지켜 자리에 앉아 음식과 술을 나누어 먹었다. 그리고는 기쁜 마음으로 잠자리를 함께하고 새벽이 되어 진사는 궁 밖으로 나갔다. 이로부터 두 사람은 밤마다 만나 갈수록 정이 깊어졌다.

궁 안에서의 밀회가 이어지는 중에 계절은 겨울로 바뀌었다. 눈 내린 뜰에 발자국이 찍히자 두 사람의 만남이 탄로 날 위기에 처했다. 남몰래 도망갈 계획을 세우고 운영의 재물을 궁 밖으로 빼내어 특에게 맡겼다. 이즈음 김 진사가 안평 대군의 초대로 비해당(匪懈堂)의 상량문을 지었다. 그런데 그 글에 '담장을 좇아서 그윽이 풍류를 훔치네.'라는 구절이 있어 대군의 의심을 샀다. 일이 다급해지자 진사는 도망하기를 재촉하였다. 운영이 자란에게 도망가는 일을 말하자 자란은 도의상으로나 현실적으로나 도망해서는 안 되니 시간을 두고 기다리는 것이 상책이라며 만류한다. 이로써 두 사람의 계획은 무산되고 만다.

이럴 즈음 안평 대군이 봄 경치를 감상하다가 궁녀들에게 철쭉을 소재로 시를 짓게 하였다. 운영의 시에 예전 시처럼 누군가를 그리워하는 뜻이 또 다시 나타났다. 대군은 운영에게 김 진사를 사랑하는 것이 아니냐고 캐묻는다. 운영은 억울함을 호소하며 목매어 죽으려 했는데 자란이 대군을 말려서 목숨을 건졌다. 이 사건 후로 운영과 김 진사는 더욱 만나기 힘들어졌다. 진사가 마지막으로 궁에 들어왔을 때 운영은 편지를 전하며 다시 못 만날 것이라고 한다. 운영의 마지막 편지에는 다음과 같은 말이 있었다.

　　저는 변변치 못한 자질로써 불행히도 낭군의 사랑을 받게 되었습니다. 그 이후 우리는 얼마나 서로를 그리워하고 갈망했습니까. 다행스럽게도 하룻밤의 즐거움을 이룰 수는 있었으나 바다처럼 깊은 우리의 사랑은 미진하기만 합니다. 인간 세상의 좋은 일을 조물이 시기한 탓으로 궁인들이 알고 주군이 의심하게 되어 마침내 재앙이 눈앞에 닥쳤으니 죽은 뒤에나 이 재앙이 그칠 것입니다.

　사건의 경과를 보면, 수성궁 안의 서궁에서 만난 몇 달 동안 운영과 김 진사가 얼마나 불안하고 두려운 마음으로 사랑을 나누었을지 짐작이 간다. 가을의 완사 이후 진사가 담을 넘어와 만남이 이루어졌고 만날수록 사랑은 깊어졌지만 겨울이 되면서 눈에 발자국이 찍히자 불안은 가중되었다. 불안과 두려움 속에서도 사랑을 이루려는 노력은 야반도주를 계획하기에 이른다. 자란의 합리적인 충고에 그것을 포기하고 나서는 더욱 어찌할 줄을 몰랐다. 그런 중에도 두 사람의 사랑은 더욱 깊어져 도저히 끊을 수 없는 관계가 되었다. 이러한 마음이 진사의 상량문과 운영의 철쭉 시에 드러난 것이다. 마침내 안평 대군의 의심이 두 사람을 지목하기에 이르자 운영과 김 진사는 더 이상 밀회를 이어갈 수 없었다. 위와 같이 운영이 김 진사에게 이별을 고한 것은 사건의 추이에 따른 필연적인 결과이다.
　주변의 노력으로 겨우 막아 오던 차에 일이 탄로 나는 결정적인 계기는 특에게서 생긴다. 두 사람이 도망가기 위해 **빼낸** 운영의 재물을 김 진사가 돌려받고자 하였다. 특이 거짓말로 둘러대었으나 진사가 사태를 알고 특의 집에 들이닥쳤다. 앙심을 품은 특은 수성궁 근처 점쟁이에게 점을 보며 남자가 궁궐 담을 넘어 나오는 것을 보았다고 말하였다. 이 소문이 궁 안에 전파되어 마침내 운영과 김 진사의 일이 알려진 것이다.

격노한 안평 대군이 서궁의 궁녀들을 잡아 형벌을 가하여 죽이려 하였다. 궁녀들은 한마디라도 하고 죽겠다며 각자의 소회를 적은 초사(招辭)를 올린다. 이들의 진술에서 '남녀의 정욕은 귀천 없이 누구나 갖고 있다.', '대군이 김 진사를 맞아들였기에 일이 벌어졌다.' 등 인본주의적, 체제 저항적인 발언이 나와 작품의 주제를 선명히 한다. 그중 자란의 진술이 운영의 속마음을 대변하고 있다.

> 저희들은 모두 항간의 천한 여자로 아버지가 대순(大舜)도 아니며 어머니는 이비(二妃)도 아닙니다. 그러니 남녀의 정욕이 어찌 유독 저희들에게만 없겠습니까?……운영은 오래도록 깊은 궁궐에 갇히어 가을 달과 봄꽃에 매번 성정을 잃었고 오동잎에 떨어지는 밤비에는 애가 끊는 듯 고통스러워했습니다. 그러다가 호남(豪男)을 한 번 보고서 심성을 잃어 버렸으며 마침내 병이 골수에 사무쳐 비록 불사약이나 월인(越人, 편작)의 재주라 할지라도 효험을 보기 어렵게 되었습니다.

아버지가 순임금이 아니고 어머니가 아황과 여영이 아니라는 말에서 유교 성인의 덕목이 아니라 인간 보편의 욕망을 긍정하는 인식이 드러난다. 이러한 인식을 바탕으로 운영이 지닌 욕망, 즉 사랑의 감정을 적극 옹호하였다. 인간인 이상 사랑에 목마른 청춘의 욕망은 누를 수 없는 것이고 상대가 풍류 호걸이라면 마음이 쏠리지 않을 수 없다는 것이다. 자란의 이 말은 곧 운영의 생각이기도 하다. 더욱이 운영은 궁에 들어왔을 때부터 줄곧 탈출을 꿈꾸었기에 외간 남자와의 사랑은 거의 필연적인 수순을 밟았다고 할 것이다.

운영과 김 진사의 사랑 이야기는 비극적인 결말을 맞는다. 운영은 동료들과 함께 초사를 올린 후 별당에 갇혀 있다가 목을 매어 죽는다. 통곡 소리가 궁 밖까지 들려서 김 진사도 그녀의 죽음을 알게 된다. 특에게 천도재를 부탁했으나 오히려 낭패를 당한다. 자신이 직접 재를 올린 후 심신을 깨끗이 하고 가만히 누워 곡기를 끊고 숨을 거둔다. 처음부터 죽음을 각오한 사랑이고, 두려움 속에 궁궐 담을 넘나들며 지속한 사랑이며, 결국 스스로 죽음으로써 끝맺은 사랑이다.

이처럼 수성궁의 담으로 상징되는 중세 체제의 억압과 제약을 뛰어넘고자 했던 두 사람의 사랑은 비극적인 패배로 끝이 났다. 비극이기 때문에 오히려 그 사랑이 갖는 도전과 저항의 의지, 불안과 두려움과 좌절의 심리, 무엇보다도 진실하고 열정적인 사랑의 감정이 더욱 인상적으로 기억될 수 있었다.

<운영전>은 죽음을 무릅쓰고 금지된 사랑을 추구했던 남녀의 애절한 이야기를 그려 내었다. 치열하고 절박한 사랑의 주제, 중층적이고 복합적인 사건과 인물 구성이 돋보이는 작품이다. 두 주인공이 보여 준 목숨을 건 사랑의 욕망은 중세 사회의 모순에 대한 인식과 체제로부터 탈출하려는 지향으로 연결된다. 이러한 면들은 인간다움에 대한 진지한 모색의 소설적 성과로 나타난 것이다. 가히 고전 소설의 최고 수준에 속하는 문제작 중 하나라 하겠다.

채봉감별곡

<채봉감별곡(彩鳳感別曲)>은 1910년대 활자본으로 출간된 작자 미상의 소설이다. 이전 시기의 고전 소설이 지닌 형식과 내용을 본뜬 면이 많아서 신작 고/구소설로 분류된다. 작품의 서두와 결말, 인물의 심리 묘사, 대화의 서술 방식 등에서 새로운 면모가 보이는 한편, 수절(守節)형 여성 인물 형상, 고난 극복과 애정 성취의 사건 전개, 중세적인 신분제 사회 배경 등은 고전 소설과 상통하는 면모이다.

작품은 양가집 규수 김채봉이 아버지 김 진사의 헛된 욕망에 희생되어 기생이 되었다가 이 감사의 도움으로 장필성과 혼인을 이룬다는 내용이다. 채봉과 필성의 만남-혼약-이별-고난-다시 만남-혼인 등의 줄거리로 전개되는 청춘 남녀의 사랑 이야기이다. 이와 함께 작품에 그려진 평양과 서울의 장소성, 유흥 문화, 기방 풍속, 매관매직과 부정부패의 사회상 등도 비중 있게 서술되었다. 그리하여 애정 갈등 중심의 낭만적인 이야기에 시대적, 사회적 배경의 현실적인 고난과 체제 비판의 성격이 포함되어 있다.

어젯밤 불던 바람 금성(金聲)이 완연하다. 모란봉 추운 바람 단풍
낙엽을 흩날려서 평양 성중으로 들어가니 사정없이 넘어가는 저녁

빛에 홀로 서창을 의지하여 바람에 부쳐 떨어지는 낙엽을 맥없이 보고 앉은 사람은 평양 성외 김 진사 집 처녀 채봉이라.……사창(紗窓)에 매화꽃 떨어지고 버들가지에 꾀꼬리 울 제마다 적막히 봄소식이 늦어 감을 한탄하더니 무정세월이 멈출 바를 모르는지라. 봄이 가고 여름이 지나도록 아름다운 기약은 멀어지고 정전(庭前) 낙엽에 금풍(金風)이 소슬하니 한가한 수심과 숨은 탄식을 금하지 못하는 터이라.39)

작품의 서두는 위와 같은 서술로 시작한다. '어젯밤 불던 바람 금성이 완연하다.'는 뒤에서 채봉이 필성을 그리워하며 지은 가사(歌辭) '추풍감별곡'의 첫 구를 따온 말이다. 여주인공의 심정을 가을의 쓸쓸한 정취와 결합하여 애절하게 토로한 서정 가사의 첫 구로써 사랑 이야기를 시작하였다. 이후의 사건 전개에서 수심과 탄식의 분위기가 작품 전반에 깔리게 되는 첫 지점이다.

위 인용문에는 봄이 훌쩍 가 버려 벌써 가을이 왔다는 덧없음의 감회와 함께 가을바람이 불어 낙엽이 떨어지는 것을 보는 쓸쓸한 심정이 나타나 있다. 채봉이 이러한 감정에 빠지게 된 것은 '봄소식이 늦어 감'에 원인이 있다. 아버지가 금지옥엽 같은 딸의 배필을 구하려고 상경한 지도 몇 달이 지났는데 아무 소식이 들려오지 않는다. 혼기가 차서 좋은 배필을 만나 시집가야 될 터인데 사정이 여의치 않으니 수심에 젖어 탄식하고 있는 것이다.

그런데 채봉의 수심과 탄식은 가부장제 사회의 여성이 일반적으로 지닌 수동적인 면모만 보여 주는 것은 아니다. 자신의 혼사를 아버지의 손에 맡기고 그 결실을 마냥 기다리고 있는 것은 수동적이라 할 수 있

---

39) 동국대 한국학연구소 편, 「채봉감별곡」, 『활자본 고전소설전집』10, 아세아문화사, 1976, 455-527면.

다. 그러나 혼기가 늦어져 아름다운 기약을 맺을 기회가 멀어지는 현재 상황을 안타깝게 여기는 마음은 스스로 무엇인가를 하고자 하는 능동성을 내포한 것이다. 이러한 초조함과 시름이 좋은 배필을 만날 수 있도록 그녀를 이끄는 힘으로 작용하기 때문이다. 사실 채봉은 중세적인 중매결혼을 묵묵히 받아들일 위인이 아니었다. 이는 이후에 전개되는 고난 극복의 과정에서 그녀가 보여 주는 결단과 계책, 용기와 지혜로써 충분히 짐작할 수 있다.

채봉은 장필성과의 만남을 계기로 그녀의 내면에 잠재한 주체적 욕망을 드러낸다. 후원 동산에서 단풍 구경을 하던 차에 담장 안을 엿보는 준수한 소년을 보고 '마음에 문득 반가운 생각이' 든다. 소년에 대한 이러한 호감은 배필을 얻지 못해 안타까워하던 마음의 연장에서 나온 것이다. 그를 보고 부끄러워서 얼른 초당으로 들어가 후원 쪽 문을 잠근다. 소년은 터진 담장으로 들어와 채봉이 있던 데를 서성이다가 땅에 떨어진 손수건을 주워 보니 이름이 수놓아져 있다. 물건을 찾으러 온 몸종 취향에게 칠언 절구를 쓴 손수건을 주어 보낸다. 채봉이 받아 보고 2구의 칠언시를 적어 화답한다.

청춘 남녀가 한시를 주고받으며 서로의 마음을 알아 가는 사건 전개는 고전 소설의 애정담에서 흔히 보던 것이다. 그러나 그것은 이 대목에 한 번 나오고 말았고 그나마 화답 시는 반쪽짜리어서 사건 전개상 한시의 비중이 많이 약화되어 있다. 그보다는 뒤에 가서 기생 산홍이 부르는 단가 '진국명산', 채봉이 지은 가사 '추풍감별곡' 등의 한글 시가가 더욱 중요하게 쓰였다. 또한, 고전 소설에서 대개 단순 전달자에 그친 몸종의 역할이 여기서는 남녀 주인공의 만남을 주선하면서 양쪽의 의사를 확인하고 나아가 두 사람의 결연을 추동하기까지 한다. 그 과정에서 취향의 심리와 행동이 현실감 있게 그려짐으로써 보조 인물의 형상이 훨씬 구체화되었다.

첫 만남이 이루어진 다음 필성의 부탁으로 취향이 또 한 번의 만남을 주선한다. 채봉이 중추절을 맞아 후원에 달구경을 나왔다가 그곳에서 기다리고 있던 필성을 만나는 것이다. 필성이 좋은 언약을 맺어 백년해로를 맹세하자고 청하니 채봉은 수줍어 아무 말도 못한다. 옆에 있던 취향이 다그치는 바람에 겨우 낮은 목소리로 대답한다. 지난번 받은 시의 뜻에 비추어 다른 말 않겠다며 청혼을 수락하는 것이다. 마침 초당에 들른 어머니 이 부인이 두 사람이 만나는 것을 보게 된다. 필성을 보내고 초당에 돌아온 채봉이 이 부인에게 사실대로 말한다. 다음날 매파가 와서 청혼의 뜻을 전하자 이 부인이 직접 필성을 만나 본 후 혼약을 맺고 김 진사가 돌아오면 혼례를 올리기로 한다.

만남에서 혼약까지 채봉은 처녀로서 수줍은 태도를 취하면서도 필성에게 자신의 감정을 솔직히 전달하였고 어머니에게도 제 뜻을 분명히 밝혔다. 이렇게 혼약을 함으로써 수심과 탄식에서 벗어나 애초에 그녀가 원하던 바를 얻을 수 있게 되었다. 그러나 그녀의 의지와 별개로 진행된 김 진사의 구직 및 구혼 활동이 그녀의 운명을 걷잡을 수 없는 고난과 시련에 빠지게 한다.

평양에서 일이 벌어지는 동안 서울의 김 진사는 거간꾼 김 양주를 끼고 허 판서에게 뇌물을 주어 벼슬을 사고 있었다. 지방 수령 자리를 얻기 위해 돈을 바치겠다고 약속하고 일단 출륙(出六)의 칙지를 얻어 낸다. 이로써 참봉 벼슬을 얻은 김 진사는 김 양주의 안내로 기생집에 가서 산홍을 청하여 노래를 듣고 함께 술을 마신다. 다음날 사직동 허 판서 집에 가 사례하고 과천 현감을 주겠다는 약속을 받아 수중의 오천

낭을 선불하고 나머지 오천 냥은 어음으로 끊는다. 서류 작성을 도와주는 미소년을 보고 혼잣말로 자기 딸을 닮았다고 하자 허 판서가 얼른 알아채고는 채봉을 첩으로 달라고 요구한다. 김 진사는 벼슬 욕심에 허락을 하고 평양으로 돌아온다.

그간의 일을 안 김 진사는 재상의 첩이 되어 호강하는 것이 제일이고 남편 벼슬에 따라 부인도 명부의 지위를 얻는다면서 이 부인을 설득해 혼약을 깨도록 한다. 그리고는 온 가족이 살림을 정리하여 서울로 가서 살기로 작정한다. 이렇게 상황이 급변하자 채봉은, '부운 같은 이 세상에 부귀공명이 무엇인고. 그같이 나를 사랑하던 우리 부모가 일조에 날로 하여금 신의를 배반하고 천첩의 몸이 되게 하려 하니 가엾고 한심한 일이로구나.'라며 깊은 고민에 빠진다. 하지만 그녀는 고민만 하며 어쩔 줄 몰라 하는 여성이 아니다. 곧바로 '부모는 부귀에 눈이 어두워 그러하거니와 나는 여자의 몸이 되어 한번 허락한 마음을 변치 아니하여 잠깐 동안 부모의 근심을 끼칠지라도 내 몸이나 불의지죄를 면하리라.'면서 장필성에 대한 신의를 지키기로 결심한다. 계책을 세운 후 취향에게 사전에 준비를 시킨다.

채봉은 부모와 함께 서울로 가던 중 만리교 주막에서 몰래 빠져나와 평양으로 돌아온다. 그녀가 떠난 후 화적 떼가 들이닥쳐 사람을 죽이고 재물을 빼앗아 간다. 김 진사는 자다가 깨어 난을 피해 도망하는 중에 이 부인을 만났으나 딸은 찾지 못하였다. 도적에게 전 재산을 잃고 딸의 생사도 모른 채 서울로 가서 허 판서에게 통사정을 한다. 허 판서는 화를 내며 나머지 돈을 해 오든지 딸을 데려오라며 김 진사를 옥에 가둔다.

이 부인은 어쩔 줄 몰라 하다가 여관집 주인의 권유로 다시 평양으로

온다. 취향의 집에 머물던 채봉을 만나 화적 떼와 허 판서에게 당한 일을 알려 준다. 이에 채봉은 또 다시 고민과 시름에 빠진다.

가련한 부모는 이미 범의 아가리에 들었으며 가산은 탕진무여하고 이 몸은 죽어도 먹은 마음을 변할 생각이 없으니 이 일을 장차 어찌하리오. 내가 올라가면 장씨의 죄인이 될 것이요 돈도 못하고 나도 아니 올라가면 부모는 환란을 면치 못할 것이니 차라리 이 몸이 죽고 모를까. 죽으면 나는 허물이 없는 사람이려니와 늙고 병든 부모는 속절없이 죽는 사람이라. 죽기도 어렵고 살기도 어려우니 슬프다, 천지 광활하나 가련한 박명 여자의 한 몸을 용납할 곳이 없는가.

장필성과 맺은 언약을 지키려고 부모 몰래 평양으로 돌아온 채봉이었으나 이제는 부모를 살리는 일이 급선무가 되었다. 이 대목에서도 채봉은 특유의 결단력을 발휘한다. 아버지의 몸값을 마련할 수 있다면 기생이 되어도 좋다고 결심하는 것이다. 이 부인이 "재상의 첩은 싫고 기생 노릇하기가 소원이란 말이냐."고 냉소하며 말리지만 뜻을 굽히지 않는다. 결국 봉선어미에게 팔려 기생이 되고 그렇게 마련한 돈을 이 부인에게 주어 서울 가서 김 진사를 구하도록 한다.

이처럼 작품은 주인공 채봉의 수심과 고뇌가 사건의 진행에 따라 더욱 심화하는 양상을 보인다. 서두에서 다소 낭만적으로 표현된 근심 걱정이 점점 심각해져 가정의 파국에 이르러서는 자살까지 생각하다가 몸을 팔아 기생이 되는 지경에 이른다. 이러한 사건 전개는 작품의 분위기를 답답하고 어둡게 만드는 한편, 고난이 가중될수록 채봉이 신의를 지키는 뜻은 더욱 빛을 발한다. 독자로서는 채봉의 뜻에 공감하고 결단과 실행을 응원하여 앞으로 펼쳐질 사건에 대한 기대를 높인다. 인물과 사건 면에서 대중의 인기를 끌 만한 소설적 요건을 갖추고 있는 것이다.

송이라는 이름의 기생이 된 채봉은 이 부인에게 주고 남은 오백 냥을 수중에 지닌 채 손님을 받기 위한 조건을 내건다. 전날 장필성이 손수건에 써 준 한시에 자기가 화답한 시를 내걸고 그것의 원시를 맞추는 남자에게 몸을 허락하겠다는 것이다. 만리교 주막에서 몸을 빼어 나온 일도 그랬지만 기생이 되어 영업의 조건을 내건 것도 채봉이 고민한 끝에 얻은 계책이었다. 험난한 운명의 소용돌이에 빠져서도 최선을 다해 고난 극복의 돌파구를 찾고자 노력한 것이다. 물론 이는 서사 세계 안에서의 사건 설정이라서 실제의 현실에서 가능할 법하지는 않다. 그렇더라도 독자로 하여금 주인공의 뜻과 지혜를 기특하게 여기고 계책대로 일이 이루어지기를 바라는 마음이 들게 한다면 소설적 흥미를 유발하기에 충분한 것이라 하겠다.

소문을 들은 필성이 찾아와 채봉의 바람대로 문제를 맞힌다. 그리하여 두 사람은 기생방에서 함께 지낼 수 있게 되었다. 채봉이 준비해 둔 오백 냥이 있어서 봉선어미의 성화를 뿌리치고 몇 달을 더 버틸 수 있었다. 그러나 날이 갈수록 돈도 떨어져 가니 '몸을 빼어 나갈 틈을 탈 길이 없어 수심'에 잠긴다. 이렇게 다시 위기가 닥쳤을 때 이보국 감사가 등장하여 위기 극복의 계기가 생긴다.

이보국은 팔십 나이에 안 해 본 벼슬이 없는데 다만 평양 감사를 못해서 '물색도 구경 겸 수석이 좋단 말을 듣고 을밀대 아래에 별저를 굉장히 짓고 평양 감사를 일부러 해서 내려'온 인물이다. 인물 소개부터 현실에서는 있을 법하지 않은 존재이지만, 기생 송이의 문제 내기가 그렇듯이 고난 극복의 사건 전개에서 이 정도의 설정은 용인할 만한 것이다. 뿐만 아니라 매관매직, 편취(騙取), 사형(私刑) 등 부정부패를 일삼는 허 판서에 대비하여 어진 성품으로 백성의 고통을 덜어 주는 이 감사를 등장시켜 선악의 극명한 대조를 통해 고난 극복을 윤리적 관점에서 설득하려는 의도를 드러내었다. 이러한 이 감사가 송이의 소문을 듣고 불러다가 재주를 시험해 본 후 기생이 된 사정까지 알게 된다. 이에 몸값을 지불해 주고 그녀를 곁에 두어 관청의 공문서를 처리하는 일을 돕도록 한다. 채봉으로서는 운명의 나락에서 구원자를 만난 것이다.

채봉은 이 감사의 별당 건넌방에 머물러 공무 처리를 도우며 날을 보낸다. 기생 신분에서 벗어난 것은 천만다행이나 부모 소식도 모르고 필성을 만날 길도 없어서 밤낮 탄식하며 지낸다. 몸이 편안해졌더라도 마음의 시름은 계속되는 것이다. 한편, 장필성은 채봉이 관청에 들어갔다는 소문을 듣고 선천 부사의 아들이라는 사대부 신분을 내던지고 중인인 이방 자리를 자원한다. 오로지 채봉을 만나려는 생각에 그렇게 한 것으로서 신분 유지보다 애정 성취를 최우선에 둔 결정이다. 양갓집 규수가 기생이 된 것과 사대부집 아들이 이방이 된 것이 한 짝이 되어 신분제 해체기의 사회 변동을 반영하고 있다. 채봉은 문서의 필체를 보고 새로 온 이방이 필성임을 눈치챈다. 그와 만나기를 고대하지만 벌을 받을까 봐 감사에게 말하지 못하고 혼자서 속만 태운다.

이렇게 몇 개월이 지나 구월 보름이 되었다. 밝은 달을 보니 근심이 더욱 깊어 채봉은 답답한 마음을 풀어 보려고 종이에 '추풍감별곡'을 적어 나간다. 이 가사 작품은 이제까지 전개된 사건을 배경에 두고 슬픔과 그리움의 정서를 구구절절이 표현한 것이다.

어젯밤 바람 소리   금성(金聲)이 완연하다.
고침단금(孤枕單衾)에   상사몽(相思夢) 홀쳐 깨어
죽창(竹窓)을 반개(半開)하고   막막히 앉았으니
만리 장공(萬里長空)에   하운(夏雲)이 흩어지고

천재 강산(千載江山)에	찬 기운 새로워라.
......	
님 여의고 썩은 간장	하마 하면 끊기련만
삼춘(三春)에 즐기던 일	예런가 꿈이런가.
세우(細雨) 사창 요적(寥寂)한데	흡흡(洽洽)한 깊은 정은
야월(夜月) 삼경 사어(私語) 시에	백년 살자 굳은 언약
단봉(丹峰)이 높고 높고	패수(浿水)가 깊고 깊어
무너질 줄 몰랐으니	끊어질 줄 알았으랴.

　위의 도입부에서 시적 화자는 가을의 처량한 가을 풍경과 기운을 배경으로 독수공방하는 쓸쓸한 처지를 한탄하고 있다. 가을에 대비되어 봄날에 님과 함께한 추억과 언약을 상기하며 그리움을 토로한다. 이로써 이제까지 진행된 사건은 잠시 멈춘 채로 화자의 정서가 애절하게 표출되었다. 작품의 분위기와 정조는 이야기의 서두에 표현된 수심과 탄식 속으로 다시 한 번 빠져들어 간다.

은정이 그쳤거든	차라리 잊히거나
아름다운 자태 거동	이목(耳目)에 매양 있어
못 보아 병이 되고	못 잊어 원수로다.
천수만한(千愁萬恨) 가득한데	끝끝내 느꺼워라.
하물며 일어나는 추풍(秋風)	심회를 부쳐 내니
눈앞에 온갖 섯이	선혀 다 시름이라.
바람에 지는 낙엽	풀 속에 우는 짐승
무심히 듣게 되면	관계할 바 없건마는
유유(悠悠) 별한(別恨) 간절한데	소리 소리 수성(愁聲)이라.

　님의 은정, 님의 자태, 이별한 처지 등에 대한 이런저런 생각이 일어

나 '눈앞에 온갖 것이 전혀 다 시름이라.'고 탄식한다. 보고 듣고 생각하는 모든 것이 시름으로 쌓이는 것이다. 화자는 님에 대한 그리움과 만나지 못하는 안타까움으로 인해 헤어날 길 없는 시름의 심연에 빠져 버렸다.

이 같은 정서의 표출과 함께 화자가 방황하는 모습도 그려져 있다. 모란봉, 대동강을 바라보거나 을밀대, 영명사, 부벽루로 나가 잠시 회포를 푸는 화자의 모습이 나온다. 이러한 형상 속에 평양의 장소성과 향토색이 나타난다. 또한, 달 아래 맹세한 일, 기생방에서 함께한 일, 가까이 있으면서도 서로 못 보는 상황 등도 서술되어 있다. 이는 사건 전개의 연장에서 서사의 주인공과 시적 화자가 만나는 양상이라 할 수 있다. 마지막 부분에 가서는 님과 다시 만나 아담한 집을 짓고 행복하게 살면 좋겠다는 희망을 내보인다. 이렇듯 운문인 가사 작품을 통해 수심에 잠긴 채봉의 마음을 풍성하게 그려 냄으로써 소설의 대단원에 이르러 서정적인 분위기를 한껏 돋우어 놓았다.

채봉이 가사를 다 적은 후 잠이 들어 잠꼬대를 하자 이 감사가 그 소리를 듣고 방에 들어온다. 책상에 놓인 가사를 읽어 보고 그녀를 깨워서 지금까지의 일에 대해 알게 된다. 다음날 감사는 장필성을 불러 서로 만나게 하니 드디어 채봉의 소원이 이루어진다. 그리고 서울로 문서를 보내 김 진사를 풀어 주도록 조처한다.

이전에 이 부인이 서울로 가 돈을 바쳤으나 허 판서는 채봉을 데려오라며 김 진사를 놓아 주지 않았다. 얼마 후 허 판서가 모반의 죄로 김 양주와 함께 처형되고 김 진사는 형조로 이관되었다가 이 감사가 보낸 문서에 의거하여 풀려난다. 김 진사 부부가 평양으로 돌아와 사례하니 이 감사는 채봉이 일한 값으로 집과 전답을 마련하여 내보낸다. 그리하여 채봉은 꿈에 그리던 필성과의 혼인을 이룬다.

<채봉감별곡>은 김채봉의 애정 성취와 고난 극복의 이야기를 서술한 것이다. 행복한 결말로 끝나긴 하지만 그녀가 겪은 고난과 불행이 심각하고, 그 와중에 토로하는 근심과 걱정이 작품의 분위기를 어둡게 하고 있다. 부정부패가 극에 달했던 세도 정치기를 배경으로 하였기에 시대의 암울함이 등장인물의 의식과 정서에 영향을 끼친 양상이 나타나 있다. 그렇지만 채봉은 고난이 닥칠 때마다 결단을 하여 지혜롭게 이겨 내고 최종적으로 자신이 바라는 바를 이루었다. 필성에 대한 신의를 끝까지 지켜 낸 의지와 노력이 험난한 운명과 암울한 시대 배경 속에서도 빛을 발하고 있다. 사회 부조리로 인한 역경을 극복하는 주인공의 분투와 청춘 남녀의 낭만적인 사랑 이야기가 흥미진진하게 펼쳐진 애정 소설의 수작이라 하겠다.

Ⅳ.
사회의 근심 걱정

모죽지랑가

　　<모죽지랑가(慕竹旨郎歌)>는 『삼국유사』 「효소왕대 죽지랑」에 향찰 표기로 수록된 8행 향가인데, 신라 효소왕대(692-701) 화랑도(花郎徒)의 동향과 관련된 시대 현실이 반영된 작품이다. 화랑 죽지에게 속한 낭도인 득오가 모량부의 익선에게 차출되어 부산성 창고지기로 부역하는 중에 이 작품을 지었다. 『화랑세기』에 따르면, 제27대 풍월주를 지낸 김흠돌이 신문왕 원년(681)에 반란을 일으켰다가 진압된 후 화랑 제도는 폐지되었다. 나중에 국선 제도로 부활하긴 하지만 효소왕대는 화랑도의 세력이 쇠퇴하는 시기에 해당한다. 이러한 시대 배경을 바탕으로 화랑 죽지의 처지가 쇠락한 모습이 작품에 나타나 있다. 그럼에도 화랑과 낭도의 친밀한 관계와 의리가 더욱 비중 있게 그려졌다.

> 去隱春 皆理米
> 毛冬 居叱沙 哭屋尸 以 憂音
> 阿冬音乃叱 好支賜烏隱 皃史
> 年數 就音 墮支行齊
> 目煙 廻於尸 七(→亡)史 伊衣
> 逢烏支 惡知 作乎下是
> 郎也 慕理尸 心未 行乎尸 道尸

蓬次叱 巷中 宿尸 夜音 有叱下是

간봄 ᄀ리민	지난봄 속했으매
모다 잇사 우롤 이 시름.	모두 있어야 울 이 시름.
아ᄃᆞᆷ 닛 됴히시온 즈ᅀᅵ	얼마 전까지도 좋으신 모습이
年數 나ᅀᆷ 디기녈져.	세월[이] 갈수록 축나 가겠구나.
누늬 도롤 업시 이익	눈의 돌림 없이 이에
맛보기 엇디 지ᄉ오리?	만나기 어찌 지으리?
郎야 그릴 ᄆᆞᅀᆞ미 녀올 길	낭이 [나를] 그리워할 마음에 오고갈 길
다보줏 굴헝이 잘 밤 이사리.	다북쑥 거리에서 잘 밤 있으리.[40]

작품의 제1구(제1~4행)은 화자가 과거를 회상하며 죽지의 신상을
염려하는 내용이다. 제1·2행의 짧은 문장 속에 과거·현재·미래의 상황
이 모두 포함되어 있다. 첫머리에 '지난봄 속했으매'라고 한 것은 작자
인 득오가 화랑도의 명부인 '풍류 황권(風流黃卷)에 이름을 붙여서'[41]
죽지의 낭도로 속해 있던 과거를 회상한 말이다. 이어지는 '모두 있어
야'는 미래에 대한 화자의 기대를 담고 있다. 배경 기사에서 죽지가 득
오를 만나러 갈 때 '낭도 137인이 또한 의장을 갖추고 따랐다.'고 했는
데, 작품의 '모두'라는 말은 화자가 속해 있던 화랑도를 지칭한 것이다.
화랑인 죽지와 그에게 속한 137명의 낭도를 함께 일컬어 그들과 다시
만나게 될 미래를 기대하였다. 그때에 가서야 마음속에 쌓인 현재의
'시름'을 그들에게 '울'면서 토로할 수 있다. 하지만 어떤 이유로 시름하
게 되었는지에 대해서는 밝히지 않고 있다.
　화자가 시름한 이유는 익선의 득오 차출 사건에서 찾아볼 수 있다. 죽

40) 신재홍, 『향가의 해석』, 집문당, 2000, 67-68면.
41) 『삼국유사』 권2, 기이2, 「효소왕대 죽지랑」(강인구 외, 『역주 삼국유사』2, 이회문
　　화사, 2002, 54-55면). 한문 원문을 번역하여 인용한다.

지의 낭도였던 득오는 모량부의 실권자 익선에게 군역(軍役)의 일원으로 차출되어 창고지기로 근무하였다. 이는 익선이 지닌 관직인 당전(幢典)의 권한에 의한 것이라서 득오로서는 피할 수 없는 공적 의무였다. 그런데 군역으로 온 득오가 익선이 소유한 논밭에서 사사로이 부역을 하게 되었다. 그로서는 받아들이기 힘든 인신의 착취를 당한 것이고 사적인 부역인 만큼 노동의 강도는 더욱 심했을 것이다. 이러한 상황에서 그의 마음속에 불만과 원망이 쌓이게 되었다. 그렇다고 '이 시름'을 주변 사람에게 하소연할 수도 없다. 득오가 억류되어 노역하는 지역은 익선의 관할이라서 고립무원의 상황에 처하여 화자의 시름은 점점 더해 간다.

이처럼 제1·2행에는 익선에게 사사로이 부림을 당하는 득오의 현재 상황, 그에 따른 울분과 하소연할 길 없는 고립무원의 상태가 나타나 있다. 그러나 화자는 지난봄 죽지의 낭도로 있던 때를 회상하면서 언젠가 화랑과 낭도들을 만나게 되리라는 기대를 버리지 않는다. 과거에 대한 회상과 미래에 다시 만날 기대가 상승 작용을 하면서 현재의 시름을 풀어 버릴 날을 갈망한다. 하지만 그러한 기대가 절실하면 할수록 마음속 근심 걱정은 쌓여만 간다.

제3·4행은 앞의 기대에도 불구하고 화자의 시름이 깊어 감을 표현하였다. 현재 처한 상황과 노역에 따른 시름은 자기를 구해 주리라 믿는 죽지에 대한 염려로 인해 가중된다. '얼마 전까지도 좋으신 모습'이란 『삼국유사』와 『삼국사기』에 기록된 죽지의 활약상을 통해 짐작할 수 있다. 김죽지(金竹旨, ?-?)는 일찍이 소년 시절에 화랑이 되어 진덕왕대(647-654)에는 집사부의 수장인 중시를 역임하였다. 통일 전쟁기에 김유신(金庾信, 595-673)과 함께 종군하여 나라를 위해 싸웠고 삼국 통일 후 신문왕대(681-691)까지는 총재(冢宰)로서의 지위를 유지하였다. 이렇게 '얼마 전까지도' 한 시대를 풍미한 죽지의 '모습'은 일찍부터 그와 화랑-낭도의 관계를 맺어 함께하였던 화자에게는 익숙한 것이다.

그러나 이제 죽지의 모습이 변해 있다. 제4행 첫머리의 '세월'이라고 해석한 향찰은 '年數'인데, 이것을 '세월, 나이'와 '시세, 운수'의 어느 하나로 풀이할 수 있으나 두 가지 뜻을 함께 갖는 단어로 보면 의미가 좀 더 풍성하게 다가온다. 김죽지가 태어난 정확한 연대는 미상이지만 진덕왕 5년(651)에 중시를 역임했으니 이때쯤은 이미 청년기를 지났을 것으로 보인다. 우지암 화백 회의의 기록에서 보듯 김유신이 김죽지의 부친 김술종(金述宗)과 동렬에 있음을 감안한다면 김유신과는 한 세대 정도의 차가 있을 듯하다. 그렇다면 대략 진평왕대(579-632) 말기, 즉 620년쯤에 태어나 30대 초반에 중시가 되었을 것이다. 이후 태종무열왕대(654-661)와 문무왕대(661-681)에 종군하면서 관등도 문무왕 원년(661)에 소판, 동왕 8년(668)에는 이찬으로 승진했는데 이때는 40, 50대 장년기에 해당한다. 그리고 신문왕대까지 총재로 있다가 효소왕대에 이르러 실세(失勢)하게 된 것이다. 이때는 아마도 70대의 고령에 이르렀을 것으로 여겨진다. 이렇게 추산하면 '연수(年數)'는 효소왕대에 죽지의 나이가 70대임을 지칭한 것으로 보인다.

한편, '연수'에는 '시세, 운수'의 뜻도 포함되어 있다. 이는 작품이 실려 있는 배경 기사의 제목이 '효소왕대 죽지랑'이라는 점과 연관된다. 배경 기사의 끝 부분에 '진덕 태종 문무 신문 4대에 걸쳐 총재가 되어 그 나라를 안정시켰다.'고 하여 죽지의 탁월한 업적을 찬양했는데, 기사의 제목은 태종대나 문무왕대가 아니라 신문왕 다음인 효소왕대의 죽지랑이라고 하였다. 이는 신문왕대까지 위세를 떨치다가 효소왕대 이르러 모량부의 하급 귀족인 익선에게 모욕을 당한 죽지의 처지를 시사하는 제목으로 보인다. 이러한 맥락에서 제목의 '효소왕대'는 '연수'에 대응한다. 현재는 효소왕대이고 죽지는 고령에 이르렀고 그의 위세가 쇠퇴한 시대이다. 신문왕 원년에 일어난 김흠돌의 난에 화랑도가 대거 휩쓸려 결국 제도 자체가 와해되는 지경에 이른 것이 화랑의 일원이었던 죽지의 사회 정치적 위상을 실추시킨 것이다.

제4행 '세월이 갈수록 축나 가겠구나.'는 위에서 살핀 내용과 긴밀히 관련된 표현이다. 죽지의 나이가 고령이고 권위가 떨어진 시기인 만큼 화자의 시름은 더욱 깊어진다. '축나 가겠구나'는 현 시국에서 죽지의 처지와 신상을 걱정하며 탄식하는 뜻을 나타낸 말이다. 그러나 제2행에서 표현한바 화랑과 동료를 다시 만날 기대를 저버릴 수는 없다. 화자가 당하는 현재의 고난은 그들의 도움에 의해서만 벗어날 수 있기 때문이다.

제2구(제5~8행)에서 시상의 전환을 꾀하였다. 비록 현 상황이 죽지와 득오에게 불리하기는 하나 제5행에서 낭의 '눈의 돌림', 즉 '돌아 봄, 돌봄'이 있다면 화자의 갈망은 이루어질 수 있다. 익선에게 잡혀 있는 득오 자신이 어찌해 볼 수는 없으나 죽지랑의 '돌봄'에 의해서 구원받을 수 있는 것이다. 죽지가 낭도들과 함께 부산성에 이르렀을 때 '관례에 따라서 부역을 살고 있다.'라는 문지기의 말로 보아 '관례'라는 규율로써 익선이 득오를 부역에 동원하였다. 제5행 끝에 '이에'로 표현된 이러한 상황에서 득오 자신이 노력하여 벗어날 길을 찾기 어려웠다. 그러니 자기가 모신 화랑 죽시의 구원의 손실을 애타게 기다릴 따름이다. 이에 제6행 '[~없이] 만나기 어찌 지으리?'라는 설의법 문장을 써서 낭과 다시 만날 기대를 붙잡고 있다.

효소왕대 후반은 진골 귀족 세력이 잠시 정권을 장악했더라도 무열왕계와 김유신계 중심의 왕당파는 여전히 중요한 정치 세력으로 남아 있었다. 그러다가 성덕왕대(702-737)에 이르러 왕당파가 다시 정권을 잡는다. 이와 같은 정치 세력의 변동을 고려하면, 모량부의 익선에게 모욕을 당하기는 했으나 그것이 죽지의 몰락을 의미하는 것은 아니었다. 불안한 정세에도 불구하고 득오가 죽지의 구원을 확신했던 원인을 이러한 정치 상황에 비추어 추측할 수 있다.

이보다 좀 더 구체적인 이유는 죽지의 말에서 찾을 수 있다. 득오의 어머니를 불러 경위를 파악한 죽지가 "네 아들이 사사로운 일로 그리 갔다면 찾지 않아도 되겠지만 이제 공적인 일로 갔으니 모름지기 가서 먹여야겠다."라고 말한다. 사사로운 일이 아니라 공적인 일이므로 죽지가 득오를 구하러 간 것이다. 득오도 자신이 당한 일이 공적인 것임을 알고 있었다. 공무에 대한 죽지의 책임 있는 자세는 왕권 강화와 삼국 통일에 진력한 경력으로 보아 충분히 짐작할 수 있다. 또한, 부산성에서 죽지와 마주친 사리(使吏) 간진에게 비친 그의 인품은 '선비를 중히 여기는 풍모'였다. 이는 득오가 낭도로 속해 있으면서 익히 알고 있는 죽지의 풍모이기도 하였다. 따라서 화자는 죽지랑이 자신을 구하러 오리라는 확고한 믿음을 가질 수 있었다.

제7행의 '낭이 [나를] 그리워할 마음'은 제2행 '모두 있'게 될 미래에 대한 기대나 제5·6행 낭의 '돌봄 없이' '만나기 어찌 지으리?'라는 반문과 함께, 화자의 간절한 기대와 확고한 믿음에서 나온 표현이다. 이러한 기대와 확신은 낭이 자기를 구원하러 '오고갈 길'에 대한 예상과 염려로 이어진다. 실제로 죽지는 낭도를 거느리고 부산성에 가서 익선에게 득오의 휴가를 청하고 있다.

그렇긴 하나 화자의 현실 인식은 여전히 불안하고 비관적이다. 제7행의 확신은 제8행에서 다시 염려로 바뀐다. 낭이 자기를 구하러 '오고

갈 길'이 '다북쑥 거리에서 잘 밤 있으리.'라고 하였다. 죽지랑이 득오를 구하러 다니는 도중에 쑥대밭 우거진 거리에서 야영을 할 만큼 고생스러울 수 있다는 말이다. 여기에도 화자의 현실 인식이 잘 드러나 있다.

득오를 사사로이 부린 익선은 아마도 효소왕대 후반의 정치적 변동 속에 잠시 정권을 장악한 진골 귀족 세력을 등에 업고 있었을 것이다. 이러한 정치적 배경하에 익선은 신문왕대까지 총재를 지낸 죽지에게 모욕을 줄 수 있었다. 따라서 죽지가 자신의 낭도를 구하러 온다는 말을 듣는다면 어떠한 형태로든 그 행로를 방해하거나 요청을 거절하려 할 것이다. 화자는 이러한 점들을 근심하여 제7·8행에서 익선의 세력에게 방해받거나 저지당하여 죽지와 낭도들이 고난에 처할지도 모른다고 말한 것이다. 제1·2행에 암시된 현재 상황, 제3·4행에 담긴 비관적인 인식이 작품을 마무리 짓는 제8행에서 낭에 대한 염려로 표현되었다.

<모죽지랑가>는 익선에게 부역을 당하는 득오가 자기가 모시던 화랑 죽지를 그리워하면서 구원의 손길을 간구하는 내용의 작품이다. 삼국 통일 후 사회 정치적 상황의 변화에 대한 현실 인식이 반영되었는데 대체로 비관적인 인식이 주조를 이룬다. 이러한 면모와 함께 서정시로서 이 작품은 행복했던 지난날과 고난에 처한 현재의 대비, 구원을 바라는 마음과 비관적 현실 인식 사이의 긴장 관계, 구원자 죽지의 신상과 안위에 대한 충심어린 염려 등이 잘 형상화되어 있다. 신라 중기인 7세기 후반의 시대 현실 속에 작자의 깊어진 시름이 짙게 배어 있다. 한국 문학사에서 사회적 시름이라는 주제의 오랜 역사에 하나의 연원이 되는 작품이라 하겠다.

한산섬 달 밝은 밤에

한산(閑山)섬 달 볽은 밤의 수루(戍樓)에 혼즈 안즈
큰 칼 녑희 추고 깁픈 시름 후는 젹의
어듸셔 일성(一聲) 호가(胡笳)는 나의 이를 긋나니[42]

    이 시조는 이순신(李舜臣, 1545-1598)이 전쟁 중에 나라를 걱정하여 지은 작품이다. 우국시(憂國詩)의 대표작이기에 교과서에도 자주 실려서 널리 알려져 있다. 중세 시대에 우국의 주제는 신민(臣民)의 지위로 살던 사람들에게 늘 유념하던 바이나, 문관과 무관, 사회적 신분과 지위, 시대 상황 등의 요인에 따라 그 책임성, 절박성, 정서와 분위기가 조금씩 다른 양상으로 그려졌다. 이 작품은 한산도가 문면에 나온 것으로 보아 통제사 이순신이 그 섬으로 본영(本營)을 옮긴 후의 어느 시점에 지어진 듯하다. 전쟁 중인 해군 장수의 심정이 드러나 있는 만큼 현장감과 긴장감이 고조되어 있다.

    초장은 화자가 놓인 시·공간적 위치를 중심으로 시상을 펼쳤다. '달 밝은 밤' 시간에 '한산섬'의 '수루'에 '혼자 앉아' 있는 것이다. 이러한 배경은 달밤이라는 관습적인 시적 표현에서 받는 것과는 상당히 다른 느

낌으로 다가온다. 화자는 적군과 전투 중인 상황에 본영이 설치된 한산도에서 아군을 지휘하는 장수의 입장이다. 보통은 지휘소인 영에 있을 텐데 시조를 읊는 지금은 망보는 누각인 수루에, 그것도 '혼자' 나와 있다. 실제로 혼자였는지, 부하 몇 명이 시위하는 중에도 우국의 심정에서 혼자라고 의식했는지는 불분명하다. 그래도 초장은 '한산섬, 수루'라는 체언과 '달 밝은 밤에, 혼자'라는 부사어가 서로 대비되는 심상이 뚜렷하다.

전쟁 상황임을 시사하는 한산섬, 수루라는 공간이 달밤이라는 시간, 혼자라는 상태와 연결되어 모종의 부조화를 일으킨다. 흔히 후자에서 어떤 흥취나 풍류, 아니면 그와 결부된 고독감을 드러내는 것이 서정시의 관습이다. 그런데 달밤에 혼자 있다는, 얼마간 낭만적인 분위기가 한산섬과 수루라는 전쟁 중의 장소에 연결되면서 관습적 의미와 정서가 약화하고 현장의 긴박한 분위기가 고조된다. 전쟁을 이끄는 장수가 지휘소에서 나와 적군의 동태를 감시하는 수루에 오른 현재 상황이 부각되는 것이다.

중장에서 화자의 내면을 토로한다. 장수가 수루에 나온 이유가 무엇인지 본인의 목소리로 말함으로써 작품의 주제가 드러나는 부분이다. 화자가 수루에 혼자 앉아 있는 것은 '깊은 시름' 때문이라는 점을 나타내었다. 그의 마음속 시름은 평상시 일반인이 지닌 것과는 성격과 지향이 사뭇 다르다. 이 구절 앞의 '큰 칼 옆에 차고'와 함께 살피면, 화자의 시름은 큰 칼을 허리춤에 차고 있기 때문에 더욱 깊다는 것을 알 수 있다. 여기서 큰 칼과 깊은 시름의 상관성이 뚜렷이 드러난다. '큰'과 '깊은'이 서로 어울리고, '칼'과 '시름'이 서로 결합하여 두 어구는 시적 의미를 확장한다. 이로써 무엇인가 크고 깊은 것이 작품 전체를 뒤덮는 양상을 띠게 된다.

큰 칼은 화자가 지금 맡고 있는 직무의 막중함을 뜻한다. 화자가 찬 칼은 임금으로부터 하사받은 장수의 표지이다. 지금 왜적이 쳐들어와 국토가 유린되고 백성은 도탄에 빠졌다. 임금은 화자를 장수로 임명하여 칼을 하사하고 나라를 지킬 것을 명하였다. 그가 찬 칼은 임금과 국가와 백성을 절체절명의 위기에서 건져 내야 하는 막중한 임무가 부여된 물건이다. 그러므로 그 칼은 클 수밖에 없다. 조선의 운명, 백성의 안위가 칼로 상징되는 장수의 능력에 달려 있으므로 큰 임무이자 큰 부담이 된다. 화자는 자신이 찬 칼의 의미를 분명히 인식한 상태로 수루에 혼자 앉아 있다.

화자의 깊은 시름은 큰 칼에서 연유한다. 초장의 다소간 낭만적인 분위기와 함께, 그것을 깨뜨리는 장소와 현장감으로 인해 화자는 심리적으로 긴장된 상태에 있다. 이러할 때 자신에게 부여된 막중한 임무를 자각함으로써 마음의 시름이 깊어졌다. 칼이 크게 인식될수록 시름은 깊어진다. 작품에 그려진 심상으로 떠올려 보면, 화자는 옆구리의 칼을 매만지며 멀리 달빛 어린 바다와 섬들을 바라보고 있다. 손에서 느껴지는 칼집의 서늘함이 희뿌연 달빛이 내려앉은 바다 풍경에서 받는 포근한 인상과 낭만적 분위기를 가차 없이 물리쳐 버린다. 달빛에 취할 수도, 감상적인 외로움에 빠질 수도 없는 처지이다. 이처럼 중장은 초장에 대한 부분적인 부정을 통해 시적 의미의 심화와 확장을 보여 준다.

여기서 화자가 혼자 앉아 있다는 것이 서정적 울림을 크게 한다. 하루 종일 참모진과 함께 적진의 동태와 아군의 전투태세에 대해 논의하고 작전을 짜는 데 분주했을 화자가 혼자 수루에 앉아 있다. 부하 장수와 군사들이 자신의 지휘 아래 움직이는 터에 결단과 명령은 본인의 책임이다. 모든 군사가 힘을 합쳐 적군을 물리쳐야 하지만 결정적인 순간에는 지휘관이 나서야 한다. 중앙 정부의 훈시, 다른 지역의 전황 등을 보고받으며 전쟁의 동향과 승패의 가능성을 가늠하여 정확한 판단을 내려야 한다. 이러한 상황에서 화자의 내면에 가득한 시름과 고독은 국가 수호의 막중한 과업에 대한 부담과 책임감을 내포한 것이기에 묵직한 느낌일 수밖에 없다.

종장에서 이제까지의 시상이 전환된다. 수루에 혼자 앉아 깊은 시름하던 차에 어디선가 한 줄기의 '호가(胡笳)' 소리가 들려온다. 내면의 시름이 깊어진 상태에서 문득 외부 세계의 자극이 들어와 시적 전환이 이루어졌다. 화자가 마음속 가득 찬 시름에 젖어 있던 그때에 어디선가 들려오는 호가 소리로 인해 외부와 조응하게 되었다. 여기서 호가 소리는 시적 의미의 형성에 중요한 역할을 한다.

호가는 보통 풀(잎)피리를 지칭하는 말이다. 이본에 따라 '호적(胡笛)'으로도 표기되었기에 일반적인 피리로 보아도 될 것이다. 이 호가 또는 호적 소리는 작품의 문맥에서 두 가지 의미와 기능을 지닌다고 생각된다. 첫째, 화자에게 사적인 감정을 일으키는 역할이다. 화자는 풀피리 또는 피리 소리를 듣고는 평상시에 거주지에서 영위했던 일상생활을 떠올렸을 수 있다. 평화의 시기에는 한가한 때에 아이들이 풀잎을 따서 부는 풀피리 소리나 누군가가 취미 삼아 부는 피리 소리를 느긋한 기분으로 즐겼을 것이다. 그때와 극명히 대비된 현재 상황의 고난과 긴박성을 의식한 것이다. 그리하여 중장의 공적인 시름에서 종장의 사적인 감회로 전환하면서 정서가 심화한다. 화자의 인간적인 정회가 공적인 것과 더불어 사적인 면으로도 드러나는 양상이다.

둘째, 중장의 공적인 정서를 강화하는 역할이다. 호가나 호적을 부는 사람을 어느 군사 또는 민간인으로 생각할 때 그 소리에 대해 화자가 정서적으로 반응한 내용을 추론해 볼 수 있다. 화자의 부대에 속한 한 군사가 호가를 불어 고향 생각이나 서글픈 심정을 표현했다면, 이를 듣는 장수로서는 군사의 마음을 위로하고 용기를 북돋아 줄 필요가 있다. 혹은 민간의 어느 백성이 분 것이라면 국가 수호의 책무를 짊어진 장수로서는 백성에 대한 연민과 함께 책임을 통감할 것이다. 군사든 백성이든 호가 소리를 내는 사람을 생각할 때 화자는 그들에 대한 책임감을 더욱 무겁게 느꼈을 것이다.

이러한 두 가지 의미와 가능이 호가 소리에 내포되어 있다. 종장 끝의 '이를 긋나니(끊나니)'는 앞에 나온 '일성'의 '호가'가 주어이나 중장 첫머리의 '큰 칼'과도 호응 관계에 있다. 허리에 찬 큰 칼을 매만지며 깊은 시름에 잠긴 화자는 어디선가 들려오는 호가 소리에 애를 끊는 느낌을 받았다. 이는 무엇인가를 칼로 끊는 심상과 연결되어 큰 칼에 호가 소리가 더해져 시름이 한층 깊어지는 양상에 대한 극적인 표현이라 할 수 있다. 큰 칼을 매만지며 국가 수호의 임무를 이성적으로 인식한 데 더하여, 호가 소리를 듣고 일상적인 삶에 대한 회상과 동시에 군사와 백성들의 고충에 감성적으로 반응하는 내면 의식이 드러났다. 화자의 애끊는 심정은 백성과 나라를 위하는 우국충정(憂國衷情)에 다름 아니다.

이 시조는 국가 수호의 막중한 임무를 띤 장수의 고민과 충정을 나타낸 작품이다. 공적인 책임감에 군사와 백성에 대한 연민이 더해져 화자의 시름이 깊어졌다. 이렇게 나라의 운명을 걱정하는 배경에는 위기를 극복하려는 가열한 노력이 깔려 있다. 작품에 나타난 의식과 정서는 오늘날 국민의 한 사람으로 살아가는 우리에게도 깊은 감명을 주고 나라를 위한 책임감을 일깨운다.

용사음

<용사음(龍蛇吟)>은 최현(崔晛, 1563-1640)이 임진(壬辰, 1592)·계사(癸巳, 1593)년의 왜란을 당하여 지은 가사 작품이다. 두 해의 지지(地支)인 진(辰)의 용과 사(巳)의 뱀을 따서 작품 제목으로 삼았다. 4·4조 4음보 연속체인 가사는 운율을 지닌 말로 정서를 표출하는 운문이면서도 길이의 제한이 없어 산문처럼 사물을 묘사하거나 사건의 경위를 서술할 수 있는 문학 양식이다. 그리하여 임진왜란과 같은 미증유의 전란을 겪은 사람들이 나라가 위기에 빠진 상황을 서술하고 울분과 탄식을 토로하기에 적합하였다.

이 작품은 왜군의 침략, 조선 관군의 패퇴, 의병의 활약과 순국, 명나라 군사의 원조 등 임진왜란 초기 전쟁 상황의 전개를 줄거리로 삼고 전란의 참혹상, 국가의 존망에 대한 염려와 한탄을 구구절절이 표현하였다. 영남 지방의 의병 활동이 비중 있게 그려진 것은 작자가 그 활동에 참가한 경험이 있기 때문이다. 몸소 전쟁을 체험한 작자의 육성인 까닭에 작품에 토로된 우국충정이 더욱 절실하게 와닿는다.

작품의 서사는 다음과 같다.

내 타신가 뉘 타신고.　　　　천명(天命)인가 시운(時運)인가.

져근덧 〈이예	아모란 줄 내 몰래라.
백전 건곤(百戰乾坤)애	치란(治亂)도 미상(靡常)ᄒ고
남만북적(南蠻北狄)도	녜브터 잇건마ᄂᆞᆫ
참목 상심(慘目傷心)이	이대도록 ᄒ돗던가.43)

서두부터 현재 당하고 있는 전란에 대한 당혹과 탄식이 '천명인가 시운인가'로 토로되었다. 세상에 수많은 전쟁이 있었고 치세와 난세도 한결같지 않았으나 오랑캐의 침략으로 인해 지금 목도하고 있는 참상보다 더할 수 있을까 싶을 정도로 매우 가슴 아픈 것이다.

본사는 사건의 경과에 따라 서술되었는데 그 내용은 크게 세 단락으로 구분된다. 첫 단락은 전쟁의 발발, 조선의 무방비 태세, 관군의 무기력한 패퇴, 임금의 분찬 등의 서술과 그에 대한 소회이다. 둘째 단락은 영남을 비롯하여 각 지역에서 일어난 의병의 활약과 순국을 현양하는 내용이다. 셋째 단락은 명나라 원군의 출전과 전쟁의 후유증으로 인한 백성의 고난을 그린 것이다.

본사의 첫 단락은 중국과 우리나라의 역사를 되돌아보는 데에서 시작한다. 『시경』 「녹명지십(鹿鳴之什)」의 '성피삭방(城彼朔方, 저 북방에 성을 쌓음이여)'을 인용하여 '성피삭방ᄒ니 왕실(王室)이 존엄(尊嚴)ᄒ고 / 설치 제흉(雪恥除兇)ᄒ니 호월(胡越)이 일가(一家)러니'라며 북방과 남방이 일가를 이룬 평화의 시대를 말한 다음, 흉노족 유연(劉淵)의 아들 유총(劉聰)과 갈족의 석륵(石勒)이 서진(西晉)을 멸망시키고 5호16국이 열린 전쟁의 시대를 그것과 대비하였다. 북방 오랑캐의 침략으로 한족은 전당 지역으로 밀려나 동진을 세웠는데, 화자는 이를 안록산의 난 때 서

---

43) 「용사음」. 주덕재(전주 최씨 문성공 후손 모임. http://cafe.daum.net/joodeokjae) 제공 『인재속집』 수록 영인본.

축으로 피난한 당 현종과 연결지어 '만리 아미(萬里峨嵋)예 행차(行次)도 군박(窘迫)홀샤 / 전당 한월(錢塘寒月)이 녯 비치 아니로다'라고 표현하였다. 이렇게 북방 오랑캐에게 침략당한 진나라의 역사를 떠올리는 한편, '일편 청구(一片靑丘)에 몃 번을 뒤져겨 / 구종 삼한(九種三韓)이 언제만 디나가뇨'라 하여 우리나라의 역사를 간단히 언급하였다.

이어서 갑자기 전란에 휩싸이는 상황을 그렸다. '아생지초(我生之初)애 병혁(兵革)을 모르더니 / 그덧의 고쳐 도야 이 난리(亂離) 만나관댜 / 의관문물(衣冠文物)을 어제 본듯 ᄒᆞ것마ᄂᆞᆫ / 예악 현송(禮樂絃誦)을 추줄 디 젼혀 업다 / 생보급신(生甫及申)을 산악(山岳)도 앗기더니 / 도이 추종(島夷醜種)을 뉘라셔 배태(胚胎)흐고'라 하여 문물과 예악이 엄연하고 산악 신이 보후(甫侯)·신백(申伯)을 낳아 보살핀 주나라와 같은 조선을 섬나라의 추악한 오랑캐가 침략한 것에 분개한다. 화자의 분노는 침략자 왜적보다도 국가 방위는 도외시한 채 부정부패와 착취만 일삼은 조선의 지배층에게로 향한다.

니 됴혼 수령(守令)들　　　　　너흐ᄂᆞ니 백성(百姓)이요,
톱 됴혼 변장(邊將)들　　　　　허위ᄂᆞ니 군사(軍士)로다.
재화(財貨)로 성(城)을 ᄊᆞ니　　만장(萬丈)을 뉘 너모며
고혈(膏血)로 히치 푸니　　　　천척(千尺)을 뉘 건너료.
기라연(綺羅筵) 금수장(錦繡帳)의　추월 춘풍(秋月春風) 수이 간다.
히도 길것마ᄂᆞᆫ　　　　　　　병촉유(秉燭遊) 긔 엇덜고.

이(齒)로 백성을 물어뜯는 수령들, 톱(긁개, 鉅)으로 군사를 허비는 장수들에게 분노한다. 또한 백성의 재화와 고혈을 착취하는 데만 정신이 팔려 정작 적을 방어하기 위한 성과 해자 관리는 허술하였음을 반어적으로

비난한다. 나아가 비단 방석에 비단 휘장 둘러치고 봄가을로 잔치하면서 낮도 모자라 밤까지 등불 밝히고 노는 꼴에 어이없어한다. 이러한 신랄한 비판을 통해 전쟁이 터졌을 때의 허술한 방어 태세를 여지없이 폭로하고 전쟁 초기 무기력한 패배의 원인이 어디에 있었는지를 분명히 보여 준다.

왜적의 침략을 당하자 조선의 관리는 성을 버리고 도망가기 바쁘고 군사는 변변히 대적하지도 못한 채 패한다. 이를 화자는, '술이 씌더냐 병기(兵器)를 뉘 가디료 / 감사(監司)가 병사(兵使)가 목부사(牧府使) 만호(萬戶) 첨사(僉使) / 산림(山林)이 뵈화던가 수이곰 드러갈샤'라고 하여 적을 막아야 할 관직들을 나열하여 상급부터 하급까지 관리의 무능을 질타할 뿐 아니라 직책 없이 명망만으로 정치에 관여하던 산림까지 풍자하고 있다. 그리고는 '어릴샤 김수(金晬)야 뷘 성(城)을 뉘 디킈료 / 우을샤 신립(申砬)아 배수진(背水陣)은 므스 일고'라며 동래성을 버리고 도망간 경상우감사 김수, 달천에 배수진을 쳤다가 몰살당한 삼도도순변사 신립의 실명을 들어 비난하였다. 이렇게 관직명과 인물의 실명을 나열함은 뒤에서 의병장, 순국자의 실명 나열과 대조하여 전쟁 중의 잘잘못을 분명히 밝히려는 의도에 의한 것이다.

방어선이 무너짐에 따라 서울의 임금은 다급히 파천을 한다. 이에 대해 '인모 부장(人謀不臧)ᄒ니 하늘히라 엇디ᄒ료 / 하나 한 백관(百官)도 수 치올 쑨이랏다 / 일석(一夕)에 분찬(奔竄)ᄒ니 이 시름 뉘 맛들고'라고 하여 수많은 백관은 숫자만 채울 뿐이라 비판하고, 임금의 분찬에 책임져야 할 신하를 대신하여 신민으로서 시름을 감당할 자가 없음에 애태운다. '삼경(三京)이 복몰(覆沒)ᄒ고 열군(列郡)이 와해(瓦解)ᄒ니 / 백년(百年) 완락(宛洛)애 누릴샤 비릴샤 / 관서(關西)를 도라보니 압록강(鴨綠江)이 어드메요 / 일월(日月)이 무광(無光)ᄒ니 갈 길흘 모를노다'라며 온 지방이 뒤집어지고 오래된 수도 서울도 누린내 비린내로 진동하는 상황에서 평안도 의주로 향하는 임금의 앞길에 해와 달이 빛을 잃고 갈 길도 막막함을 한탄한다.

이와 같이 본사의 첫 단락은 전쟁 발발에서 선조(宣祖)의 파천까지 사건의 시간적 흐름에 따라 임진왜란의 경과를 서술하였다. 그러면서 화자는 국가를 방어하지 못한 양반 관료의 무능과 부정부패를 신랄히 비판하고 실명을 들어 패전의 책임을 묻기도 하였다.

본사의 둘째 단락은 전세를 역전하고자 치열하게 싸운 의병장의 활약상을 서술한다. 이제까지의 서술 태도를 전환하여 '삼백이십주(三百二十州)예 일장부(一丈夫)ㅣ 업돗던가'라며 나라를 위해 헌신한 조선의 대장부를 기리겠다고 말하고, '감심 굴슬(甘心屈膝)ᄒ야 견시(犬豕)예 칭신(稱臣)ᄒ니 / 황금 횡대(黃金橫帶)ᄒ던 넷 재상(宰相) 아니런다'라며 금나라 오랑캐에게 무릎 꿇고 신하라 칭하였던 남송의 진회(秦檜) 같은 인물이 아님을 강조하였다.

영남(嶺南)애 ᄉ나히	정인홍(鄭仁弘) 김면(金沔)쟌가.
홍의(紅衣) 곽 장군(郭將軍)아	담기(膽氣)도 장(壯)홀 셰고.
삼도(三道) 근왕(勤王)이	백의 서생(白衣書生)으로
병단 세약(兵單勢弱)ᄒ야	홀 일이 업건마는
거의 복수(擧義復讐)를	성패(成敗)를 의논ᄒ랴.
초유사(招諭使) 고충(孤忠)을	아는가 모르 는가.
노중련(魯仲連) 격서(檄書)를	뉘 아니 눈물 내리.
조초난 뎌 손늬야	권응수(權應銖) 웃디 마라.
영천(永川) 적(賊) 아니 티면	더옥이 홀 일 업다.

정인홍, 김면, 곽재우를 칭송하고 삼도 근왕군을 의거라고 평가했다.

경상우도초유사로 내려온 김성일의 충정을 중국 전국시대 조나라를 구한 노중련의 격서에 비교하였고, 영천 전투에서 공을 세운 권응수를 기렸다.

그런데 '먼 듸 군공(軍功)은 듯기록 귀에 츠듸 / 갓가온 적세(賊勢)는 볼수록 눈의 츠다'처럼, 멀리 의병이 세운 군공의 소식도 많이 들려오지만 가까운 곳에 적의 기세는 여전하였다. 더욱이 군공을 인정하는 것에도 비리가 있어 '뒤조쳐 굿보더니 놈의 덕의 첫 잔 잡고 / 초두난액(燋頭爛額)은 셔도던 공(功)이 업다'처럼 구경하던 사람이 분투를 거듭한 의병의 공을 가로채는 일도 많았다.

비리와 부정을 비판하는 것은 간단히 하고 나라를 위해 목숨 바친 의병장을 높이 선양한다. '송상현(宋象賢) 김제갑(金悌甲) 고경명(高敬命) 조헌(趙憲) 정담(鄭澹) / 질풍(疾風)이 아니 블면 경초(勁草)를 뉘 아더뇨 / 도홍 이백(桃紅李白) 홀 제 버들조쳐 프르더니 / 일진 서풍(一陣西風)에 낙엽성(落葉聲)쑨이로다 / 김해(金垓) 정의번(鄭宜藩) 유종개(柳宗介) 장사진(張士珍)아 / 죽느니 만커니와 이 죽엄 한(恨)티 마라'고 하여 순국한 의병장의 이름을 거명하고 그들의 뜻을 기리고 있다. 또한 '뇌·남(雷南) 장사壯士)들이 일석(一夕)에 어듸 간고 / 녹빈(綠蘋)을 안듀 삼고 청수(淸水)를 잔의 브어 / 충혼의백(忠魂義魄)을 어듸 가 브르려뇨'라며 순국자를 안록산의 난 때 장순(張巡)·허원(許遠)을 도와 대적하다 죽은 뇌만춘(雷萬春)·남제운(南霽雲)에게 견주어 그 충혼의백을 칭송하였다.

이렇듯 의병이 일어나 왜적에 대항했으나 전쟁으로 인해 국토는 전장이 되었고 백성은 도탄에 빠졌다. 전란의 비참한 모습을 목격한 화자는 다음과 같이 한탄하고 있다.

조종 구강(朝宗舊疆)애   도적(盜賊)이 님재 도여

뫼마다 죽기거니　　　　　　골마다 더듬거니
원혈(冤血)이 흘너나　　　　　평륙(平陸)이 성강(成江)ᄒ니
건곤(乾坤)도 뵈자올샤　　　　피(避)홀 ᄃᆡ 전혀 업다.
선성(先聖)을 훼욕(毁辱)ᄒ니　능침(陵寢)이라 안보(安保)ᄒ며
아ᄒᆡ를 죽이거니　　　　　　늘그니라 사라시랴.
복선화음(福善禍淫)을　　　　뉘라서 올타더뇨.
우연이 어려야　　　　　　　　이 하늘 미들러냐.
두어라 엇지ᄒ료.　　　　　　　부모(父母)님 머ᄅᆞ시랴.

　조선 왕조의 오래된 강토가 도적에게 침탈되어 곳곳에 유혈이 낭자하다. 천지가 비좁아도 이 전란을 피할 데가 없다. 왕릉을 훼손하는 데야 남녀노소 불문하고 살육을 자행하는 것은 예사이다. 참혹한 정상을 본 화자는 우연히 어려져서 아이가 되면 모를까 복선화음이라는 천도를 이제 믿을 수가 없다. 이렇게 생각하는 화자에게 부모님이 무어라 하실까 봐 더 이상 말을 삼간다.

　이와 같이 본사 둘째 단락은 첫 단락의 무방비 태세, 관군 패배, 임금 분찬 등 암울한 사태에 대한 서술에서 전환하여 왜적과 맞서 분투하거나 순국한 의병장의 활동을 칭송하였다. 그렇지만 전세는 여전히 힘들어서 전 국토가 유린당해 백성이 죽어 나가는 참극을 목도하고 천리의 정당성을 의심하기에 이르렀다.

　본사 셋째 단락은 명나라 원군의 출전으로 중흥의 희망을 품는 것부터 서술된다. '천왕(天王)이 진노(震怒)ᄒ샤 유월(六月)에 흥사(興師)ᄒ니 / 절강(浙江) 장사(長沙)를 소릭만 드럿더니 / 어와 우리 장사(將士) 몃 둘애 나오신고 / 삼도(三都)를 소청(掃淸)ᄒ니 중흥(中興)이 거의로다'면서, 바로 전에 천리를 의심하던 화자가 천리를 대행하는 천왕, 즉 명나라 황제의 파병 결정으로 절강·장사 지역의 장수와 사졸이 원군으

로 출정하여 전세를 역전시킨 것을 크게 반긴다. 그러나 '나가는 궁구(窮寇)를 요격(要擊)을 못홀런가 / 양호유환(養虎遺患)을 쏘 엇제 ᄒ돗던고 / 이 제독(李提督) 웅병(雄兵)을 어듸 가 대적(對敵)ᄒ며 / 유 장군(劉將軍) 용략(勇略)으로 무ᄉ 일 못 일울고 / ᄒ마 ᄒ마 ᄒ니 세월(歲月)도 오라거다 / 하늘이 돕쟈는가 시졀이 머럿는가'라며 이여송(李如松)과 유정(劉綖)이 전쟁을 끝내지 않고 소강상태를 유지하는 현 상황에 대해 개탄하였다. 그리고는 '국가 흥망(國家興亡)이 장상(將相)애 미인마리 / 지낸 일 뉘웃지 마오 이제나 올케 ᄒ소'라며 국가의 운명을 쥐고 있는 장수와 재상이 제대로 전란을 수습하기를 권고한다.

이렇게 소강상태가 이어지는 중에 전쟁의 후유증이 나타난다.

병련 불해(兵連不解)ᄒ야   살기우천(殺氣于天)ᄒ니
아야라 남은 사름   여질(癘疾)의 다 죽거다.
방어(防禦)란 뉘 ᄒ거든   밧트란 뉘 갈려뇨.
부자(父子)도 상리(相離)ᄒ니   형제(兄弟)를 도라보며
형제(兄弟)를 ᄇ리거든   처첩(妻妾)을 보전(保全)ᄒ랴.
봉호 편야(蓬藁遍野)ᄒ니   어드메만 내 고향(故鄕)고.
백골 성구(白骨成丘)ᄒ니   어느 거시 내 골육(骨肉)고.

전염병이 창궐하고 논밭이 폐허가 되어 백성은 뿔뿔이 흩어지고 죽어 나간다. 부자, 형제, 처첩 등 가족이 이산하고 들판은 쑥대밭이 되어 밭갈이할 수 없고 시체가 쌓였어도 연고를 찾을 수 없다. 전쟁의 참상과 함께 전쟁 직후의 참혹한 광경을 집약하여 그려 낸 것이다.

이처럼 본사 셋째 단락은 명나라 원군의 출전에 희망을 걸지만 왜적을 몰아내지 못한 채 소강상태로 있는 시국에 답답해하는 마음을 토로하였다. 그와 함께 전쟁의 후유증으로 전염병 창궐, 국토의 황폐화, 가

족 이산, 혼란한 시신 수습 등에 대해 서술하였다.

결사는 과거와 현재를 대비하여 탄식하고 하루빨리 전쟁을 종식시키기 바라는 마음을 나타내었다. '석년 번화(昔年繁華)를 숨고티 싱각흐니 / 산천(山川)은 녯 굿티요 인물(人物)은 아니로다'라며 평화의 시대를 회상하나, '주인(周人) 서리가(黍離歌)를 청사(青史)애 눈물 내고 / 두릉(杜陵) 애강두(哀江頭)를 오늘 다시 불너 보니 / 풍운(風雲)이 수참(愁慘)흐고 초목(草木)이 슬허흔다'라 하여 『시경』「국풍」의 <서리가>, 두보의 <애강두>를 떠올리며 국가의 쇠잔함을 슬퍼하고 있다.

그러다가 얼른 마음을 다잡아 '남아(男兒) 삼긴 뜻이 이러케 흐랴마는 / 좀오반 석은 선비 흔 돈도 채 못 밧다'라며 좀스럽고 썩은 선비로 있을 수 없다고 한다. '청총마(青驄馬) 적토마(赤免馬) 울명셔 구릉거늘 / 막야검(莫耶劍) 용천검(龍泉劍) 백홍(白虹)이 절노 선다 / 언제야 천하(天河)를 헤쳐 이 병진(兵塵)을 씨스려뇨'라 하여 명마와 명검을 지니고 천하를 횡행하여 전쟁을 끝내겠다고 다짐하며 작품을 마무리한다.

<용사음>은 임진왜란이 벌어진 당시에 전쟁의 경과와 백성이 겪는 고통을 그려 내고 왜적에 대항하여 분투한 의병장을 높이 기린 작품이다. 몸소 당하는 전란에서 전세의 추이를 주시하고 의병의 항쟁을 드높이며 백성의 질고를 살핌으로써 전쟁의 시대를 사는 사대부의 현실 인식과 타개의 노력이 한 편의 가사에 고스란히 담겨 있다. 국가의 운명과 고통받는 백성에 대한 깊은 우려를 토로하고 왜적을 못 막은 무능하고 부패한 관료들을 신랄하게 비판하였다. 의병장의 이름을 하나하나 일컬어 현양하고 명나라 원군으로 인한 중흥의 기미에 희망을 갖는 데서 참혹한 전란 속에도 역사에 대한 낙관을 잃지 않은 모습을 보여 준다. 이 작품은 절실하면서도 유려한 서술을 통해 우국의 뜻을 진실하게 표현한, 임진왜란 소재 문학의 대표작 중 하나이다.

비가

이정환(李廷煥, 1604-1671)의 <비가(悲歌)>는 병자호란으로 인조가 항복하고 소현 세자와 봉림 대군이 볼모로 잡혀간 국가적 치욕에 대해 사대부로서 울분과 한탄을 토로한 연시조 작품이다. 전 10수로 이루어져 있는데 작자 자신이 작품마다 5언 6구의 한시로 번역해 놓았다. 꿈에 세자가 억류된 심양을 다녀온 내용을 제1수로 삼고 자신이 읊은 노래가 '칠실(漆室)의 비가(悲歌)'라며 자책하는 제10수로 마무리하였다. 얼핏 보면 각 수가 독립적인 내용으로 구성된 듯하나 의미와 표현 면에서 2수씩 짝을 이루어 국치로 인한 비탄의 정서와 우국의 주제를 형상화하고 있다.

반 밤듕 혼쟈 이러 뭇노라 이ᄂᆡ 숨아
만리(萬里) 요양(遼陽)을 어ᄂᆡ듯 ᄃᆞ녀온고
반갑다 학가(鶴駕) 선용(仙容)을 친히 뵌 듯ᄒ 여라[44]

풍셜 셕거 친 날에 뭇노라 북래 사자(北來使者)
소해(小海) 용안(容顔)이 언매나 치오신고

44) 심재완 편저, 『교본 역대시조전서』, 세종문화사, 1972, 414면. 나머지 작품은 면수를 생략하고 인용한다.

고국(故國)의 못 죽는 고신(孤臣)이 눈물계워 ㅎ노라

　제1·2수는 초장의 '묻노라 ~아/(아)'의 호격, 중장의 의문형, 종장의 감탄형 문장으로 구성되어 표현상 서로 짝을 이룬다. 의미상으로도 '요양'에 있는 세자를 '고국'의 화자가 염려하는 마음을 나타낸 점에서 공통된다. 제1수에서 화자는 꿈을 꾸고 한밤중에 깨어나 꿈속에서 '만리 요양'을 다녀온 것을 생각한다. 다녀오기만 했으나 '학가'를 타고 대궐 밖을 나간 신선 같은 '선용', 즉 심양에 억류된 세자의 얼굴을 직접 뵌 듯하여 적이 위안이 된다.

　그러나 제2수에서 바깥에는 눈보라가 치고 '북래 사자'로 표현된 북풍이 매섭다. 앞에서 '학가 선용'이라 한 세자를 '소해'(아마도 '발해'를 지칭하는 듯하다.)에 있는 '용안'이라고 바꿔 말하며 풍설과 북풍에 얼마나 추우실까 걱정한다. 고국인 조선에 있으면서 국치를 당했어도 죽지 못한 채, 차기 임금인 세자를 잃은 외로운 신하의 처지가 되어 눈물만 흘릴 따름이다.

> 후싱 듁은 후에 항왕을 뉘 달래리
> 초군(楚軍) 삼년(三年)에 간고(艱苦)도 그지업다
> 어느 제 한일(漢日) 밝아 태공(太公) 오게 ㅎ고
>
> 박제상(朴堤上) 듁은 후에 님의 실람 알리 업다
> 이역(異域) 춘궁(春宮)을 뉘랴셔 모셔 오리
> 지금(至今)에 치술령(鵄述嶺) 귀혼(歸魂)을 못늬 슬허 ㅎ노라

　제3·4수는 중국과 한국의 역사에서 인질로 잡힌 왕족을 구출한 인물의 고사를 인용하였다. 두 수의 초장 '~ 죽은 후에', 초·중장 '뉘(라셔)

~하리, ~ 없다'의 표현상 공통점도 보인다. 제3수에서 초한 전쟁 때 유방의 아버지 태공을 억류한 항우에게 가서 설득한 후공(侯公)을, 제4수에서는 신라 시대 일본에 인질로 가 있던 눌지왕의 동생 미사흔을 구한 박제상을 상기하였다. 이러한 옛 충신에 대비하여 '뉘 달래리, 뉘라서 모셔 오리'라 하여 그 '누구'가 없는 현실을 개탄하였다.

항우의 인질이 되어 초나라 군대에서 3년간 고생한 태공을 생각하며 언제 한나라의 날이 밝을지 탄식한 데는 불의한 초나라와 곤경에 처한 한나라에 청나라와 조선을 빗댄 의도도 나타난다. 또한, 일본에 간 남편을 기다리며 매일 치술령에 올라 바다 쪽을 바라보다 망부석이 된 아내가 박제상의 혼이라도 돌아오기를 염원하던 것을 생각하며 그 애타는 심정에 공감하고 있다.

> 모구(旄丘)를 돌아보니 위(衛) 사람 에엿브다
> 세월(歲月)이 자로 가니 칡 줄이 길엇세라
> 이 몸의 해어진 갓옷을 기워 줄 이 업서라
>
> 조정(朝廷)을 바라보니 무신(武臣)도 하 만ᄒ라
> 신고(辛苦)ᄒ 화친(和親)을 누를 두고 ᄒ 것인고
> 슬프다 조 구리(趙廐吏) 이미 죽으니 참승(參乘) ᄒ 리 업세라

앞 두 수의 주제를 이어서 제5·6수는 옛 고사와 현 상황을 대응하여, 타국에 있는 왕족이 처한 어려움과 그를 구해 낼 신하가 없음을 한탄하였다. 두 수의 초장 '~보니', 종장 '[~할] 이 없어라'라는 표현상의 공통점도 있다. 제5수는 『시경』「패풍」 '모구'에서 북쪽 오랑캐에게 쫓겨 위나라에 의탁한 여후(黎侯)에 대해 위나라가 책임을 다하지 못하자 여후의 신하가 꾸짖은 내용을 인용하였다. 위나라의 신하와 임금에 대해

'어여쁘다(가련하다)'고 은근히 질책하고, 타국에 오래 머무는 여나라 제후와 신하가 자신들의 처량한 신세와 구해 줄 사람이 없음을 탄식하는 모습을 그렸다.

제6수는 모구 시의 여후와 처지가 비슷한 소현 세자를 생각하며 시상을 펼쳤다. 전쟁에 패배한 무신들이 여전히 조정에 늘어서 있는 것을 풍자하고, 주화파 문신들의 주장으로 화친이 이루어진 후 세자가 적국에 잡혀가 '신고한', 즉 극심하게 고난을 겪게 만든 것을 원망하였다. 이렇게 통탄스런 상황에서 '조 구리(조나라의 마구간지기)' 같은 신하를 대망하나 그러한 사람이 없다.

'조 구리'의 전거가 불분명한데, 조나라의 '참승' 벼슬을 한 인물을 찾아 문맥적 의미를 살필 수는 있다. 『국어』와 『한비자』의 기록에서 조간자(趙簡子) 또는 조 양자(趙襄子)의 참승인 소실주(少室周)가 나온다.[45] 그는 역사(力士)인데 힘겨루기에 지자 자리를 내놓은 충성되고 정직한 인물이다. 이에 제6수의 종장은 '슬프다, 조[나라] 마구간지기[소실주가] 이미 죽으니 참승 [벼슬을] 할 이 없구나.'로 해석할 수 있다. 조나라 소실주의 예를 들어, 볼모로 간 소현세자를 곁에서 모시고 정직하고 충성되게 지킬 신하가 없다고 탄식한 것으로 이해된다.

구중(九重) 달 발근 밤의 성려(聖慮) 일정 만흐려니

---

45) 『국어』15, 「진어」9, 少室周爲趙簡子之右 聞牛談有力 請與之戲 弗勝 致右焉 簡子許之 使少室周爲宰 曰 知賢而讓 可以訓矣(전통문화연구회, 『동양고전종합DB』 「국어(2)-진어 9」 197). ; 『한비자』33, 「외저설 좌하」, 少室周者 古之貞廉潔愨者也 爲趙襄主力士 與中牟徐子角力 不若也 入言之襄主以自代也 襄主曰 子之處 人之所欲也 何爲言徐子以自代 曰 臣以力事君者也 今徐子力多臣 臣不以自代 恐他人言之而爲罪也 一日 少室周爲襄主驂乘 至晉陽 有力士牛子耕 與角力而不勝 周言於主曰 主之所以使臣驂乘者 以臣多力也 今有多力於臣者 願進之(위의 사이트, 「한비자집해(3)」 33-53~56).

이역(異域) 풍상(風霜)에 학가(鶴駕)인들 이즐소냐
이 밧긔 억만창생을 못내 분별 호시는다

구렁에 낫는 풀이 봄비에 절로 길어
알을 일 업스니 긔 아니 조흘소냐
우리는 너희만 못호야 실람겨워 호노라

  제7·8수는 의미와 표현 면에서 서로 긴밀히 연결되어 작품의 주제를
심화하고 있다. 두 수는 표현상 초장 '구중'과 '구렁'의 두운, 중장 '~ㄹ
소냐'의 일치, 종장 '억만창생'과 '우리, 너희'의 대응을 보여 준다. 의미
상으로는 심양의 소현 세자를 염려한 이제까지의 시상을 옮겨서 제7수
에서 구중궁궐에 있는 인조에 대한 염려와 이해로 나아갔다. 그리고 제
8수에서는 임금이 억만창생을 염려한다는 제7수 종장의 뜻을 이끌어
와 '구렁에 난 풀'을 지목한 다음 그것을 '우리'와 비교하며 제7수의 억
만창생에 해당하는 '우리' 인간과 '너희' 생물을 포괄하였다. 임금의 '성
려'는 풀을 기르는 '봄비'로 연결되는 한편, 임금의 '분별(염려)'은 우리
의 '시름'으로 이어진다.
  제7수에서 '이역'에 억류된 세자를 잊지 않으면서도 억만창생을 염
려하는 임금의 마음은 제8수의 만물을 육성하는 천지의 마음을 본받은
것이다. 자연의 생령들이 '절로' 자라는 듯하지만 사실 천지의 섭리가
작용한 것처럼 '우리' 신민들은 임금의 보살핌에 의해 살아가는 것이
다. '너희'와 '우리'를 대비하면서도 자연 세계와 인간 사회에 공통된 이
치를 근거로 하여 세자와 헤어져 있으나 억만창생을 염려하는 임금의
마음을 헤아려 보고 신민으로서 시름에 겨워한다.
  이와 같이 제7·8수는 제6수까지 적국에 볼모로 잡힌 세자를 걱정하

는 시상을 전환하여 조선의 현실에서 임금과 백성이 함께 시름하는 뜻을 나타낸 것이다. 이러한 맥락에서 작품에 표현된 정서와 주제는 막연하고 비관적인 우국이 아니라 군민(君民)이 합동하여 국난 극복의 힘을 기르고자 하는 의지가 반영된 것이라 할 수 있다.

> 조그만 이 흔 몸이 하늘 밧긔 써디니
> 오쉭구름 기픈 곳의 어느 거시 서울인고
> 바람에 지나는 검줄 갓ᄒ야 갈 길 몰라 ᄒ노라
>
> 이거사 어린 거사 잡말 마라스라
> 칠실(漆室)의 비가(悲歌)를 뉘라서 슬퍼ᄒ리
> 어듸서 탁주(濁酒) 흔 잔 얻어 이 실람 풀가 ᄒ노라

　제9·10수는 연작을 마무리 짓는 역할을 한다. 두 수의 중장 의문형, 종장 '～ 하노라'가 표현상 공통되고, 초장 '조그만 이 한 몸'과 '이것아 어리석은 것아'가 화자 자신을 낮추는 말인 점에서 의미상으로 상통한다. 연작시의 결말에 이르러서 자책, 자괴, 자탄의 심정을 토로한 점이 특징이다.

　화자가 자탄한 것은 '하늘 밖에 떨어진' 자신의 처지에서 연유한다. 제9수에 임금을 가까이 모시고 벼슬살이해 본 적이 없는 천애(天涯)의 신미로서 '오색구름 깊은' 싱스러운 왕의 처소가 있는 '서울'이 어디인 줄 짐짓 모른다고 말한다. 그러니 '바람에 지나는 검불'같이 갈 길 잃고 헤매는 마음으로 시국을 걱정할 따름이다. 제10수에서는 자신을 돌아보면 이러한 우국충정도 어리석은 이가 '잡말'이나 하는 것, 캄캄한 방에서 슬픈 노래를 부르는 것인지도 모른다. '칠실의 비가'는 노나라의 여인이 나랏일을 걱정하였다는 '칠실지우(漆室之憂)'의 고사에서 따온

말이다. 그러나 마을 이름인 칠실을 캄캄한 방이라는 글자 그대로의 의미와 혼용함으로써 고사의 뜻과 화자의 처지가 겹치도록 표현하였다. 이렇듯 캄캄하고 절망적인 상황에서 술이나 마셔 시름을 풀어 보겠다는 것이다.

앞 두 수에서 임금과 백성이 함께한 시름이 마지막 부분에 와서는 개인적인 시름으로 위축되면서 자탄에 빠지고 만다. 현재의 상황이 워낙 암울한 것이라서 화자로서는 어찌해 볼 도리가 없으니 절망적인 정서를 표출할 수밖에 없다. 작품의 이러한 마무리는 오히려 화자의 현실적인 처지를 솔직하게 드러낸 것이어서 독자로 하여금 그와 더불어 막막한 심정이 되도록 하여 공감의 영역을 확대하고 있다.

<비가>는 병자호란 이후 소현 세자가 볼모로 잡혀가 심양에 억류된 현실을 비관하면서 나라의 운명에 대해 시름겨워 하는 내용의 작품이다. 두 수씩 의미상, 표현상 짝을 이루어 전 10수로 구성되어 있다. 화자가 꿈 꾼 일에서 시작하여 이역에서 고난을 겪는 세자를 염려하고 왕족의 인질을 구한 옛 충신에 견줄 만한 인물을 대망하였다. 임금과 백성이 다 함께 나라의 운명에 대해 걱정하고 있음을 표현한 후에는 화자자신의 처지에서 나온 자탄으로 끝맺었다.

10수의 연작 속에 시상이 정연하게 펼쳐졌는데 특히 제7·8수에서 지고의 왕에서 뭇 백성까지 나라를 걱정하는 모습을 그림으로써 우국충정 속에 국난 극복의 의지가 담겨 있음을 보여 주었다. 이러한 시상 전개를 통해 재야의 선비로서 병자호란의 치욕을 당한 한탄과 국가의 운명에 대한 염려가 진실하게 그려졌다. 절실한 표현과 심중한 의미를 지니고 있어 우국의 주제를 다룬 시조 중에서 문학사적 의의가 큰 작품이다.

수성지

    <수성지(愁城誌)>는 임제(林悌, 1549-1587)가 지은 가전체 소설이다. 사물을 의인화한 인물의 전기를 서술한 문학 양식이 가전체인데, 이 작품은 사람의 마음을 의인화하였기에 심성 가전이라고도 한다. 사물의 속성, 역사, 관련 고사와 인물 등을 원용하여 의인화가 이루어지므로 전고와 수사(修辭)를 인용한 창작과 그것을 전제한 향유가 요구된다. 인물 묘사와 사건 서술의 표현 하나하나가 옛 문헌에서 가져온 것이 많아 오늘날 독자에게는 낯설고 난삽하게 여겨져 작품 이해를 어렵게 한다. 그렇지만 전고와 수사가 중세의 문인에게는 상식으로 통하는 것이었음을 감안하고 그 숲을 헤치고 들어가 작품에 담긴 그들의 상식과 교양, 정서와 의식에 다가갈 필요가 있다.

    이 작품은 마음에 관한 교양과 지식을 바탕으로 인물과 사건을 갖추어 이야기하고 작자의 뜻을 부친 것이다. 구조적인 면에서 보면, 중세의 학문 분야인 문사철(文史哲)의 세 영역에서 전고를 가져와 허구적, 서사적으로 서술하였다. 철학-역사-문학의 순서로 구성하여 성리학적 심성론, 상심과 비분의 역사적 인물 군상, 술과 관련된 문학적 표현 등으로 배열하였다. 이러한 3단 구성으로써 마음에 가득한 근심 걱정을 술을 마셔 풀어 버린다는 주제를 표현한 것이다. 주제만 놓고 보면 수

심에 관한 논설 혹은 술 예찬론이라고 범박하게 말할 수 있으나, 구조
와 표현, 인물 형상을 살펴보면 중세 사회와 역사에 대한 심각한 문제
의식을 담고 있다. 의인화로 인해 작품 전체가 중의법으로 이루어졌기
에 표면적 사건 전개에 따른 이면적 의미 구성에 유념하며 감상할 필요
가 있다.

작품은 마음을 의인화한 천군이 '강충(降衷, 하늘이 내려준 마음. 『서
경』)' 원년에 즉위하여 정치를 바르게 하였다는 서술로 시작한다.[46] '인
의예지', '희로애락'이 '중(中)'에 합치되고 '사물(四勿, 예가 아니면 보지
도 듣지도 말하지도 움직이지도 말라. 『논어』)'은 '예(禮)'에 통제되어
천군이 '영대(靈臺)'에서 팔짱을 끼고 바라보니 '연비어약(鳶飛魚躍, 만
물의 생동함. 『주역』)'하듯 만물이 모두 있어야 할 바를 얻었다. 이와
같이 마음이 평정한 상태를 나라의 태평 기상으로 서술하고 있다.

강충 2년이 되자 '주인옹(主人翁, 인심에 대비되는 도심. 반드시 도심
으로 하여금 항상 일신의 주인으로 삼아 인심이 매양 그 명령을 들으면
위태함이 편안해지고 은미함이 드러날 것이다(必使道心 常爲一身之主
而人心每聽命焉 則危者安 微者著). 주희, 「중용장구서」)'이 상소한다.
임금이 안일한 마음을 경계하여 '미연(未然, 아직 일어나지 않음.)'을 간
파하는 철인(哲人)의 대관(大觀)을 본받기를 간하면서 다음과 같이 말
한다.

근본이 확고하지 못하여 문득 글쓰기 마당, 문학·역사 영역에 노
닌다면 밤낮으로 친한 이는 문방사우일 뿐입니다. 또 개연히 고금의
영웅을 생각하여 폐부 속에서 '동동왕래(憧憧往來, 마음이 정해지지

---

46) 박희병 표점·교석, 「수성지」, 『한국한문소설 교합구해』, 소명출판, 2005, 177-204
면. 한문 원문을 번역하여 인용한다.

않음.『주역』)' 한다면 이들이 난을 일으키기 어렵지 않습니다.

　마음을 올바로 인도하는 도심으로서, 천군을 보필하는 주인옹은 임금이 문학과 역사를 탐독하다가 마음이 어지러워질 위험성을 경고하고 있다. 이는 작자가 문학과 역사를 공부하면 할수록 이치를 깨닫는 것에 비해 현실의 부조리, 불합리에 좌절하는 면이 크다는 점을 우의한 것으로서 작품의 창작 동기이기도 하다.

　상소를 올려도 천군이 '죽백(竹帛, 서적)'과 '금고(今古, 역사)'에 빠져 있자 주인옹이 직접 찾아와 간언한다. 역사를 논하고 문장을 짓는 것은 '존심(存心, 본심을 보존함.)'과 '양성(養性, 본성을 기름.)'에 도움이 되지 않는다. '교교항항(矯矯亢亢, 꼿꼿하고 거만함. 한유,「송궁문」)' 하는 것은 안정의 방도가 아니지만 없을 수도 없으니 치우치지는 말아야 한다. 그리하여 '일음일양(一陰一陽)'을 '섭리(燮理, 고르게 다스림.)'하여 '중화(中和)'에 이르러야 한다는 것이다. 이에 천군이 '반무당(半畝塘, 자연을 비추는 못. 공부하는 마음의 비유. 주희,「관서유감」)'에 주인옹을 앉히고 4단(端), 5관(官, 감각), 7정(情)에게 명하여 법도를 지키게 하고 '불원이복(不遠而復, 멀리 가지 않고 돌아옴.『주역』)' 할 것을 명한다. 그리고 정치의 쇄신을 위해 연호를 '복초(復初, 처음을 회복함.)'로 고친다.

　이렇듯 첫 단락은 마음이 평정한 상태로 있다가 문학과 역사에 빠져 어지러워지자 마음을 가다듬어 애초의 모습을 회복하려 함을 우의하였다. 유교 경전과 글에서 따온 개념어, 수식어 등을 사용하여 마음의 이상적인 상태와 현실적인 실태를 그려 내고, 본성을 닦고 지키는 일이 어렵다는 것을 말하였다. 이러한 의미를 표현하기 위해 천군이 인심에 흔들리는 것을 도심인 주인옹이 바로잡아 주는 사건으로 전개한 것이다. 여기서 인심의 동요가 외부의 자극에 따른 욕망이 아니라 문학·역사에서 얻은 감흥으로 인해 촉발되었다는 점이 문제적이다. 사회와 역사에 대한 작자의 의식이 창작 동기임을 시사한다.

복초로 바꾸고 8월 가을에 천군은 '주일당(主一堂, 경(敬)의 태도)'에서 '무극옹(無極翁, 우주의 근원. 무극이 곧 태극(無極而太極). 주돈이, 「태극도설」)'과 인심의 위태함과 도심의 은미함을 탐구하였다. 어지러워진 마음을 바로잡기 위해 공경한 태도를 가지고 천지 만물의 근원에 대해 공부한 것이다. 이는 복초라는 연호와 관련된 행위로서 태초에 하늘로부터 부여받은 인간의 본성을 찾으려는 노력이다. 이때 슬픔을 의인화한 '애공(哀公)'이 '감찰관(시각)', '채청관(청각)'과 함께 상소하였다. 반첩여의 <원가행>, 반악의 <추흥부>, 송옥의 <비추부>, 이백의 <자야오가>, 백거이의 <비파행>·<연자루>, 두보의 <추흥>, 사마상여의 <장문부>, 굴원의 <이소>·<구가> 등을 언급, 시사, 인용하면서 마음의 근심이 어떻게 생겨났는지 질의한다.

> 근심이 사물에 연유하므로 근심하는지, 사물이 근심에 연유하므로 근심하는지 알지 못하겠습니다. 근심하면서도 근심의 까닭을 알지 못하니 근심하지 않는 까닭이야 어찌 알겠습니까? 또한 보아서 근심하는지, 들어서 근심하는지도 알지 못하겠습니다.

근심하는 까닭을 알지 못해 직무를 수행하기 어렵다고 호소하였다. 이는 수많은 문학 작품과 역사책에 기록된 근심과 슬픔의 사례에 대한 문제의식을 나타낸 것이다. 비통하고 원망스런 정조가 흘러넘치는 시와, 부조리한 현실에 소외되고 축출된 인물의 이야기를 접하고 느낀 감정의 근원이 어디인지를 묻고 있다. 이 물음에 시원하게 답해 줄 수 없

으므로 천군과 함께 탐구하던 무극옹은 '하직 인사도 하지 않고 떠나 버렸다.'

본심을 지키려던 천군은 근심에 싸여 차라리 '의마(意馬, 뜻)'를 타고 천하를 돌아다니고자 하였다. 그러나 주인옹이 괴로이 간하여 '반무당' 가에 머물렀다. 이때 '격현(膈縣)' 사람이 '흉해(胸海)'에 파도가 일어 태산과 화산이 옮겨 오고 그 산중에 수많은 사람이 있다고 아뢰었다. 뒤이어 '안색초췌 형용고고(顔色憔悴形容枯槁. 「어부사」)' 하여 나라를 걱정하고 임금을 염려하는 굴원과 한평생 초 양왕을 섬긴(「고당부」) 송옥이 와서 절하고, 천지에 용납될 곳 없는 자신들에게 '뇌외(磊磈, 돌무더기. 가슴속 불평의 비유)' 한 구석을 빌려 성을 쌓아 거할 수 있게 해 달라고 청한다. 이미 마음이 많이 흔들린 천군은 두 사람의 뜻에 공감하고 수락한다. 이후 그들을 잊지 못해 '출납관(발음 기관)'에게 <초사>를 읊도록 하고 다른 일은 돌보지 않는다. 천군의 이러한 공감과 몰입은 굴원·송옥에 대한 작자의 뜻과 태도를 말해 주는 것이기도 하다.

9월에 임금이 바닷가에 가서 성 쌓는 것을 관망한다. 수성의 축성 과정과 완성된 모습은 다음과 같다.

> 수만 갈래의 원통한 기운과 겹겹이 쌓인 근심스런 구름이 보이고, 옛 충신과 의사, 무고하게 죽임을 당한 사람들이 영락한 모습으로 왕래하였다. 그중 진나라 태자 부소는 만리장성 쌓는 것을 감독했었기에 몽염과 함께 형곡에 생매장된 유생 400여 명을 부렸다. 빨리 짓지 않아도 며칠이 안 되어 완성하였으니 성을 쌓는 데 흙과 돌에 시달리지 않고 일하는 데 물건 옮기는 수고를 하지 않아서이다. 크다고 한즉 붙은 곳이 좁고, 작다고 한즉 감싼 것이 많다. 없는 듯 있고 형체가 아니면서도 형체이다. 북으로 태산에 기대었고 남으로 창해에 닿았으며 지맥은 아미산에서 나왔다. 울퉁불퉁 무덕무덕 근심과 원

한이 모였으므로 수성이라고 하였다. 성 가운데 조고대(弔古臺)가
있고 성에 네 문이 있으니 충의문, 장렬문, 무고문, 별리문이다.

만리장성 쌓은 것을 연상시키는 한편, 없는 듯 있는 허상의 이미지로
수성을 표현하였다. 마음속에 근심이 쌓인 상태를 나타낸 것이므로 생
각과 감정이 뒤엉킨 무형의 형상이 된 것이다. 성 가운데에 '조고대'가
있다는 것은 창작 동기와 주제에 부합하는 설정이다. 수성은 과거의 역
사를 돌이켜보아 원통하고 억울하게 죽은 인물을 조문하는 뜻에서 쌓
은 것이기 때문이다. 성에 네 문을 설치한 것은 작자의 역사의식을 보여
준다. 근심과 원한이 맺힌 역사적 인물들을 '충의, 장렬, 무고, 별리'라는
네 범주로 구분함으로써 승리가 아닌 패배, 성취가 아닌 실패의 역사를
기억하는 네 가지 주제를 제시하였다. 그리고 '충의, 장렬'같이 국가와
대의를 위해 죽은 지배층뿐 아니라 '무고, 별리'처럼 애절한 사연을 가
진 무명의 백성과 여성까지 포섭하여 범주화하였다. 작자는 역사를 바
라보면서 패배의 역사, 무명의 역사에도 깊은 관심을 기울였던 것이다.

성이 완성되자 천군은 바다를 건너 성중의 조고대에 올라 네 문으로
들어오는 인물들을 바라본다. 그리고 '관성자(붓)'를 시켜 그들에 대해
기록하도록 명한다. 이는 역사 기록을 통한 조문의 의미를 나타내었다
고 할 수 있다.

충의문에 모인 인물은 다음과 같다. 걸·주에게 간하다가 죽임을 당한
용봉·비간, 한고조를 대신하여 죽은 기신, 촉나라를 위해 헌신한 제갈
량, 홍문연에서 유방을 처치하지 못하고 오히려 내침을 당한 범증, 오
나라 여몽에게 속아 사로잡혀 죽은 관우, 오랑캐 땅이 된 중원을 회복
하겠다는 뜻을 이루지 못한 조적, 안록산의 난 때 최후까지 저항한 장
순·허원·뇌만춘·남제운, 금나라에 대적하다가 무고를 당해 죽은 악비,

임종 시 금나라를 치라는 뜻으로 황하를 건너라고 외친 종택, 원나라에 항거하다 잡혀 회유를 뿌리치고 죽은 문천상, 남송이 망하자 위왕 조병을 업고 바다에 투신한 육수부.

이러한 중국 인물을 이어서 다음과 같은 서술이 나온다.

> 마지막으로 의관이 중국 제도와 다른 듯한 이가 있었다. 한 몸으로 오백 년 강상의 위중함을 떠맡기도 하고, 난새 언덕(한림원)의 학사와 호랑이 두상의 장군이 5, 6명으로 무리를 이루기도 하여 저벅저벅 걸어서 왔다.

오백 년 고려의 사직을 지키려 한 정몽주, 집현전 학사인 성삼문·박팽년·이개·유성원·하위지와 호반(虎班)인 유응부의 사육신이다. 작자는 중국 역대 충의의 인물과 나란히 우리나라의 충신들을 내세운 것이다. 조선이 아닌 고려의 충신과 작자 당대에는 아직 복권되지 못한 사육신을 추모한 것은 작자의 과감하고 준열한 역사의식을 보여 준다.

장렬문에 모인 인물은 다음과 같다. 오나라 부차의 명에 의해 촉루검으로 자결하여 절강에 버려진 오자서, <역수가>를 부른 후 진나라에 가서 비수로 왕을 죽이려다가 실패한 형가, 천하를 놓고 유방과 다투다가 오강에서 자살한 항우, 유방의 제패에 일등 공신이었으나 여후의 모해로 죽임을 당한 한신, 강동에 웅거하여 천하를 도모하다가 자객의 활에 맞아 죽은 손책, 백만 대군으로 동진을 치다가 대패하고 부하에게 목숨을 잃은 부견, 수나라 말기 군웅 중 한 명인 이밀, 당나라를 세운 이연과 여러 군웅들, 당나라 말기 주온과 세력을 다투다가 죽은 이극용, 그리고 문밖에서 주저하는 두 사람으로 흉노에 포로가 되었다가 끝내 한나라로 돌아오지 못한 이릉과 동진의 장수로 북벌에 공을 세웠으나 왕이 될 마음을 품었다가 죽은 환온.

무고문에 모인 인물은 다음과 같다. 장평에서 진나라 백기에게 패한 후 구덩이에 파묻힌 40만 조나라 군사, 항우의 포로가 되었다가 신안에서 학살당한 20만 진나라 군사, 한고조를 위해 제나라에 가서 유세하다가 솥에 삶긴 역이기, 강충의 모해로 한무제에게 반기를 들었다가 자결한 위태자, 편지의 구절이 한선제의 미움을 사 허리가 베인 양운, 부패한 환관을 공격하고 청렴한 사대부를 천거하다가 처형된 범방, 측천무후를 몰아내고 중종을 복위시키려 실패해 죽은 이경업·낙빈왕, 간신의 말을 듣고 진나라에 항복했다가 소나무·잣나무에 둘러싸인 공현에서 굶어 죽은 제나라 왕 왕건, 초나라 왕에서 황제로 높여졌다가 도읍을 옮겨 강을 건너던 중 항우의 부하에게 죽임을 당한 의제.

서술자는 장렬문의 인물을 열거하면서, '웅장한 시도가 성취되지 못하고 공업(功業)이 허공에 떨어졌으나 성패로만 논할 수 없다.'고 하였다. 무고문의 인물에 대해서는, '신령이여 귀신이여, 이 사람들이 무슨 죄가 있는가? 아아, 슬프도다. 사군자(士君子)의 한 몸은 직분을 다할 뿐 어찌 죽음을 원망하리오.'라고 하였다. 앞에서 말한 작자의 역사의식이 나타나는 진술이다.

별리문에 모인 인물은 다음과 같다. 한무제 때 오손왕 곤막에게 정략 결혼을 당한 유세군, 한원제의 궁녀였다가 화공에게 밉게 보여 흉노왕 호한야에게 시집간 왕소군, 흉노에 사신 갔다가 억류되어 19년 만에 돌아온 소무, 신선의 술법을 닦고 학이 되어 천년 만에 요동으로 돌아왔다가 날아간 정령위, 한무제의 애첩이 되었다가 일찍 죽은 이부인, 당현종의 사랑을 독차지했으나 안록산의 난중에 마외에서 죽은 양귀비, 종군한 남편을 한없이 기다리는 『시경』 「갈생」의 여성 화자, 육개의

<중범엽>·소약란의 회문시·김창서의 <춘원>의 화자, 이백의 <장문원>·사마상여의 <장문부>의 진황후, 왕창령의 <장신추사>의 반첩여, 항우의 애첩 우희, 석숭의 애첩 녹주, 그 밖에 부모를 그리는 자식, 이별한 친구와 형제.

　이렇게 이별의 한을 품은 인물들을 기록하던 관성자는 눈물이 마르고 머리털이 빠져 천상으로 도피하였다. 그러나 거기서도 견우와 직녀를 만나자 되돌아와 성 밖에서 한 사람을 만난다. 그 사람은 스스로 당세의 호걸이라며 시 한 수를 읊는다.

이 사람은 기남자라 일컬을 만하니	若人足稱奇男子
15세 전에는 『육도』를 통달했네.	十五年前通六韜
오래된 칼집 먼지만 앉아 칼은 써 보지도 못했고	塵生古匣劍未試
아득히 관문과 황하를 바라보며 추상같은 기상 높았네.	目極關河秋氣高
중년에 공자의 글 읽기 좋아해	中年好讀孔氏書
전부터 부끄러운 바는 묵은 솜옷 아니건만	向來所恥非縕袍
소 먹이는 노래가 제나라 왕의 귀에 들지 않아	牛歌不入齊王耳
귀밑털은 세월 따라 검었다가 희어지네.	鬢上光陰昏又朝

　스스로 호걸, 기남자로 자부하는 이는 바로 작자 자신이다. 이제까지 서술한 충의, 장렬, 무고, 별리의 인물 및 주제를 본인의 성격과 생애에 겹치게 하여 시 속에 응축해 놓았다. 자신의 삶을 대입히여 폐베의 역사 속 인물에 대한 동정과 한탄을 토로한 것이다. 이와 같이 둘째 단락은 작자의 역사의식에 따라 네 부류의 인물군을 나열하여 추모하고 그들에 대한 회포를 표현하였다.

　셋째 단락은 앞 두 단락에 비해 인물 형상과 갈등 해결의 서사 전개가 두드러진다. 수성에 핍박된 천군에게 주인옹이 수성을 뿌리 뽑기 위해 국양을 추천하는 계문을 올린다. '곡성(穀城)' 출신인 그의 선조는 굴원과 사이가 벌어졌고 완적·완함·혜강·유령과 어울렸으며 도잠·이백과 친구가 되었다. 그는 '단지 청허(淸虛)를 숭상하고 부의(浮義)를 좋아하여 청탁(淸濁)에 잃는 것이 없고 자주 부인(婦人)을 가까이하지만 절충 준조(折衝尊俎)의 기상이 있는' 인물이다. 이는 '부의(浮蟻, 술거품), 청탁(청주·탁주). 부인(주모酒母, 술밑), 준조(樽俎, 공식적 잔치)' 등 술의 외관, 종류, 제조, 기능을 가리키는 용어를 중의적으로 사용하여 성격을 그려 낸 것이다. 이 인물이 '수성을 평정하여 순박하고 예스러움(淳古)을 회복할' 수 있다고 하였다.

이러한 성격 묘사에서 중의법이 갖는 표현의 묘미가 드러난다. 또한 청허와 부의를 지향하는 인물이 수성을 평정하고 순고함을 회복한다는 데에서 작자의 풍자적, 냉소적 의식도 보인다. 청허와 부의를 연결 지어 보면 '맑은 허공에 뜬 의로움'의 뜻인데, 정의는 헛되이 사라진 채 순박한 마음으로 돌아간다는 것 자체가 역사에 대한 허무 의식의 발로라 하겠다. 이러한 의식에 기반한 사건 전개는 근심 걱정을 떨쳐 내려고 한바탕 술판을 벌여 술을 목구멍 속으로 들이키는 행위를, 술과 관련된 전고와 수사를 동원해서 수성을 공격하여 항복받는 전투의 과정으로 서술하였을 따름이다.

천군은 주인옹의 주청을 받아들여 '공방(孔方, 엽전)'을 시켜 국양을 데려오도록 한다. 공방은 '백문(百文, 100전)'과 함께 '녹양촌' 붉은 살구나무 심어진 담에 푸른 깃발 꽂힌 집에서 '당로 미인(當壚美人, 사마상여를 좇아 술집을 차린 탁문군)'을 이끌고 앉아 있는 국양을 찾아낸다. 완적의 고사처럼, 국양은 공방을 백안시(白眼視)했다가 임금이 수성의 핍박을 받아 아침저녁으로 장군을 기다린다고 질책당하자 청안시(靑

眼視)하였다. 그가 '천금구 오화마(千金裘 五花馬. 이백, 「장진주」)'를 입고 타고, 군대를 일으켜 '뇌주(雷州)'에 이르니 임금이 '모영(毛穎, 털 붓)'을 보내 위로하고 옹·병·뇌(雍(瓮)·幷(瓶)·雷(罍)) 삼주대도독, 구수(驅愁)대장군에 임명한다. 이에 국양은, '벽곡 연정(辟穀鍊精)하여 호중(壺中)의 일월(日月)을 길이 보존하였는데 치란에 성인(聖人)을 기대하여 드디어 작명(爵命)의 적심(沾濡)이 있나니, 몸을 어루만져 스스로 상심(傷心)하나 국량과 분수(量分)가 실로 넘칩니다.'라며 감사의 표문을 올린다. 이 구절만 보더라도 '벽곡 연정, 호중천'은 신선과 관련짓고 '성(聖, 청주), 작명(酌命, 술잔을 들라는 명), 점유(沾濡, 술로 입술을 적심.), 상(觴, 술잔), 양분(量分, 술의 분량)'은 한자의 음과 뜻을 중의적으로 사용하여 온통 술과 관련된 표현으로 이루어졌다. 표면적으로는 국양의 표문이지만 이면에는 고사, 인물, 수사, 한자 등을 통해 술을 연상하도록 한 것이다.

해가 저물어 저녁연기 일고 바람이 살랑거려 제비가 우는데(燕語, 연회의 말) 격문이 섞여 날리고 북과 피리가 흥을 돋울 즈음, 국양은 명을 내려 군중을 엄숙하게 하고 나서 수성에 격서를 보낸다. 술잔치의 분위기와 겹치도록 하면서 적진과 대치하는 상황을 그린 것이다. 격서의 중심 내용은 다음과 같다.

대서 여관 같은 천지간, 과객 같은 세월 중에 오래 삶과 일찍 죽음도 같은 꿈이요 범나라 왕이나 초나라 왕이나 같은 길을 갔으니, 살아서 수심과 원한은 죽어서 해골의 즐거움만 못하니 어찌 슬프지 않으랴. 너희 수성은 근심거리가 된 지 오래니 쫓겨난 신하, 근심어린 부인, 열사·문인이 편벽되이 찾아와 거울 속 얼굴을 쉬이 시들게 하고 귀밑털을 빨리 세어지게 하니 무성히 뻗쳐서 손쓰기 어렵도록 내

버려 둘 수 없다.

이백의 <춘야연도리원서>, 『장자』의 제물론 등을 인용하여 수성의 인물을 설득하고 있다. 앞에서 말한 역사적 허무주의에 수요장단, 삶과 죽음, 슬픔과 즐거움이 동등하다는 철학적 허무주의가 더해진 양상이다.

격서를 낭독하자 수성의 인물이 모두 항복할 마음을 가진다. 그리하여 병에 든 물이 쏟아지듯 대나무가 쪼개지듯 공격하지 않아도 성문이 저절로 열리고 싸우지 않아도 이미 항복한다. 술이 입에 들어 목구멍으로 넘어가는 것과 수성에 대한 공격이 겹쳐지도록 표현함으로써 결국에는 술에 취해 몸이 쓰러진 모습을 연상하도록 한 것이다. 이렇게 승리를 거두자 영대에 올라 바라보던 천군의 모든 근심이 사라져 기쁨과 즐거움을 되찾는다. 국양이 <파진악>을 연주하며 개선하자 천군은 그의 공적을 기리고 '환백(懽伯, 술의 별칭)'에 봉한다. 수성이 무너지긴 했으나 굴원만이 항복하지 않고 머리를 풀어헤치고 달아나 어디로 간지 알 수 없게(不知其處) 되었다. 이러한 전기 소설적 결말을 통해 문제의 뿌리는 여전히 제거되지 못했음을 암시하며 작품은 끝난다.

<수성지>는 문학과 역사에 몰두하여 근심 걱정에 빠진 천군이 굴원의 요청으로 수성을 쌓도록 허락했다가 사태가 심각해지자 국양을 불러들여 수성을 부수고 마음을 회복한다는 내용이다. 철학·역사·문학의 여러 전고와 수사를 원용한 허구적, 서사적 전개를 통해 마음의 근심을 술로 푼다는 주제를 형상화하였다. 이것이 단순히 술 예찬론에 그치지 않는 것은 화려하고 교묘한 표현의 바탕에 역사적, 철학적 허무의식이 자리 잡고 있기 때문이다. 역사의 정의를 어디서 찾을지 몰라 방황하는 작자의 의식에서 나온 작품으로서, 당대 교양 있는 독자에게 문학적 흥미와 함께 준열한 역사의식을 일깨우는 의의를 지니고 있다.

원생몽유록

    <원생몽유록(元生夢遊錄)>은 원씨 서생이 꿈속에서 단종과 사육신을 만나 그들의 회포를 듣고 깨어난다는 내용의 몽유록 작품이다. 작자에 대해 논란이 있으나 대체로 임제(林悌, 1549-1587)가 지은 것으로 인정된다. 꿈에 단종 등을 만났다는 작품의 줄거리는 단순하지만, 그 배경이 되는 수양 대군의 정권 찬탈(계유정난, 1453), 단종 폐위(1455), 복위 운동(1456), 단종 유배·죽임(1457) 등 역사적 사실이 중세 체제의 근간을 뒤흔든 문제이기에 주제는 매우 심각하다.

    작품의 등장인물은 단종, 사육신(박팽년·성삼문·하위지·이개·유성원·유응부), 생육신 중 2인(남효온·원호) 등 역사상 실존했던 인물들이다. 꿈을 꾸는 사람, 즉 몽유자는 원자허(원호)이고 꿈속에서 그를 안내하는 사람은 복건자로 지칭된 남효온이다. 단종을 위해 절의를 지킨 생육신이 단종 복위 운동을 도모하다가 죽임을 당한 사육신을 만나는 이야기이다. 작자 임제가 살았던 시대는 단종과 사육신 사건에서 백여 년 후이나 아직 그들이 복권되지 않았으므로 당시까지 미해결로 남아 있던 정치적 쟁점이었다. 잘못하면 엄청난 파장을 가져올 수 있는 문제를 다루었다는 점에서 작자의 기개와 역사의식이 돋보인다.

몽유록 양식에 속하는 작품은 16세기에서 20세기 초까지 꾸준히 지어졌다. 몽유록은 대체로 다음과 같은 순서로 서술되어 있다. 몽유자가 어떤 계기로 꿈을 꾸어 여러 인물이 모인 장소에 이른다. 그들은 대개 역사상 실존했던 인물로서 지위 또는 나이의 서차에 따라 자리를 잡고 앉는다. 한국이나 중국의 역사적 사건을 거론하여 서로 토론을 벌인다. 그리고 나서 돌아가며 시를 지어 울분을 토로한다. 자리에 동석하거나 모임을 지켜본 몽유자가 꿈에서 깨어난다. 이처럼 입몽(入夢)-좌정(坐定)-토론(討論)-시연(詩宴)-각몽(覺夢)의 순차적 서술 구조로 이루어져 있다. <원생몽유록>은 이러한 구조를 확립한 작품이라서 주제 의식의 치열함과 함께 문학사적 의의도 크다고 할 수 있다.

몽유자 원자허는 다음과 같은 성격의 소유자이다.

> 세상에 원자허라는 사람이 있는데 강개한 선비이다. 기개와 도량이 아주 커서 세상에 용납되지 못하여 나은(羅隱)의 원한을 많이 품었고 원헌(原憲)의 가난을 어렵게 견뎠다. 아침에 나가 밭 갈고 저녁에 돌아와 옛사람의 책을 읽으니 벽을 뚫고 반딧불을 담는 등 하지 않는 것이 없었다. 일찍이 역사를 읽으며 역대에 위태롭게 망하려 하여 운세가 옮겨 가고 세력이 없어지는 대목에 이르러 책을 덮고 눈물을 흘리지 않음이 없었다. 마치 자신이 그때에 처하여 망하려는 것을 보고 온갖 노력을 해 보지만 제 힘으로는 부지할 수 없는 것처럼 하였다.47)

원자허는 비분강개한 선비로 기개와 도량이 커서 세상에 용납되지 못하여 가슴속에 울분이 가득 차 있다. 그의 울분은 자신이 겪는 개인

47) 박희병, 표점·교석, 「원생몽유록」, 『한국한문소설 교합구해』, 소명출판, 2005, 167-175면. 한문 원문을 번역하여 인용한다.

적인 불우함 때문이 아니다. 책에 기록된 역대의 사적을 읽다가, 왕조가 위태로운 때를 당하여 나라를 구하려고 온갖 노력을 하지만 운세가 기울고 마는 대목에서 비통해하는 것이다. 왕조가 위태롭다는 것은 왕권이 미약하여 그것을 넘보는 반란 세력이 강해지는 정치 상황을 말한다. 왕권을 부지하려는 신하는 왕에 대한 충성과 절의가 굳은 인물이라 할 수 있다. 원자허는 그러한 인물을 숭상하여 왕조의 위태한 상황에 처한다면 자신도 그렇게 행동하겠다는 뜻을 지녔다.

이러한 인물이 중추절을 맞이하여 탁자에 기대어 잠이 든다. 어느 강가에 이르러 보니 오랜 세월 불평한 기운이 서려 있는 장소이다. 여기서 시를 읊조리는데, 한 맺힌 강과 주위 풍경이 가의(賈誼)가 유배 간 장사(長沙) 같은 곳이라는 내용이다. 이때 복건을 쓰고 야인의 복장을 한 남자가 나타나 인사를 한다. 원자허는 그를 보고 놀라 응답도 제대로 못했으나 모습이 준수하고 행동거지가 품위 있어 속으로 칭찬한다. 그를 따라 강가의 정자에 가니 거기에 모여 있던 왕과 신하들이 맞이해 준다. 자허는 왕을 알현한 후 모두 좌정하기를 기다려 복건자의 아랫자리에 앉는다.

꿈에 이른 곳을 천고의 불평이 서리고 한 맺힌 곳이라 묘사했으나, 역사적 사실을 아는 독자로서는 그곳이 단종의 유배지인 영월 청령포임을 직감한다. 또한, 그 자리에 모인 인물이 단종과 사육신이고 그들의 대화도 역사적 사건에 대한 반추임을 짐작할 수 있다.

자리를 잡고 앉은 후 그들은 역대 왕조의 흥망성쇠에 대해 대화를 나눈다. 복건자가 신하의 왕위 찬탈을 거론하며 강개한 어조로 말한다.

요·순·탕·무(堯舜湯武)는 만고의 죄인입니다. 후세에 여우 같은 능청스러움으로 선양받은 자가 빙자하고 신하로서 임금을 친 자가 명

분으로 삼습니다. 오랜 세월이 지나도 마침내 구할 수 없으니, 아아,
네 임금이 도적의 효시입니다.

요임금이 순임금에게 왕위를 선양하고, 은 탕왕·주 무왕이 걸·주(桀
紂)를 정벌하여 왕위를 빼앗은 것은 만고에 죄를 지은 것이다. 왜냐하
면 후대에 왕위를 찬탈한 자들이 모두 그들을 핑계로 합리화하기 때문
이다. 이 말은 중세 시대 성군으로 추앙받던 네 임금을 '도적의 효시'라
는 극단적 표현을 써서 강하게 비난한 것이다. 복건자가 이렇게까지 말
한 것은 지금 자리를 함께하는 왕과 신하가 선양의 명분 아래 죽임을
당한 피해자라서 그들을 위로하고 또 자신의 울분을 토로하기 위해서
이다. 네 임금에 대한 비난이 지나치게 과격하다고 생각한 왕은 복건자
를 제지하며 다음과 같이 말한다.

아아, 이 무슨 말이냐. 네 임금의 성덕을 지니고 네 임금의 시대에
처하면 괜찮지만, 네 임금의 덕이 없고 네 임금의 시대가 아니라면
안 되는 것이다. 저 네 임금이 어찌 죄가 있으랴. 그들을 빙자하고 명
분으로 삼는 자들이 도적이다.

네 임금이 왕위를 선양받거나 빼앗은 것은 그들이 처한 시대적 상황
이 그렇게 할 수밖에 없었다는 것이다. 요의 아들 단주가 불초하였고
걸과 주가 포학하여 백성을 괴롭히고 나라를 어지럽히는 상황에서 어
쩔 수 없이 순, 탕, 무왕이 나서서 왕위에 올랐다. 그러나 후대의 찬탈자
들은 시대적 소명과는 무관하게 권력욕에 이끌려 왕위를 빼앗은 것이
기에 진짜 도적은 바로 그들이다.
이러한 왕의 말은 조선의 역사에서 벌어졌던 수양 대군의 왕위 찬탈

을 비난하면서도 중세 체제의 이념적 근간인 네 임금의 명분은 지키고
자 한 것이다. 중세 체제의 수호자로서 왕이 지녀야 할 명분과 가치를
표명한 말이라 할 수 있다. 그러나 현실에서는 이념과 명분이 실현되기
보다는 무력과 술수에 의해 왕위를 찬탈하는 일이 비일비재하므로 역
사의 이러한 현상에 대한 울분은 씻을 길이 없다. 여기에 모인 사람들
은 명분과 실제, 이념과 현실 사이의 괴리, 모순에 대해 깊이 고뇌하고
있다.

대화가 오가고 나서 왕이 금포를 풀어 술을 사 오게 하여 조촐한 연
회를 베푼다. 그리고는 왕을 비롯하여 다섯 신하와 복건자, 몽유자인
원자허까지 돌아가면서 시를 지어 읊는다. 이념에 어긋나는 역사적 현
실에 대한 비통함과 울분을 서정시로 표현하는 것이다. 대화 중에 쟁점
이 된 선양과 찬탈, 명분과 현실에 대한 문제의식은 분명하나 현실 극
복의 방법을 찾지 못해 막막한 상태에서 마음속 정서를 시로써 나타내
었다.

왕이 "각자 뜻을 말하여 깊은 원한을 풀어내라."고 하고서 먼저 시를
읊는다.

강 물결이 목메어 울며 끝없이 흐르네.	江波咽咽兮流無窮
나의 회포 길고 기니 저와 같도다.	我懷長長兮與之同
살아 천승의 임금이더니 죽어 외로운 혼 되었네.	生爲千乘兮死作孤魂
새 왕은 가짜라 겉으로만 의제를 높였도다.	新是僞王兮帝乃陽尊
고국 인민은 모두 초나라 항적에게 떨어졌으나	故國人民兮盡輸楚籍
예닐곱 신하가 함께하니 혼이 의탁할 만하구나.	六七臣同兮魂庶有托
오늘 저녁은 어떤 저녁이기에 함께 강루에 올랐으니	今夕何夕兮共上江樓
물빛과 달빛은 나의 마음 시름겹게 하네.	波光月色兮使我心愁
비가 한 곡 불러 보나 천지는 아득하도다.	悲歌一曲兮天地悠悠

왕은 울며 흐르는 강물에 자신의 회포를 실어 표현하였다. 그리고 자기를 초나라 의제(義帝)에 비기고 왕위를 빼앗은 항적(項籍, 항우)을 비난하였다. 다만 몇 명의 신하가 충성을 바친 것에서 위안을 삼는다고 하였다. 그들이 지금 이 자리에 합석했으니 깊은 원한과 시름을 함께 나눌 수 있는 것이다.

이어서 다섯 신하가 차례로 읊는다. 그중 제1좌의 박팽년, 제2좌의 성삼문이 지은 시는 다음과 같다.

고아를 맡을 만한 재주 없음을 심히 한하나니	深恨才非可托孤
국권 옮겨지고 임금이 욕을 당해 몸을 버렸도다	國移君辱更捐軀
지금처럼 우러르고 굽어보아 천지에 부끄러움은	如今俯仰慙天地
그때 일찍 스스로 도모하지 못함을 후회함이니.	悔不當年早自圖

앞 조정에서 명을 받아 은총이 융성하니	受命先朝荷寵隆
위기에 임해 미천한 몸의 죽음 애석해하랴.	臨危肯惜殞微躬
죽음은 가련하나 이름 오히려 빛나니	可憐死去名猶烈
의를 취해 인을 이룸은 부자가 같도다.	取義成仁父子同

박팽년은 단종 복위를 위한 거사 날을 잡았다가 사정이 여의치 않아 뒤로 물렀던 일을 후회하였다. 성삼문은 아버지 성승과 함께 단종에 대한 절의를 지킨 것을 자랑스러워하였다. 전자의 시에서 원한, 부끄러움, 후회의 감정이 넘쳐 나고, 후자의 시에서는 순절, 충렬, 자부심이 드러나 있다. 원자허가 꿈에 들기 전에 역사책을 읽고 따르고자 했던 충성스런 인물들의 모습이 구현된 것이다.

제1·2좌를 이어 제3·4·5좌의 하위지·이개·유성원이 시를 읊고, 복건자 원자허가 뒤따라 읊는다. 이들의 시는 단종 복위의 거사가 실패한 데 따른 각자의 경험과 내력을 바탕으로 매우 비창한 어조로 원망과 울분을 토로한 것이다. 앞에서 복건자와 왕의 대화를 통해 이념과 현실의 모순을 쟁점화한 다음, 이러한 시연을 마련하여 유교의 이념이 현실에서 좌절된 것에 대해 비분강개한 마음을 시로 나타내었다. 같은 주제를 다루면서 토론과 시라는 서로 다른 발화 방식을 써서 표현한 것이다.

이렇게 좌중의 인물이 돌아가며 시를 읊고 원자허가 그들을 애도하는 시를 마저 짓는다. 그러고 나니 한 기남자, 사육신 중 무인인 유응부가 등장한다. 그는 왕에게 인사한 후 썩은 유자(儒者)들과는 더불어 일을 이룰 수 없다며 좌중에게 호통을 친다. 그리고 칼을 뽑아 춤을 추면서 시를 읊으니 충효의 마음과 의로운 혼백을 드러내고 유자를 책망하는 내용이다. 그러자 달빛이 흐려지고 구름이 덮히며 풍우에 벼락이 친다. 그 소리에 모두 사라지고 원자허는 꿈에서 깨어난다.

작품 끝에 원자허의 친구인 해월거사의 논설과 시가 붙어서 주제를 요약해 준다.

이제 그 군주를 보니 반드시 현명한 임금이요 여섯 신하도 모두 충의의 신하라. 이런 신하가 이런 군주를 모셨는데 어찌 이같이 참혹한가? 아아, 형세가 그래서인가, 시운이 그래서인가. 그렇다면 시세(時勢)에 돌리지 않을 수 없고 또 하늘에 돌리지 않을 수 없다. 하늘에 돌린다면 착한 자에게 복을 주고 음학한 자에게 화(禍)를 끼침이 천도(天道)가 아닌가? 하늘에 돌릴 수 없다면 아득하고 막막하여 이 이치를 알기 어렵구나.

현군과 충신임에도 정치적 형세와 시대적 운수로 인해 패배하여 죽임을 당하였다. 시세라는 것도 천도로 말미암는 것인데 여기에서 둘 사이에 어긋남이 생겼다. 복선화음(福善禍淫) 하는 이치가 천도일 텐데 시세에 의해 그 이치가 무너졌으니 천도가 무엇인지 알 수 없다고 하였다. 이러한 탄식은 수양 대군의 찬탈로 인해 군신 관계의 대의가 훼손된 16세기 중반 조선의 정치 현실에 대한 비판적 인식과 비통한 심정을 표출한 것이다.

　<원생몽유록>은 조선 전기의 가장 민감한 정치적 문제를 몽유록의 전형적인 서술 구조로 그려 낸 작품이다. 신하가 왕위를 찬탈한 것에 대한 비판과 함께 이념과 현실의 모순에 대한 깊은 고뇌가 나타나 있다. 작품에서 다룬 이와 같은 주제는 임진왜란, 병자호란 등의 국가적 위기를 당하여 이념이 무너진 현실에 대한 좌절과 반성, 그럼에도 이념을 지키려는 의지와 노력 등이 담긴 몽유록 계열의 작품들에서 거듭 다루어진다. 이 작품은 국가의 비운과 시대적 고통에 대해 고뇌하고 염려하는 뜻을 표현한 문학 양식으로서 몽유록의 문학사적 의의가 뚜렷이 드러난 첫 작품이라 할 수 있다.

홍길동전

    <홍길동전(洪吉童傳)>은 조선 중기의 혁신적인 사상가이자 문인인 허균(許筠, 1569-1618)이 지은 한글 소설이다. 16세기까지 한문 표기의 전기 소설(傳奇小說)이 주류를 이루던 소설사의 흐름에 영웅을 주인공으로 삼은 한글 표기의 소설이 등장하는 첫 작품으로 알려져 있다. 또한, 당대의 사회 문제를 중심 갈등으로 다룸으로써 이전까지의 기이(奇異), 애정, 우언 등에서 벗어나 소재를 확장하였다는 의의가 있다. 영웅 소설이자 사회 소설로서 작품이 지닌 문학사적 위상이 뚜렷하다고 하겠다. 여기서는 사회 소설적 성격에 초점을 맞추어 작품이 중세 사회의 문제를 어떻게 다루었고 그 속에서 주인공은 어떠한 심리를 보이는지를 살피며 감상해 보고자 한다.

    홍길동은 명문거족의 재상가에 태어났으나 첩의 자식이라는 이유로 심한 차별을 받는다. 버젓이 아버지와 형이 있음에도 아버지라, 형이라 부르지 못한다. 그러니 집안사람이 구박하고 하인까지도 업신여기는 처지에 놓인다. 이러한 집안 사정과 환경으로 인해 그의 마음속에는 울분이 가득 찬다.

    대장부가 세상에 나매 공맹(孔孟)을 본받지 못하면 차라리 병법

(兵法)을 외워 대장인(大將印)을 요하에 빗겨 차고 동정서벌하여 국가에 대공을 세우고 이름을 만대에 빛냄이 장부의 쾌사라. 나는 어찌하여 일신이 적막하고 부형이 있으되 호부호형(呼父呼兄)을 못 하니 심장이 터질지라. 어찌 통한치 않으리오.[48]

영웅의 기상과 능력이 뛰어남에도 '일신이 적막하고' '호부호형을 못하니' 세상에 대해 '심장이 터질' 정도로 '통한'한 마음을 갖는다. 사회 진출이 막힌 서자(庶子)의 신세를 절감한 상태에서 문신의 길은 애초에 포기하고 무예를 닦는 데 힘쓴다. 이러한 길동의 고민에서부터 작품의 주제가 사회적 차별을 다룬다는 점이 분명히 드러난다.

9월의 밝은 보름달 아래 울적한 심사를 안고 뜰을 배회하던 중 우연히 아버지 홍 판서와 마주친다. 이때 길동이 홍 판서에게 호소하는 내용은 문제의 소재를 좀 더 분명히 밝히고 있다.

대개 하늘이 만물을 내시매 오직 사람이 귀하오나 소인에게 이르러는 귀함이 없사오니 어찌 사람이라 하오리까.……소인이 평생 서러운 바는 대감 정기로 당당한 남자 되었사오매 부생모휵지은(父生母畜之恩)이 깊거늘 그 부친을 부친이라 못 하옵고 그 형을 형이라 못 하오니 엇지 사람이라 하오리까.

길동이 당하는 차별은 '인간이 만물의 영장(惟人萬物之靈, 『서경』)'이라는 유교적 이념에 비추어 보아도 아주 부당한 것이다. 인간이 귀하다는 인식은 인간에 대한 존중, 인간성에 대한 긍정, 인간적 가치의 옹호라고 할 수 있는데, 길동은 그러한 기본적인 존중과 대접을 전혀 받

---

48) 한국어문학회 편, 「홍길동전」, 『고전소설선』, 형설출판사, 2000, 1-12면. 중세어 표기를 현대어로 바꾸어 인용한다.

지 못하고 있다. 작품에 여러 차례 나오는 호부호형을 못 한다는 말은 인간적인 대접을 받지 못하는 것에 대한 환유적 표현이다.

위와 같이 마음에 품은 말을 했더니 홍 판서는, "재상가 천비(賤婢) 소생이 비단 너뿐이 아니어든 네 엇지 방자함이 이 같으냐. 차후 다시 이런 말이 있으면 안전에 용납지 못하리라."고 하며 길동을 엄하게 꾸짖는다. 차별 대우 속에서도 그나마 받아 줄 가능성이 있다고 여겼던 아버지마저 이해와 포용의 태도를 보이기보다는 억제와 인내만 요구한 것이다. 이렇게 되자 길동은 집안의 어느 누구에게도 하소연하지 못하고 고립된 채로 더욱 억압적인 상황에 내몰린다.

이럴 즈음 곡산모 초란이 길동 모자를 해치려는 음모를 꾸민다. 그녀는 홍 판서의 첩인데 종이었던 춘섬이 첩이 되어 길동을 낳자 자신의 지위가 위협받는다고 생각하여 질투와 모함을 한다. 처와 첩의 갈등이 아니라 첩끼리의 갈등이 첨예하게 전개되는 것이다. 이는 중세 처첩제의 모순을 드러내는 것인 동시에 가부장제의 제약 아래 놓인 첩들과 그 자식들의 생존 및 지위 유지에 대한 문제를 제기한 것이다. 초란은 홍 판서의 총애를 잃어 가정 내 위치가 흔들리는 상황을 타개하기 위해 악한 행위를 하게 되고, 춘섬과 길동은 집안사람의 차별에 더하여 경쟁자의 모략과 살해 위협에 시달리는 상황이 펼쳐진다.

대결의 양상은 소설적 흥미를 자아낸다. 초란은 먼저 무녀와 관상녀를 불러 길동을 없애기 위한 계략을 꾸민다. 우연히 들른 것처럼 하여 관상녀가 홍 판서 앞에서 길동의 상을 보고 나중에 커서는 반역질을 해 가문이 망할 것임을 알려 준다. 근심이 쌓여 홍 판서가 병들자 초란은 유 부인과 홍인형의 허락을 받아 특을 시켜 길동을 죽이려 한다. 특은 한밤중에 길동이 자는 방에 침입한다. 기미를 알아챈 길동이 둔갑을 하여 모습을 감추고 방을 산골짜기로 바꾸는 등의 도술을 쓴다. 길동에게 칼을 겨눈 특이, "너는 죽어도 나를 원(怨)치 말라. 초란이 무녀와 상자(相者)로 하여금 상공과 의논하고 너를 죽이려 함이니"라고 하여, 마치 홍 판서의 허락을 받은 것처럼 말함으로써 길동에게 다시 한 번 깊은 절망감과 충격을 안긴다. 부자 관계의 천륜은 깨트리지 않으려는 작자의 의도에 의해 홍 판서의 허락을 피하는 구성을 취했으나, 등장인물인 특이 아버지가 아들을 죽이라고 했다는 패륜의 말을 하게 함으로써 원래의 의도에서 벗어나 갈등이 한층 심화된다. 이렇듯 악인의 모략, 자객의 살해 시도, 도술의 사용, 심리적 충격 등 대결의 과정이 긴장감 있게 전개된다.

결국 길동은 특과 관상녀를 죽이고 홍 판서와 춘섬에게 작별을 고한 후 집을 나간다. 정처 없이 다니다가 도적의 소굴에 들어가 힘겨루기를 하여 우두머리가 된다. 무리를 훈련하여 해인사의 재물을 빼앗고 또 함경 감영의 창고를 턴다. 서술자는 이러한 행위의 명분을 다음과 같이 말하고 있다.

자호를 활빈당(活貧黨)이라 하여 조선 팔도로 다니며 각 읍 수령이 불의로 재물이 있으면 탈취하고 혹 지빈무의(至貧無依)한 자 있으면 구제하며 백성을 침범치 아니하고 나라에 속한 재물은 추호도 범(犯)치 아니하니

홍길동 무리의 활동은 '활빈당'이라는 이름처럼 빈민을 구제하고 불의한 관리를 응징하는 것이다. 일반 백성의 재산, 세금·공물 등 국가에 속한 재물은 조금도 침범하지 않는다고도 하였다. 곧, 의적(義賊) 활동을 하여 중세 지배 체제 아래 억압과 착취를 당하는 민중의 구원자 역

할을 한다는 것이다.

길동의 행위가 의적 활동이기는 하지만, 조정(朝廷)의 입장에서는 사회 질서를 어지럽히고 국가 체제를 위협하는 도적질이자 반란이 된다. 이에 조정은 활빈당 활동을 중세 체제에 대한 심각한 도전으로 규정하고 그 우두머리인 길동을 잡고자 한다. 바야흐로 홍길동과 조정의 긴박한 대결이 전개되는 것이다.

이 대결도 여러 가지 흥미 요소를 지니고 있다. 길동은 해인사를 탈취했을 때와 달리 함경 감영을 습격한 후 방을 붙여 자신의 이름을 온 나라에 알린다. 이는 조정에 대한 일종의 선전 포고와 같은 의미를 갖는다. 그리고는 자기와 같은 모습의 초인(草人)을 만들어 팔도에서 활동하게 한다. 활동 범위를 전국으로 확대하여 조정의 지배 아래 있는 지역을 누비는 것이다. 이로 인해 근심한 임금이 홍길동 잡기를 재촉하니 포도대장 이흡이 나선다. 바야흐로 두 세력 간의 대결 양상이 심화하는 것이다.

이흡은 부하들과 문경 새재에서 모일 것을 약속하고 지방을 잠행한다. 그러던 중 어느 객점에서 소년 서생을 만난다. 도적이 횡행하는 시국을 염려하는 소년과 의기투합하여 그를 따라 홍길동을 잡으러 산속으로 향한다. 소년은 이흡을 놓아두고 먼저 도적의 소굴로 들어갔는데, 한동안을 기다리려니 갑자기 귀졸들이 몰려와 호통을 치면서 염라대왕의 명으로 잡아 간다고 하였다. 이흡은 혼비백산하여 끌려가서 황건역사가 도열한 궁궐에 이르러 무릎을 꿇고 단상의 인물에게 질책을 당한다. 올려다보니 객점에서 만난 소년이 앉아 있었다. 소년은 자기가 홍길동이니 잡기를 포기하라고 타이르고 이흡에게 술을 내려 취하도록 먹인다. 그리고 나서 깨어나 보니 이흡은 가죽 부대에 들어 부하 두 사람과 함께 북악산의 나무에 매달려 있었다. 이와 같이 변신·변장, 환술·도술, 이계 여행 등의 화소가 홍길동과 조정의 대결을 흥미진진하게 만든다.

서사적 갈등이 가정에서 사회로 확대되면서 근심 걱정의 주체가 길동에게서 조정의 임금, 아버지 홍 판서로 옮겨 가는 양상을 보인다. 임금은 도적 홍길동이 팔도에서 난리를 치는데도 잡지 못하고 있어서 걱정만 깊어 간다. 그러던 차에 길동이 홍 판서의 아들, 홍인형의 서제(庶弟)라는 사실을 알고 부자를 잡아들인다. 임금 앞에 잡혀 온 인형은 길동의 일로 인해 홍 판서가 앓아누웠으니 자기가 무슨 벌이든 받겠다고 한다. 이에 임금은 그에게 경상 감사를 제수하여 길동을 잡도록 명한다.

홍인형은 경상 감영에 부임하자마자 방을 붙여 길동의 자현(自現)을 설득한다.

> 사람이 세상에 나매 오륜(五倫)이 으뜸이요 오륜이 있으매 인의
> 예지(仁義禮智) 분명하거늘, 이를 알지 못하고 군부(君父)의 명을 거
> 역하여 불충불효(不忠不孝) 되면 엇지 세상에 용납하리오. 우리 아
> 우 길동은 이런 일을 알 것이니 스스로 형을 찾아와 사로잡히라. 우
> 리 부친이 너로 말미암아 병입골수(病入骨髓) 하시고 성상이 크게
> 근심하시니 네 죄악이 관영(貫盈)한지라.

먼저 중세 체제를 지탱하는 유교 이념인 오륜과 인의예지의 도덕을 내세웠다. 그리고 임금의 근심, 부친의 질병을 일으킨 불충불효의 행동에 대해 꾸짖었다. 유교적 윤리 도덕의 관점에서 길동의 죄를 묻고 그 죗값을 치르라고 압박한 것이다.

방을 보고 찾아오는 것을 보면, 길동이 위의 설득에 대해 어느 정도

수긍했다고 이해할 수 있다. 자신의 행동이 빈민 구제, 탐관오리 징치의 의로움을 지녔다고는 하지만 그와 동시에 국가의 질서와 이념을 흔들어 놓았다는 점도 인식한 것이다. 그러나 인형 앞에 나타났을 때의 냉랭한 태도와 호부호형을 못 하게 한 일을 상기하는 말에서 그의 가슴에 응어리진 원한은 가시지 않았음을 알 수 있다.

길동의 자현은 세 번에 걸쳐 이루어진다. 첫 번째는 팔도의 홍길동이 모두 스스로 나타나 잡히는 것이다. 임금 앞에서 여덟 길동이 서로 다투는 모습을 보고 홍 판서가 기절하자 그들은 약을 써서 아버지를 구한다. 이는 불충불효에서 불효의 부분을 상쇄하려는 노력의 일환으로 볼 수 있다. 두 번째는 진짜 길동이 자수하여 압송되는 것이다. 서울로 잡혀와 대궐 문에 이르러 쇠사슬을 끊고 수레를 깨고 공중으로 사라진다. 이는 공권력에 대한 저항과 조롱으로서 임금이 있는 곳에서 불충한 행동을 직접 보여 준 것이다. 세 번째는 병조 판서에 제수되어 임금에게 사례하러 오는 것이다. 홍길동을 잡을 수 없자 조정에서 그의 요구를 받아 주니 길동은 병조 관속들의 호위를 받고 입궐하여 사은하고 나서 몸을 솟구쳐 날아가 버린다. 이는 서자로서 관계(官界)에 진출하여 원한의 일부를 풀었다는 의미와 함께 임금에 대해 신하의 예의를 갖춘 점에서 불충의 부분을 일정하게 상쇄하는 면이 있다.

이러한 전개로 볼 때, 호부호형의 문제는 홍길동의 내면에서 길항하는 두 가시 심리를 드러낸다. 하나는 부형의 인정을 받고 싶은 마음이고 다른 하나는 차별과 억압에 대해 반발하는 마음이다. 후자로 인해 특을 죽이고 가출하여 도적의 무리에 들어가 활빈당 활동을 하였다. 그렇지만 전자로 인해 불충불효의 질책을 일정 부분 인정하여 그것에 대한 보상으로서 충효의 행동을 하였다.

작품 후반부로 가면서 후자의 심리에 따른 활동이 더욱 뚜렷해진다. 기절한 홍 판서를 약을 먹여 구하는 것, 임금에게 자신의 원한을 아뢰고 병조 판서 제수를 청하는 것 등은 가정과 국가에서 인정받고자 하는 행동이다. 이는 뒤에 가서 조선국에서 돌아간 홍 판서의 유해를 제도섬으로 모셔와 성대히 장례를 치르는 것에서 더욱 분명히 나타난다. 정실 소생의 장남이 아닌 서자 출신의 그가 부친의 장례를 주도하고 자신의 근거지에 산소를 씀으로써 가정과 사회에서 받은 차별에 대한 보상 행위를 하였다. 이는 또한 활빈당 활동이 불충불효라고 본 기존 체제의 관점에 대해 자신은 끝까지 충효를 실천하였다는 대항 논리에 바탕을 둔 행위이기도 하다.

홍길동의 심리를 살피며 작품을 읽다 보면, 결말부에서 펼쳐지는 율도국 정벌과 즉위의 과정은 그의 내면에 대한 서술이 거의 사라져서 앞부분과 상당히 다른 양상임을 알 수 있다. 망당산에서 괴물 을동을 퇴치하고 두 부인을 얻는 이야기, 군사를 동원하여 율도국의 선봉을 무찌르고 그 왕의 항복을 받는 군담이 이어진다. 설화적인 내용에 축약된 군담이 더해져 사건의 속도는 빠르게 전개되지만 인물의 심리에 대한 밀도 있는 서술은 나타나지 않는다. 애초에 길동이 고민했던 문제들이 병조 판서 제수로 봉합된 채 더 이상 문제의식의 진전은 이루어지지 않은 것이다. 이것이 사회 소설로서 작품이 갖는 한계라고 지적할 수 있다. 다만, 당대 사회 문제의 모순을 따져서 해결책을 제시하는 서사를 펼치면 중세 지배 체제를 전복하는 혁명적 내용을 서술하게 될 것이기에, 이를 피하기 위해 설화적 세계와 군담의 축약으로 작품을 마무리했다고 볼 여지는 있다.

물론, 을동 퇴치와 율도국 정벌의 사이에 홍 판서의 장례 삽화가 들어 있어서, 앞에서 지적한 것처럼 활빈당 활동에 대한 비판적 시각에 대응하기 위한 길동의 행동이 그려졌다. 이로써 작품은 적서 차별, 탐관오리의 횡포와 수탈, 서민의 경제적 궁핍 등 사회 문제에 대한 비판 의식을 담기는 하였으나 체제 극복의 전망이나 상상력을 보여 주지는 못했다고 할 수 있다. 길동이 정복하여 수립한 율도국 역시 중세적 지배 체제를 온존한 것이기에 오히려 애초의 문제의식이 퇴색했다고 할 것이다.

이러한 한계는 있으나 홍길동이 고민했던 당대의 사회 문제, 그것의 소설적 형상화는 소설사에서 의미 있는 유산으로 남았다. 적서 차별이 인간성을 억압하는 부당한 것이라 인식하였고, 중세 사회의 모순에서 배태된 의적 활동의 정당성을 긍정하였으며, 설화적인 윤색일망정 선한 영웅이 베푸는 태평세계를 꿈꾸어 본 것 등은 작자의 의식이 지닌 진취적인 면모를 잘 보여 준다. 영웅 홍길동만이 아니라 사회 개혁가 홍길동의 고뇌와 성취, 그리고 한계마저도 작품이 지닌 의의라 할 것이다.

V.
시름 풀기

도천수관음가

<도천수관음가(禱千手觀音歌)>는 『삼국유사』「분황사 천수대비
맹아득안」에 실려 있는 10행 향가이다. 이 배경 기사는 서라벌 한기리
(漢岐里)에 사는 여자 희명(希明)과 그녀의 아이에 관해 짤막하게 기술
해 놓은 것이다. 아이가 다섯 살이 되었을 때 홀연 눈이 멀었다. 하루는
어머니가 아이를 안고 분황사 왼쪽 전각의 북쪽 벽에 그려진 천수관음
앞에 나아갔다. 아이로 하여금 노래를 지어 기도하게 하였다. 그랬더니
아이가 시력을 얻었다는 것이다.[49] 한문 문장에 '영(令)' 자가 들어가 있
어 아이가 노래를 짓고 기도하게끔 어머니가 '시킨' 것으로 번역되지
만, 실제로는 어머니가 지은 향가를 가지고 아이와 함께 기도하였다고
이해하는 것이 순탄하다.

배경 기사에서 아이가 갑자기 눈이 멀었다고 한 다음 '하루는(一日)'
이 나오고 어머니가 아이를 안고 분황사로 갔다고 쓰인 점에 유의할 만
하다. 하루라는 말은 자식이 병든 것을 불안하게 지켜보고 마음 깊이
걱정하며 보냈을 어머니의 '여러 날'이 전제되어 있다. 아픈 자식을 지
켜보는 어머니의 마음이 얼마나 안타깝고 초조했을지는 충분히 짐작

---

49) 『삼국유사』권3, 탑상4, 「분황사 천수대비 맹아득안」, 漢岐里女希明之兒 生五稔而
忽盲 一日其母抱兒 詣芬皇寺左殿北壁畵千手大悲前 令兒作歌禱之 遂得明.

할 수 있다. 처음에는 매우 당황스러웠겠으나 아이의 병이 심해지면서 어머니는 어떻게 해서든지 병을 낫게 하려고 동분서주하였을 것이다. 의원을 찾아가기도 했을 테고 민간요법을 사용해 보기도 했을 것이다. 여러 시도가 별 효과가 없고 아이의 실명이 확정적인 상태가 되었을 즈음의 '어느 날'에 분황사 관음보살 앞에 나아가 기도한 것이다. 절망적인 상황에서 아이를 위해 어머니가 할 수 있는 일은 신의 도움을 청하는 기도밖에 없었다.

  아이의 병듦을 지켜보며 애태운 어머니는 결국 신 앞에 나아가 간절히 기도하였다. 수없이 되뇌며 간구하였을 치유와 회복의 염원을 한 편의 향가로 표현하여 신 앞에서 노래하며 빌었다. <도천수관음가>는 어머니가 자식의 병을 낫게 해 달라고 신에게 바치는 기도의 시이다.

膝肹 古召旀
二尸 掌音 毛乎攴 內良
千手觀音叱 前良中
祈以攴 白屋尸置 內乎多
千隱 手□(→之)叱 千隱 目肹
一等下叱 放 一等肹 除惡攴
二 于萬隱 吾羅
一等沙隱 賜以古只 內乎叱 等邪
阿邪也 吾良 遺知攴 賜尸等焉
放(→於)冬矣 用屋尸 慈悲也 根古

무루플 고됴며   무릎을 대며
두볼 손바담 모호기 드려   두 손바닥 모아 들여
千手觀音ㅅ 알파히   천수관음 앞에
비기 슬 블두 드료다.   빌어 사룀(기도의 말씀)도 드리노라.

"즈믄 손잇 즈믄 눈흘!	"천 개의 손에 천 개의 눈을!
ᄒᆞᄃᆞᆫ핫 노하 ᄒᆞᄃᆞᆫ홀 덜악	하나를 놓아 하나를 덜어
두볼 우ᄆᆞᆫ 내라,	둘 없어진 내라,
ᄒᆞᄃᆞᆫ산 주이고?"ㄱ 드릇ᄃᆞ라.	하나만은 줄까?"라고 드리는도다.
아야야, 나아 기디기 줄든	아아-, 나에게 끼치어 준다면
어듸 쓰올 慈悲야 불휘고?	어디에 쓸 자비의 근기(根器)일까?[50]

작품은 10행 향가의 전형적인 형식에 따라 제1구(제1~4행), 제2구(제5~8행), 제3구(제9·10행)로 구성되어 있다. 제1구에서 기도의 자세를 그리고, 제2구에서 기도의 내용을 말하고, 제3구에서 기도가 이루어진다면 그에 대한 보답의 뜻을 나타내었다.

제1구에 그려진 기도의 자세는 화자의 애끓는 마음과 간절한 염원을 드러낸다. 관음보살의 화상 앞에서 아이와 함께 기도하는 자세를 취했는데, 그 모습은 불당의 마룻바닥에 '무릎을 대며 / 두 손바닥 모아 들이'는 것이다. 부처 앞에 무릎을 꿇어 최대한 공경의 자세를 보였다. 기도의 대상인 지고(至高)한 신에게 보여 주는 한없이 낮고 보잘것없는 몸의 자세이다. 신의 도움 없이는 아무것도 할 수 없고 어떤 고난도 헤어날 길 없다는 인간의 고백을 무릎 꿇은 몸으로 나타내었다. 그러한 자세로 화자의 간절한 염원을 '두 손바닥'에 '모아'서 가슴 쪽으로 '들이'고 있다. 병든 아이의 치유를 간절히 바라는 마음을 두 손을 합장하여 가슴에 대는 것으로 표현하였다.

화자는 이러한 몸의 자세를 통해 신에 대한 경배와 신앙을 보임으로써 신이 감동하여 기도를 들어줄 것이라고 굳게 믿었다. 그리하여 간절한 염원을 담은 몸의 자세에 더하여 '천수관음 앞에 / 빌어 사룀도 드리

---

50) 신재홍, 『향가의 해석』, 집문당, 2000, 173-174면.

노라.'고 하였다. 신에게 가장 낮은 자세의 몸을 보여 준 다음, 빌어 사룀(기도의 말씀)'도' 드리는 것이다. 몸을 통한 경배에다가 기원의 말을 더한다고 함으로써 몸과 마음을 다하여 비는 기도의 말씀이 얼마나 간절하고 진심에서 우러난 것인지를 강조하였다.

기도의 말씀을 들어줄 신은 곧 '천수관음(千手觀音)'이다. 이는 천수천안관음보살(千手千眼觀音菩薩)의 준말인데 관음보살의 본체가 변화한 몸 중의 하나로서 천 개의 손과 천 개의 눈을 가지고 중생을 제도하는 보살이다. 천수관음 앞에서 화자가 '빌어 사룀도 드리'는 것은 신의 형상과 역할이 아이의 눈을 뜨게 하는 데 가장 적합하기 때문이다. 천 개나 되는 눈을 가진 신이기에 그가 가진 것 중에서 하나만 내어 주면 아이는 실명에서 구원받을 수 있다. 굳은 믿음으로 기도하는 것이므로 '빌어 사룀'의 행위와 내용은 그 믿음에 상응한 만큼 진실하고 절박한 것이 된다.

제2구는 '빌어 사룀'의 내용, 즉 기도의 말씀 자체가 표현되었다. 먼저 "천 개의 손에 천 개의 눈을!"이라고 감탄을 하여 대상 신의 형상에 깃든 전지전능한 능력을 기렸다. 찬양을 통해 천수관음에 대한 무한한 신뢰와 이제까지 다져진 깊은 신앙의 마음을 나타낸 것이다. 그런 다음 아이의 비참한 상황을 토로한다. "[눈] 하나를 놓아 [또 눈] 하나를 덜어" 버렸기에 "둘 없어진 나"라고 말하였다. 어머니인 화자가 '나'라고 지칭하여 아이와 한 몸이 되어 아파하는 심정을 드러내면서 아이가 실명이 된 과정을 간략히 제시하였다. 처음에는 한쪽 눈이 멀었는데 나중에 다른 쪽 눈까지 멀게 된 것이다.

이를 통해 천수관음이 지닌 수많은 눈과 아이의 두 눈이 극명하게 대조된다. 관음보살은 천 개의 눈을 온전하게 가지고 있는 데 반해 아이는 한 개의 눈이 놓아지고 또 한 개의 눈까지 덜어져 이제 두 눈 모두 잃어버렸다. 눈을 천 개씩이나 가진 신 앞에 꿇어 엎드려 두 눈을 잃은 '나'의 절망적인 처지를 호소하고 있다. 이러한 극적인 대비 속에 기도의 간절함이 더욱 선명하게 드러난다.

신과 나를 대조한 다음에 기도의 핵심 내용을 토로한다. "하나만은 줄까?"라고 하여 천수관음의 자비와 도움을 구하는 것이다. 온갖 방법을 동원해 애써 보았으나 결국 두 눈 다 멀게 된 절망적 상황에서 전능한 신에게 치유와 구원을 간구하였다. 문맥으로 보면, 제1구에서 몸을 낮추어 기도의 자세를 취하고 나서 제2구에서 기도의 내용을 간략하면서도 진실하게 토로하였고, 제2구 안에서는 신의 위대함을 찬양하고 나의 병듦과 절망의 상황을 드러낸 후에 구원받기를 호소한 것이다.

여기서 기원을 말하면서 숫자를 사용한 점이 주목된다. 기도의 말씀은 1000에 대해 1 또는 2의 숫자를 가져와 크고 위대한 것에 작고 하찮은 것이 뚜렷이 대비되게 하였다. 1과 2는 1000에 비해서는 아주 작은 숫자이나, 한 명의 인간에게는 생존을 위한 필수적인 숫자이다. 인간에게 눈은 두 개 있는데 상황이 나쁠 경우 하나를 놓아 버려도 나머지 하나로 살아갈 수 있다. 그런데 남은 하나마저 덜어 버리면 암흑 속에 빠져 생존 능력은 현저히 떨어진다. 그러므로 1 또는 2라는 숫자는 인간에게 없어서는 안 된다. 두 눈을 잃은 아이에게는 하나라도 회복하는 것이 급하기에 둘이 아닌 하나'만'을 신에게 간구하였다. 인간으로서 온전하려면 눈 두 개가 필요하지만 지금과 같은 절박한 상황에서는 하나만 있어도 살 수 있다. 이처럼 둘이 아니라 하나만 구하는 데에 화자의 진실하고 겸손한 기원의 태도가 보인다.

제3구는 기도가 이루어졌다고 가정하고 그에 대한 보답의 마음을 표명하였다. '[눈 하나를] 나에게 끼치어 준다면'이라는 가정문은 이제까지의 시상을 집약하면서 비약한 것이다. 제2구에서 기도의 말씀을 사뢰었을 뿐인데 제3구에 와서 천수관음이 이미 기도를 들어주었다고 가정했으니 비약이라 할 수 있다. 제2구에서 제3구로 넘어가면서 '아아-'라는 감탄사가 나오고 나서 이와 같은 시상의 집약과 비약이 일어났다. 10행 향가 제3구 첫머리에 고정된 감탄사가 시상의 흐름에서 중요한 역할을 하고 있다.

신이 기도를 들어준다는 가정은 화자의 깊은 신앙심에 의한 것이다. 제1구의 공경스런 몸의 자세는 평소 화자의 신앙이 몸에 배여 있었기에 나타났다. 제2구에서 관음보살을 경배하고 찬양한 것, 기도의 말씀이 진실하고 간절한 것도 모두 신앙심을 바탕으로 하였다. 그러기에 화자는 천수관음이 자신의 신앙과 염원을 갸륵하게 여겨 아이의 눈을 뜨게 해 줄 것을 굳게 믿은 것이다.

눈을 뜨게 해 준 신에게 화자가 어떤 자세를 취할지가 마지막 행에 그려졌다. 천수관음이 눈 하나를 준다면 그것은 '어디에 쓸 자비의 근기일까?'라고 반문하였다. 나에게 눈을 준다면, 그 '자비의 근기', 즉 부처의 자비로 얻은 근기인 안근(眼根)으로 할 일이 무엇이겠느냐고 신에게 되물은 것이다. 이는 그렇게 다시 찾은 눈은 관음보살의 자비와 은혜를 찬양하는 도구, 부처를 위해 헌신하고 중생 제도의 일에 동참하는 도구로 쓰겠다는 의도에서 나온 반문이다. 곧, 아이에게 눈을 준다면 다시 보게 된 그 아이가 부처의 일에 헌신하도록 하겠다는 뜻이다. 그렇게 하는 방법은 여러 가지이겠으나 아마도 아이를 승려가 되게 하려는 마음을 표명하였다고 생각된다.

기도가 받아들여져 신의 자비를 입으면 세상을 위해 보답하겠다는 의미의 반문을 통해 기도의 내용이 성취되기를 염원하는 마음이 더 절실하게 전달된다. 화자의 기도는 신에게 받기만 하는 데서 끝나는 것이 아니라 그에 대한 보답으로 부처와 중생에게 헌신하겠다고 다짐하였다. 작품의 마지막에서 자신의 기도에 신이 수응(酬應)하리라는 믿음을 더욱 확실히 드러낸 것이다. 반문으로 작품이 끝남으로써 아이의 눈을 회복시켜 달라는 기도의 내용을 넘어서서 화자의 신앙과 부처의 감응이 지닌 영향력이 세상 속으로 널리 퍼져 나가는 느낌을 준다.

이에 아이가 시력을 회복하였다는 배경 기사의 결말에 대해서도 음미해 볼 수 있다. 신앙의 차원에서 보면, 이것은 향가의 감화력과 관음보살의 영험으로 일어난 기적으로서 관음 신앙의 전도에 크게 기여할 만한 성스러운 사건이다. 한편으로 신앙의 중요도를 좀 낮추고 보면, 기적적인 일이 일어나기 전에 어머니인 한 인간이 처한 역경과 염려, 그것을 헤쳐 나가려고 신앙과 기도에 전적으로 의지하는 인간다운 분투의 모습에 감명을 받는다. 그리하여 아이의 병이 나아서 참 다행이라는 안도감, 어머니의 큰 걱정이 기도의 힘으로 풀렸다는 위안을 얻으며 이야기의 행복한 결말을 그 자체로 받아들이게 된다.

<도천수관음가>는 함축적인 시어도 별로 쓰지 않고 구성상의 기교도 부리지 않았으나 신체 관련어와 간단한 숫자를 통해 기도의 마음을 절실하게 표현하였다. 단순한 내용과 표현이 오히려 강한 인상을 주고 염원의 간절함과 삶의 진정성을 드러낸다. 어머니의 자식 걱정이라는 보편적인 주제를 가지고 기도를 통한 시름 풀기의 한 모습을 그려 내어 계층과 시대를 초월해 널리 공감을 얻을 수 있다. 신앙과 기도라는 내용이 보편성, 진정성을 지녔고 단순한 구조와 소박한 표현이 감화력을 갖춤으로써 수준 높은 문학성을 보여 준 향가 작품인 것이다.

장진주사

<장진주사(將進酒辭)>는 정철(鄭澈, 1536-1593)이 지은 작품으로 문학사에서 사설시조의 첫 작품으로 기술되기도 한다. 최초의 작인지는 논란이 있겠으나 시조의 역사상 형식 면에 파격이 나타나는 시기의 작품인 것만은 분명하다. 3장 6구 형식의 평시조에서 중장을 중심으로 노랫말이 늘어난 엇시조, 사설시조가 등장하여 시상을 좀 더 자유롭게 표현할 수 있게 된 것이다. 이러한 형식적, 문학사적 의의도 중요하지만 주제, 표현, 정서 등에서 이 작품이 지닌 문학적 가치는 매우 크다. 시상의 유려한 전개, 다채로운 수사적 표현, 심중한 주제 의식 등을 통해 뛰어난 문학성을 보여 준다.

한 잔(盞) 먹새근여 쏘 한 잔(盞) 먹새근여 곳 것거 산(算) 노코 무진무진(無盡無盡) 먹새근여
이 몸 죽은 후(後)면 지게 우히 거적 덥허 주리혀 미여 가나 유소보장(流蘇寶帳)의 만인(萬人)이 우러 녜나 어욱새 속새 덥가나모 백양(白楊) 속애 가기곳 가면 누론 히 흰 들 ᄀ 는 비 굴근 눈 쇼쇼리바람 불 제 뉘 한 잔(盞) 먹쟈 홀고
흐믈며 무덤 우히 진납이 프람 불 제야 뉘우춘들 엇디리[51]

작품의 내용을 짧게 요약하면 이렇다. 한 잔 먹세그려. 죽은 후면 누가 먹자 할꼬. 그때 가서 뉘우친들 어찌하리. 이 세 문장이 각각 초·중·종장의 주제문이 된다. 이러한 주제의 뼈대에 수사적인 살을 붙여 술과 죽음과 인생을 소재로 한 유장한 가락의 노래를 만들어 낸 것이다. 주제문만 놓고 보면 허무한 인생에 술이나 먹고 시름을 잊자는 것이니 평범해 보일 수도 있다. 그러나 주제문을 수식하는 데 사용된 다채로운 표현들로 인해 단순한 듯한 의미에 생기가 돌고 깊이가 갖추어져 큰 감흥을 불러일으킨다. 수사적인 미감(美感)을 한껏 고양하는 데 중점을 둔 서정시인 것이다. 그러므로 정서와 주제가 형상화되는 양상에 중점을 두어 감상할 필요가 있다.

초장은 민요에서 흔히 보이는 AABA형으로 구성되어 있다. '-세'라는 청유형 어미를 사용했으니 화자가 청자를 두고 말하는 상황이다. '그대, 나와 함께 한 잔 먹세그려.'라고 하였다. 술을 권하는 이 말에서 '한 잔'이 두 번, '먹세그려'가 세 번 반복되면서 권유의 정도가 점점 강해진다. 한 잔 먹고 또 한 잔 먹고 하면서 계속 술을 마시도록 이끈다. 그런데 AABA 구성에서 B의 부분에 '꽃 꺾어 셈 놓고'라는 매력적인 수식어가 붙음으로써 한 잔씩 술을 마시는 행위에 풍류와 흥취가 더해진다.

'꽃 꺾어 셈 놓고'는 꽃나무 가지를 꺾어서 술 마신 잔을 센다는 뜻이다. 그런데 술 먹는 행위를 표현하면서도 술은 문면에 나오지 않았다. 또 '꽃 꺾어 셈 놓고'라는 표현의 실제는 '꽃'이 아닌 꽃나무 가지를 꺾어서 셈하는 도구로 사용하는 것이다. 표현상 생략된 술과 꽃나무 가지가 문면에 나타난 '잔, 꽃, 셈'과 의미상으로 연결되어 있다. 실제로는 술을 마시나 잔을 먹는다고 하고, 꽃가지로 셈을 하지만 꽃으로 셈 놓

---

51) 심재완 편저, 『교본 역대시조전서』, 세종문화사, 1972, 1173면.

는다고 함으로써 표현 속에 함축된 내용이 더욱 풍성한 느낌으로 다가온다. [술]잔을 주고받고 꽃[가지]으로 셈 놓는 것을 통해 술 마시는 자리의 흥청거림과 화사함, 셈을 할수록 더욱 취해 가는 느긋한 속도감이 그려진다.

술과 '꽃', '[술]잔'과 꽃나무 가지의 의미 결합에서 풍류와 흥취가 느껴진다면, 그것과 '셈 놓는' 행위가 연결되어 술을 계속 마시는 데 걸리는 시간성이 나타나는 한편으로 시적 분위기에 어울리지 않는 이질감이 끼어든다. 한 잔, 두 잔 하며 잔 수를 세어 가는 것은 그만큼 술 마시는 시간이 연장된다는 뜻이다. 그런데 수를 세는 것은 얼마쯤은 속물적인 행위이기도 하다. 풍류의 자리에서 계산을 하는 것이니 뭔가 어긋남이 있다. 물론 꽃가지를 꺾어서 하는 셈이므로 자연과 어울리는 풍류이기는 하나, 그렇더라도 셈을 놓는 것은 분위기에 어울리지 않는 면이 있다.

'꽃 꺾어 셈 놓고'에 이어지는 '무진무진'이 셈 놓는 것의 속물적 의미를 씻어 내는 역할을 한다. 잔 수를 세며 술을 먹고 있으나 이 말로 인해 계산을 한다는 것이 별 의미가 없게 된다. 나아가 처음에는 세면서 마셨지만 무진장 술을 먹자고 할 때는 그러한 셈조차 할 필요가 없다. 이로써 앞에 나온 '한 잔, 또 한 잔, 셈 놓고'가 모두 부정되면서 술을 계속해서 마시며 취해 가는 모습이 그려졌다.

이처럼 '무진무진'은 '셈 놓고'를 부정하는 한편, 중장의 '이 몸 죽은 후면'을 이끌어 온다. '무진(無盡)'에서 '진(盡)'으로 뜻이 옮겨 가면서 '진하다', 즉 죽음의 주제가 나오는 것이다. 끝없이 술을 마시자고 권하던 화자가 그 끝을 의식하였을 때, 거기는 삶의 궁극으로서 죽음이 자리하고 있다. 이로써 중장은 온통 죽음에 대한 표현으로 도배된다. 초장보다 더욱 다양한 수사법이 동원되어 주제를 표현하고 있다.

먼저, 대조의 수사법이 쓰였다. '이 몸'이 죽은 다음에 장례를 치르는 모습을 두 가지로 대조하였다. '지게 위에 거적 덮어 죄어 당겨 매이어 가는' 모습과 '유소보장(상여 위에 치는, 술이 달려 있는 비단 장막)에 만인이 울며 가는' 모습이다. 아주 초라한 장례와 화려한 그것의 대조이다. 전자는 모두 우리말로, 후자는 유소보장과 만인이라는 한자어로 표현된 것도 대조의 의미를 강화한다.

장례의 의식은 지금 함께 술 마시는 화자와 그대(들) 모두에게 필연적으로 다가올 것이다. 그래서 '이 몸'이란 곧 '우리네 이 몸'을 뜻한다. 화자는 자신과 상대방이 언젠가는 죽게 된다는 점을 상기한 것이다. 그리고 장례의 두 가지 모습은 술을 함께 마시는 나와 그대의 죽음이 때로는 전자 혹은 후자에 해당할 수 있음을 시사한다. 바야흐로 당쟁이 치열해지는 시대에 작자는 반대당으로부터 모함과 공격을 받아 중앙 정계에서 물러나고 귀양살이도 하였다. 당쟁의 와중에서 양반 사대부들은 운신의 폭이 좁아졌고 정치적 격랑 속에서 언제 추락할지 모르는 불안감에 싸여 있다. 그러기에 두 가지 장례의 대조는 죽음에 대한 수식을 과장했다기보다 불안한 현실을 투영한 것이라 할 수 있다.

다음으로, 나열의 수사법이 사용되었다. 죽은 몸을 넣은 운구가 다다른 곳에 대해 그 주변의 사물을 나열하는 방식으로 묘사하였다. 이 나열은 다시 시·공간적으로 구분된다. '억새 속새 떡갈나무 백양나무 속'은 공간적, '누런 해 흰 달 가는 비 굵은 눈 소소리바람(이른 봄에 살 속으로 스며드는 듯한 차고 매서운 바람) 불 때'는 시간적인 것이다. 여기에 또 다른 계열의 심상을 이루는 대조법이 쓰였다. 식물의 키가 낮은 억새·속새와 키가 큰 떡갈나무·백양나무, 천체 현상 중의 가는 비와 굵은 눈이 대조되어 있다. 나열 속의 대조는 공간적으로 낮은 데에서 높은 데까지, 시간적으로 비에서 눈, 가는 비에서 굵은 비, 가는 눈에서 굵은 눈까지 내리는 계절의 변화를 포섭함으로써 묘사 대상이 확대되는 느낌을 준다. 또한, 나열을 통해 공간에서 시간으로 시상을 전개하여 앞의 정적인 공간에 뒤의 동적인 시간이 겹치는 효과를 얻는다.

운구가 이른 곳은 낮게 자란 억새·속새와 높이 솟은 떡갈나무·백양나무에 싸여 있는 공간, 즉 무덤이다. 이곳에 해와 달이 번갈아 뜨고 비와 눈이 교대로 내리며 시간이 흐른다. 그 시·공간은 관습적 표현인 붉은 해, 둥근 달이 아니라 '누런 해 흰 달'처럼 누렇고 흰 색, 희누런 색, 희뿌연 색으로 그려졌다. 앞에 나온 화려한 색깔의 '유소보장' 대신에 '지게 위 거적'의 색을 연장하여 무덤의 시각적 심상을 그린 것이다. 이처럼 죽은 후의 우리네 몸은 정적인 공간과 동적인 시간이 겹치고 희뿌연 색으로 뒤덮인 죽음의 자리에 놓이게 된다.

무덤 속에 누운 우리는 시간의 흐름 속에 소소리바람이 불 때면 술 생각이 나겠으나 그 누가 한 잔 먹자고 권하겠는가. 그때 가서의 상황과 지금 여기서 꽃 꺾어 셈 놓고 무진무진 술 먹는 것은 전혀 다른 모습이다. 이렇게 볼 때, 중장의 마지막 구절은 초장과 선명한 대조를 이룬다. 초장 서두의 '한 잔 먹세그려.'에서 중장 마지막의 '한 잔 먹자 할꼬?'로의 전개를 통해 삶에서 죽음으로, 함께 있는 현재에서 혼자 된 미래로 훌쩍 옮겨 간다. 한 잔, 두 잔 세면서 무진장 마실 것이지만 그때 가서는 한 잔조차도 마실 수 없다. 이로써 흥청거리고 풍류스럽던 분위기가 갑자기 무색해지면서 외롭고 쓸쓸한 느낌이 엄습한다.

이와 같은 시상의 급변을 통해 주제가 좀 더 선명해진다. 지금 나와 그대가 술을 마시는 것은, 우리가 결국 가게 되는 산속 무덤을 생각한다면, 시름 많고 허무한 인생을 견디는 좋은 방법이 된다는 의미이다. 술은 죽음의 그림자가 드리운 우리의 삶을 지탱할 만한 의지이자 반려이다. 술을 마셔 취하는 것으로써 죽음이라는 인간의 숙명을 저 멀리에 놓아두고 지금 여기의 삶을 누리고자 한다.

이러한 의미는 종장에서 뚜렷이 구현된다. 종장 첫 어절 '하물며'는 중장의 시·공간적 배경에서 나오는 정서와 분위기를 한층 더하여 다음 말에 연결해 준다. 이어지는 '무덤'은 중장의 묘사가 모두 이에 대한 것이었음을 드러낸다. 중장에서 대조·나열의 수사법과 시각적 심상으로 표현된 것이 종장의 이 말에 수렴된다. 그리고 나서 무덤 위에 잔나비(원숭이)가 휘파람을 부는 상황을 말하였다. '잔나비 휘파람 불 제'는 중장의 '소소리바람 불 제'의 시간성과 청각적 심상을 한층 심화하면서 주제를 집약적으로 나타낸다.

이 구절은 표현 면에서 몇 가지 의의를 지닌다. 첫째, 무덤의 주변에 대해 식물과 천체를 통해 묘사한 것에서 살아 있는 동물의 목소리로 바꾸어 표현함으로써 정적인 공간에 활물(活物)의 심상을 극적으로 부여한다. 둘째, 원숭이 소리(猿嘯)라는 오래된 시적 표현을 사용하여 그 말에 덧씌워진 의미의 시간적 두께를 상기시킨다. 셋째, 무덤 속에서 말을 할 수 없는 죽은 몸일 때의 심정을 원숭이 소리가 대변해 주어 화자의 정서와 의식을 압축하도록 이끈다. 이러한 면에서 '잔나비 휘파람'은 주세와 정서가 응축된 환유라 할 수 있다.

'잔나비 휘파람 불 제'를 이어 무덤 속에 든 사람의 '뉘우침'이 나온다. 원숭이의 울음소리는 앞서의 소소리바람이 지닌 청각과 촉각의 심상을 청각으로 집중시킨다. 인간의 입장에서는 천체 현상보다는 동물의 행위가 감정 이입의 대상으로 좀 더 가깝게 느낄 수 있다. 그러한 조건하에 무덤 속의 인간은 소소리바람으로 차갑고 쓸쓸한 느낌에 사로 잡혔다가 원숭이 울음소리를 들으면서 자신의 인생에 대한 총체적인 느낌을 받는다. 이렇게 하여 뉘우침의 정서가 표출되는 것이다.

문맥상 '뉘우친들 어찌하리.'는 죽어서 뉘우치면 아무 소용없으니 살아서 술 마시자는 뜻이다. 이 구절은 화자가 죽고 난 다음에 얻는 '뉘우침'의 정서와 지금 술을 마시자고 권하며 발하는 '어찌하리'의 한탄이 결합되어 있다. 나와 그대가 술을 마시지 않으면 안 되는 이유를 제시한 것이다. 이러한 면에서 죽음 이후가 아니라 지금 여기의 삶을 문제 삼고 있는 구절이다. 중장 첫머리의 '이 몸 죽은 후면'이라는 가정이 종장 끝 부분의 '뉘우친들 어찌하리.'로써 정서를 표출하며 마무리된다. 이는 결국 술을 마시는 이유가 삶의 의미를 되새겨 보는 데 있음을 말한 것이다.

그리하여 작품의 의미는 죽음을 숙명으로 안고 뉘우침의 정서가 연속되는 삶 속에서 술을 마셔 시름을 잊어버리겠다는 뜻으로 수렴된다. 초장에서 흥취에 겨워 풍류스럽게 술을 권하며 한 잔 두 잔 계속해서 마시자고 하였고, 중장에서 우리가 죽은 다음에는 쓸쓸한 풍경 아래 무덤 속에 누워서 누구와 함께 마실 수 있겠냐고 반문했으며, 종장에서 원숭이의 애달픈 울음소리에 이입되어 뉘우침만 생길 뿐이니 지금 여기서 함께 술 마시자고 하였다. 죽음의 한계 아래 가급적 뉘우침을 줄여 가며 술도 마시고 삶을 누리자는 것이다.

이렇게 보면 작품의 주제는 단순히 술을 권하는 데에 머물지 않는다. 이 주제는 작품을 넘어 확장될 여지가 있다. 가령, 초장의 술 대신에 만남, 책, 인격 수양 등의 말로 대치해 보면 '한 번 만나세그려. 또 한 번 만나세그려.'라든가 '한 권 읽세그려. 또 한 권 읽세그려.'처럼 죽음이 드리워진 인간 삶의 존재론적 가치를 문제 삼는 주제로 받아들일 수 있다. 죽어 뉘우칠 바에 지금 여기서 의미 있는 무엇인가를 해야 한다는 인식이다. 작자는 술을 마시는 것으로 그렇게 했으나, 우리 각자에게 가치 있는 어떤 행위로 대체하더라도 그 주제는 여전히 유효하다.

<장진주사>는 인생의 허무함을 깨닫고 함께 술이나 마시자고 권하는 내용이라 할 수 있다. 그렇지만 그 안에는 인간에 대한 존재론적 질문이 들어 있다. 술을 매개로 하여 삶과 죽음의 문제를 지긋이 응시하고 있는 것이다. 그래서 작품을 읽으면 읽을수록 깊은 감흥과 함께 인생의 의미를 깨닫는 듯하다. 명작의 울림은 이렇게 넓고 깊게 퍼져 나간다.

노래 삼긴 사람

노래 삼긴 사롬 시름도 하도 할샤
닐러 다 못 닐러 불러나 푸돗돈가
진실(眞實)로 풀릴 거시면은 나도 불러 보리라[52]

조선 중기의 문신인 신흠(申欽, 1566-1628)이 지은 시조 작품이다.
당대 한문학의 대가인 작자가 시조를 지어 자신의 마음을 표현하였다.
주로 한문으로 작품 활동을 하였으나 평소에 우리말을 사용하는 사람
으로서 자연스럽게 고유의 문학 장르를 택하여 창작하였다. 작품의 내
용을 요약하자면 마음에 쌓인 시름을 노래로나 풀어 보겠다는 것이다.
이렇게 놓고 보면 주제가 평범한 듯싶다. 노래를 불러 시름을 풀자는
것이니 대부분의 사람이 동의할 만한 일반적인 주제일 따름이다. 그러
나 시상의 전개와 시어 간의 관계, 표현상의 특징 등을 살피며 감상하
면 작품이 주는 감흥을 좀 더 깊이 느낄 수 있다.
　작품은 마음속의 '시름'을 '풀려고' 하는데 '니르다(이르다, 말하다)'
로는 부족해서 '노래 부르다'로 해 보겠다는 의미를 표현하였다. 시름
의 내용이 말과 노래의 두 가지 형식으로 표출되는 점에 시상의 초점을

---

52) 심재완 편저, 『교본 역대시조전서』, 세종문화사, 1972, 220면. 『청진』본.

맞춘 것이다. 화자가 '하도 할샤(많기도 많구나)'라고 탄식할 정도로 사람들은 인생사의 여러 문제에 부딪쳐 마음속에 시름이 가득 차 있다. 그것을 어떻게 풀 것인가의 문제를 작품에서 다루어 본 것이다.

화자는 시름 풀기의 실마리를 애초에 노래를 '삼긴(생기게 한)' 사람에게서 찾는다. 조선 시대 사대부들은 어떤 물건, 기술, 관습 등을 처음 발명하거나 만들어 낸 인물에 대하여 대체로 신화적으로 분석된 이야기를 통해 인식하였다. 8괘를 만든 인물은 복희씨, 농사를 시작한 인물은 신농씨, 문명을 일으킨 인물은 헌원씨 등 최초의 것에 대해 아득한 태초에 신적인 존재가 한 일로 관념한 것이다. 그런데 이 작품에서는 노래를 처음 만든 존재가 신 혹은 신적인 인물이 아니라 그저 '사람'이다. 노래라고 하면 신을 경배하는 데서 출발했다고 생각할 수도 있을 텐데, 그보다는 노래가 사람의 마음을 표현하는 데에 중점을 두었다. 노래는 애초부터 사람이 만들어 불러서 지금까지 이어졌다는 인식이다.

애초에 어떤 사람이 노래를 생기게 하였다. 왜냐하면 많기도 많은 시름을 풀어 버리기 위해서. 이러한 초장의 의미는 사람과 노래와 시름의 관계가 존재론적으로 얼마나 밀착되어 있는지를 말해 준다. 사람으로 한평생 산다는 것은 수많은 일을 겪는 중에 때로는 좌절하고 또 극복하면서 마음속에 한시름 품고 시간을 견뎌 내는 일이다. 애초부터 사람에게 부과된 실존적인 짐이 시름이라 할 수 있다. 이러한 인간 존재의 굴레에서 벗어나기 위해 어떤 사람이 노래를 '생기게 하였나.' 원래 노래는 마음속 시름을 풀어 버리는 수단으로 발명된 것이다. 가장 큰 효용이 시름을 풀어내는 것이므로 노래는 인간의 것이지 신의 것이 아니다. 이렇듯 작품 서두에 노래의 기원을 사람에게서 찾음으로써 노래가 사람살이에 소용된다는 점을 분명히 하였다.

중장에서는 '노래 부르다'가 '니르다'와 일정한 관계가 있음을 전제로 시상을 펼친다. 말로 하는 '니르다'는 꼭 시름이 아니더라도 사람의 생각과 감정을 표현하는 보편적인 방식이다. 이 같은 말의 기능이 마음속 시름을 풀어 버리는 데에 소용될 수도 있으나 나름의 한계가 있다. 아무리 수천수만 마디 말을 하더라도 시름을 '다' 토로할 수 없고 또 시름에서 벗어나기도 힘들다. 오히려 말이 많고 길어질수록 시름은 더욱 엉키고 무거워질 수도 있다. 그러니 말로써는 풀어낼 수 없는, 마음의 심연에 쌓인 저 시름을 어찌해야 할까. 말의 한계를 넘어서 노래를 '부름'으로써 풀 수 있을 듯하다. 화자는 애초에 노래를 만든 사람의 의도가 이러했으리라 추측한 것이다.

그렇다면 시름을 푸는 데에 노래의 어떤 면이 말보다 더 소용이 되는지 생각해 볼 만하다. 먼저, 노래는 말을 음악에 얹어 부르는 것이기에 박자, 가락 등 음악적인 요소가 사람의 시름을 푸는 데 큰 효용을 갖는다. 박자에 따라 감정이 빨라졌다 느려졌다 하면서 조절되고, 가락의 오르내림을 타고 사람의 감정이 움직인다. 귀 기울여 듣는 음악의 시간적 전개에 몸과 마음을 맡기는 것이다. 다음으로, 노래는 말의 시적인 표현, 즉 비유, 심상 등을 통한 함축적 표현을 사용함으로써 시름을 푸는 유용한 방법이 된다. 일상 대화의 말은 하면 할수록 늘어지고 뻗어 나가기 마련이나 노랫말은 시어, 음보, 시행 등의 구성단위에 따라 질서 있게 배열된다. 많은 말을 하는 대신에 핵심적인 몇 마디 말로 집약하고, 늘어지는 말을 다잡아 몇 줄로 묶어서 이리저리 뻗치려는 의식과 정서를 하나의 줄기로 엮어 준다. 노랫말은 이러한 시적인 표현으로 정리되어 선율에 얹히는 것이다.

이처럼 음악과 언어, 박자·가락과 말의 결합으로 이루어진 노래는 일상의 말보다 훨씬 함축적인 의미를 전달한다. 그에 따라 마음 깊숙한 곳에 도사린 시름까지도 끌어올려 드러내고 펼쳐 보일 수 있다. 애초에 노래를 만든 사람은 이러한 이치를 알아서 노래를 불러 시름을 풀어내었던 것이다. 화자는 이 점을 인식하고 그 사람의 마음에 공감한다.

　종장은 다소간의 머뭇거림에서 시작한다. '-면은'이라는 가정(假定)의 연결 어미를 사용한 다음 '-리라'라는 의지와 다짐의 종결 어미로 끝맺고 있는데, 이는 초·중장에서 공감한 생각에 따르는 것 같으면서도 못내 미심쩍은 구석을 남겨 둔 표현이다. 화자의 염원은 마음속 시름을 '진실로', 전부 '다' 푸는 것이다. 그러나 그것이 불가능하다는 인식은 이미 작품 서두부터 나타나 있다. 사람은 본래 시름이 많고도 많기에 아무리 노래를 부른다 해도 그것이 사라질 리 없다. 그럼에도 화자는 시름을 풀 방도가 노래 부르기에 있으리라 기대한다. 시름에 억눌려 사는 것은 사람살이의 보람과 의미를 없애고 결국에는 절망하다가 죽음에 이르게 할 따름이다. 그렇지 않으려면 어떻게든지 시름에서 벗어나려고 노력해야 한다. '진실로', '다' 풀어 버릴 수는 없겠으나 힘들 때마다 조금씩이라도 풀어야 삶을 지속할 수 있다.

　그리하여 종장 세 번째 음보에 처음 나오는 '나'는 초장에서 불러낸 '노래 삼긴 사람'의 심정으로 돌아가 그와 만난다. 화자도 '하도 한' 시름을 품고 살아가는 사람이므로 애초에 노래를 생기게 한 사람의 마음을 충분히 이해할 수 있나. 그의 마음이 곧 나의 마음인 것이다. 여기서 '하도 할샤'와 '나도'의 '도'가 일치한 점이 주목된다. 이 말로써 작품은 태초에서 화자 당대까지 이어진 시간성과 '노래 삼긴' 사람에서 '나'에 이르는 동안의 무수한 사람들이라는 공간성이 결합한다. 노래가 생긴 시초로부터 지금까지, 노래 만든 사람에서 시름을 품고 살다 간 수많은 사람을 거쳐 화자까지의 오래고 드넓은 시·공간적인 범위가 마련된 것이다. 이러한 시·공간적 의미 범주의 중심에 시름이 놓인다. 화자가 '나도 불러 보리라'고 하며 시상을 맺었으나 이는 다시 시간과 공간을 지나 우리에게 전해진다. 노래와 시름과 사람의 연속성이 작품의 의미를 끊임없이 다시 음미하게 만든다.

유려한 시상 전개, 주제의 감화력과 함께 우리말의 음운적 효과를 음미해 볼 수 있다. '노래'라는 핵심어를 구성하는 'ㄴ, ㄹ'가 작품 전반에 걸쳐 주조음을 형성한다. 여기에 또 다른 핵심어 '시름'이 가세하는데, ㄴ, ㄹ에 'ㅁ'가 더해져 유성음이 확장되는 한편으로 'ㅅ'가 덧붙어 나온다. ㅅ는 '시름' 바로 앞의 '삼긴 사름'을 이어받아 세 단어의 첫 음인 마찰음이 유성음 사이에서 발음된다. 무엇인가 연속하여 한탄하는 듯, 막혔다가 터지는 소리가 ㅅ에 담겨 나오는 것이다. 이 ㅅ는 중장을 지나 종장에서 '진실로, 거시면은'에 다시 나와 시름을 풀려는 의지를 표상한다. 앞의 '삼긴, 사름, 시름'의 ㅅ에 담긴 한탄의 느낌에서 벗어나려는 뜻이 더해진 것이다.

여기에 '불러나 푸돗든가'의 'ㅂ, ㅍ'가 주제와 관련된 음상을 갖고 발화된다. 노래를 불러 시름을 푼다는 의미를 구현하는 데에 ㅂ, ㅍ의 순음이 사용된 것이다. 중장에서 '[노래를] 불러나 [시름을] 풀었던가?'라는 의문형에 나온 '부르다, 풀다'는 종장에 가서는 '진실로 풀릴 것이면은 나도 불러 보리라.'고 하여 '풀다, 부르다'로 순서가 바뀌어 나왔다. 이러한 ㅂ, ㅍ의 발화를 통해 주제가 반복, 강화되는 느낌을 준다. 그러면서도 가정법의 종장인 까닭에 시름 풀기가 충분히 이루어지지 못하는 아쉬움이 배어 있는 듯한 소리로 들린다.

이 작품은 시적 주제, 내용과 형식의 조화, 음운의 조합 등에서 크고 깊은 울림을 준다. 흐르는 듯한 시상과 음운의 전개에서 사람과 시름과 노래의 운명적인 관계를 느끼고 또 인식하게 된다. 본래부터 사람은 시름이 많은 존재이기에 그것을 풀면서 살아갈 수밖에 없다. 힘들 때에 노래를 불러 한 시름 풀고, 또 닥쳐서 노래로 한 시름 풀고 하면서 산다. 노래로 시름을 푸는 것은 인간의 본질적인 존재 방식이므로 이 주제를 형상화한 작품의 의의는 문학의 본질에 닿아 있다.

자네 집에 술 익거든

ᄌ닉 집의 술 익거든 부듸 날을 부로시소
초당(草堂)에 곳 피거든 나도 자닉를 쳥(請)ᄒ옴싀
백년(百年)덧 시름 업슬 일을 의논(議論)코져 ᄒ노라[53]

　　조선 중기의 문신이자 정치가인 김육(金堉, 1580-1658)이 지은 시조
이다. 그는 임진·병자 양란을 겪으며 피폐해진 나라와 백성의 삶을 회
복하기 위해 여러 정책을 세우고 실무에 힘을 쏟아 많은 성과를 거둔
인물이다. 대동법을 충청도, 전라도로 확대하여 실시하도록 하였고, 화
폐, 수레, 시헌력 등을 만들어 보급해 시행하였다. 그의 실적과 학문적
경향은 실학파의 학자들에게 영향을 끼쳤다. 작자의 이러한 행적이 중
요하긴 하지만, 위 시조를 이해하는 데에 직접 관련되는 면은 별로 없
다. 일상생활에서 느낀 구체적인 정서와 의식을 그린 문학 작품이므로
업적 위주로 서술된 작자의 행적과는 거리가 있기 때문이다. 물론 국가
의 일에 진력한 작자의 마음은 종장의 '시름 없을 일'에 어느 정도 담겨
있으므로 이 점에 유념하면서 감상할 필요가 있다.
　　이 작품은 전체적으로 일정한 공간과 대비적 시간을 배경으로 시상

---

53) 심재완 편저, 『교본 역대시조전서』, 세종문화사, 1972, 888면.

이 전개된다. '자네 집'과 '[내 집] 초당'이 공간적 배경을 이루고, '백년
덧'이 시간적 배경을 형성한다. 그런데 '백년덧'의 시간은 그 앞의 술 익
는 시간, 꽃 피는 시간과 대비가 된다. 일 년 사시사철을 지나는 중에 술
을 담그는 시기가 있고 꽃이 피는 때가 있다. 각 집에서 형편에 따라 일
정한 주기로 술을 담갔을 것이고, 봄에서 가을까지 초당 주변 꽃나무,
풀꽃의 개화 시점이 있었을 것이다. 이러한 일 년 중의 어느 시기에 '백
년'이라는 평생의 시간이 대비된다.

이와 함께 '자네'와 '나'의 관계성이 제재가 되었다. 화자인 '나'와 시
적 대상인 '자네' 사이는 '-시소'라는 요청·부탁의 뜻, '-ㅁ세'라는 기꺼이
하겠다는 뜻의 종결 어미에 서로 대우해 주는 관계이다. 그러므로 가족
같이 친밀하거나 하대할 상대는 아니고 어느 정도 격식을 차리고 관계
를 유지하는 친구 또는 지인의 관계로 보인다. 그렇지만 이 관계가 오
래 지속되었다는 점은 술 담그고 꽃 피고 하는 시기에 서로 연락하여
만나는 데에서 짐작할 수 있다. 나아가 종장의 '시름 없을 일'에 대해 같
이 '의논'할 수 있는 상대이므로 마음을 터놓고 지내는 사이임도 알 수
있다.

이러한 시적 배경을 바탕으로 초장과 중장에서 평범한 일상생활과
술 담그고 꽃 피는 시기에 대한 기대감을 표현하였다. 화자는 하게체의
'자네'라고 칭하면서 시적 대상을 친구처럼 부르고 있다. 작품 시작부
터 친근한 관세에 기초한 소통과 교유(交遊)의 의미를 나타낸 것이다.
자네 집에 술이 익거든 나를 불러 달라고 부탁한다. '부디'라는 부사어
를 넣어 그 부탁이 진심에서 나온 것임을 강조하였다. 이러한 초장에
대구를 이루는 중장에서는 화자의 초당에 꽃이 피거든 '나도 자네를'
청하겠다고 한다. 나와 자네 사이의 오랜 관계와 시절에 따라 왕래하는

모습이 나타나 있다.

두 사람 사이에 교유의 계기로 삼은 것이 술과 꽃이다. 이 두 가지는 사대부의 풍류와 흥취에 빠질 수 없는 사물이다. 친구네는 주기적으로 술을 담그는 집이었던 것 같다. 친구가 술을 좋아해서 때가 되면 술을 담가 놓고 손님을 초대하여 즐겼을 것이다. 그에 비해 화자의 집에는 후원의 초당 주변에 꽃나무와 화단이 조성되어 있었다. 이렇듯 두 집에서 가꾸는 풍류의 소재가 각기 특색이 있다. 그리하여 일정한 시기가 오면 서로의 집을 왕래하며 흥취와 풍류를 즐겼다. 자기 집에 부족한 감상의 소재를 친구의 집에서 찾아 즐김으로써 두 집의 것을 모두 취할 수 있다.

술 마시고 꽃구경하는 일에는 시간 차가 있다. 친구네에서 담근 술이 어느덧 맛있게 익었을 때쯤 그 집에 가서 함께 마시고, 내 집 초당에 꽃이 피었을 때는 친구가 와서 같이 꽃구경을 한다. 술 익고, 꽃 피는 시절에 따라 왕래하며 교유했으니 서로의 집안에서 언제쯤 술을 담그는지, 어느 나무에 꽃이 피는지 정도는 훤히 알고 지내는 사이이다. 오랜 세월을 왕래하며 친분을 두텁게 쌓은 관계임을 짐작할 수 있다. 그만큼 두 사람은 마음이 통하는 지기(知己)로서 교유하였을 것이다.

술을 마시거나 꽃을 보면서 나누는 대화는 대개 계절과 풍경의 변화, 일상의 잡다한 일들, 세태와 시국 등을 화제로 하여 서로의 소회, 염려, 생각을 나누었을 것이다. 일상사에 대한 말들이 오가는 대화이므로 이는 한가할 때의 정담, 즉 한담(閑談)이라 할 수 있다. 이러한 방식의 대화와 교유를 바탕으로 한 초장과 중장은 평범한 일상의 한때를 즐기려는 화자의 의지를 나타내었다. 그러므로 애초에 친구와 만나서 무슨 대단한 이야기를 하려고 했던 것은 아닐 것이다.

그런데 종장 첫 구의 '백년덧'에서 예상했던 시상 전개에 비약이 일어났다. 술 익을 때, 꽃 필 때 계절감을 느끼며 일상적인 대화를 나누었을 텐데, 한담 중에 '백년'의 시간을 말함으로써 일상사를 넘어서 인생백년이 화제에 오른 것을 표현하였다. 여기서 '백년덧'은 문맥적 의미로 보아 '백년 동안(한평생)'으로 이해된다. 그런데 '백년'에 붙은 '덧'의 의미는 '얼마 안 되는 퍽 짧은 시간'으로 '어느덧. 그덧, 덧없다' 등의 합성어로도 쓰이는 말이다. 겉으로는 '백년동안'의 표현이지만 '덧'의 의미를 곱씹어 보면 '백년이 한때일 뿐'이라는 뜻이 내포되었다고 할 수 있다. 그리하여 술 담글 때, 꽃 필 때의 한때에 비해 긴 시간으로 '백년'이 나왔는데, 이 말에 '덧'이 붙음으로써 그 백년이 다시 짧은 시간의 의미를 지니게 된다.

'백년'과 '덧'의 결합으로 인한 심층적 의미의 대립에 이어서 '시름 없을'이 나온다. '시름 없는'이 아니라 미래·추측의 관형사형 어미 '-ㄹ'이 들어간 '시름 없을'로 표현한 점이 의미를 심화한다. 이를 앞 구절과 관련지어 보면, '백년'이 '시름'에, '덧'이 '없을'에 대응한다. 곧, 백년의 인생은 시름으로 점철되는 것이 현실이고, 그에 비해 술 익고 꽃 피는 때의 잠시간은 시름을 잊을 만한 시간이 된다는 의미를 함축한다. 이러한 때를 당해 '시름 없을' 장래 혹은 이상(理想)의 일들을 화제로 두 사람은 대화를 나눈다. 여기서 두 사람이 풍류를 즐기는 데는 시름 많은 현실을 초탈하려는 뜻이 있음이 드러난다.

이렇게 술 마시거나 꽃을 보며 나누는 대화를 '의논하다'라고 표현하였다. '의논'은 '어떤 사안에 대하여 각자의 의견을 제기함.'의 뜻을 지닌 '의론(議論)'에서 나온 말이다. 사대부의 문집에 수록되는 의론문은 다루는 주제가 대개 경서, 역사, 정책 등 무거운 성격의 것들이다. 이러한 원뜻에서 멀지 않은 '의논'을 시어로 가져오면 작품의 서정적인 분위기에 어울리지 않기 십상이다. 그런데 작자는 '의논코자 하노라'고 하여 버젓이 이 단어를 종장 마지막에 배치했으니 일정한 의도가 있는 표현이라 하겠다.

우선, 단어의 원뜻에 비추어 보면 의논/의론의 대상이 된다는 점에서 '시름 없을 일'이 일상사를 넘어서 사회와 국가에 관련된 일일 수 있음을 시사한다. 두 번의 큰 전란을 거친 후 나라와 백성이 고난에 처한 현실을 어떻게 극복할 것인가를 함께 고민하고 의견을 나누는 것이다. 이렇게 보면 초장과 중장의 일상적인 풍류 생활은 두 사람 간 교유의 겉모습에 지나지 않는다. 술을 마시고 꽃을 감상하고 있기는 하나 두 사람은 시국을 염려하고 국가 경영을 도모하고 있다. 그리하여 초·중장의 시상이 종장에서 비약함으로써 작품의 의미가 깊어진 면을 감지하게 된다.

이와 달리 볼 수도 있다. 종장을 의미상 대비적인 맥락으로 분석해 보면, '인생 백년 동안-시름 없을 일-[시국] 의논'이라는 표현의 배후에 '백년의 덧없음-시름 많은 일-일상 담화'라는 의미 맥락이 놓여 있다고 할 수 있다. 그리하여 종장의 표면적 의미는 백년 동안의 인생에서 시름이 없을 만한 일들이 무엇인지 친구와 의논한다는 것이나, 그 이면에는 백년 인생이 덧없고 시름도 많기에 좋은 때에 지기의 친구와 한담하며 소일할 따름이라는 뜻이 깔려 있다. 이로써 친구와의 대화는 자잘한 일상의 일들에서 나아가 인생의 의미, 시름을 푸는 방도, 인생사에 대한 의견 등을 거론하는 모습이 그려진다. 그리하여 친구끼리 술과 꽃을 소재로 풍류와 흥취를 즐기는 정도를 넘어서 공동의 지향성, 인생 동반자로서의 의식, 현실 초탈의 뜻 등이 은근히 나타나 있다.

이 작품은 친구 사이의 평범하고 일상적인 왕래와 교유를 소재로 하였다. 술이 익거나 꽃 피는 계절에 서로의 집을 오가며 교유하고 대화하는 모습이 그려졌다. 그런데 종장의 '백년덧 시름 없을 일'에서 시상의 비약이 일어나 시국을 염려하고 국가 경영을 모색하는 뜻과 함께 시름 많은 인생 백년을 초월하려는 뜻까지도 함축한다. 마음 맞는 친구 사이에 인생의 시름을 없앨 방도에 대해 서로 의논하고, 인생에서 지향하는 바를 공유하고 있다. 이로써 일상의 친근한 교유 속에 서로의 마음을 알아주는 돈독한 인간관계가 드러난다. 조선 시대 사대부의 인간적 교유와 관계의 깊이가 잘 녹아 있는 작품이다.

화춘가

    <화춘가(花春歌)>는 작자 미상의 화전가(花煎歌)류 규방 가사이다. 규방 가사의 한 부류인 화전가는 마을의 부녀자들이 봄에 어느 날을 잡아 동산이나 시냇가에 나가 꽃지짐을 해 먹으며 놀다가 오는 화전놀이를 소재로 4·4조의 율격에 맞춰 지은 가사 작품들을 말한다. 작자가 밝혀지지 않은 채 구비 전승된 작품이 대부분이고 양식화된 구성과 서술 방식을 따르고 있는 작품도 많다. 다룬 내용은 비교적 편폭이 커서 중세 여성의 규범을 충실히 따르려는 뜻을 나타내거나 사대부가의 교양을 과시하여 고사와 한문 어구를 사용한 작품이 있는가 하면, 화전놀이의 즐거움과 여자 신세에 대한 한탄을 토로하며 좀 더 솔직하게 여성의 내면을 드러낸 작품도 있다. 여기서는 화자가 지닌 시름을 풀어내고자 하는 내용의 작품 중에서 <화춘가>를 택하여 감상해 보기로 한다.

    작품의 서두는 다음과 같이 시작한다.

> 어와 세상 벗님너야   화전 노름 가자서라
> 역여(逆旅) 갓튼 이 천지에   부유(蜉蝣) 갓튼 우리 인싱
> 아니 놀고 무엇 ᄒ리54)

---

54) 최정여 외 편, 『규방가사』1, 한국정신문화연구원, 1979, 367-370면.

화자는 벗들을 부르며 '화전 놀음'를 가자고 권유한다. 벗들과 함께 놀이하는 것이 잠시 머무는 '역려 같은 이 천지에 하루살이 같은 우리 인생'을 견디는 방법임을 말하였다. 대부분의 작품이 마을 친구들을 불러 모아 화전놀이를 준비하는 일로 시작하는 것에서 보듯이, 화전가는 기본적으로 모임과 놀이, 그 자리에서 일어나는 흥취와 인생의 기억들을 노래한 것이다. 그렇게 하는 주체는 여성으로서 중세 이래 근대에 들어와서도 가부장제하에서 딸, 며느리, 어머니로 살아온 여성들의 정서와 의식이 반영되어 있다.

먼저, 춘삼월 망간(望間)의 좋은 때를 만나 초목과 짐승도 즐기는데 사람인 우리도 한번 놀아야겠다고 한다. 순환하는 시간의 흐름 중에 생명력이 한창 왕성해지는 때가 되어 자연 속에서 즐기고 싶은 욕망이 일어나는 것이다. 놀이를 가려고 준비하면서 예쁘게 단장한 친구들의 모습에 '황홀ᄒ고 선연(嬋娟)ᄒ다 요조ᄒᆫ 제미(諸妹)들은 / 희희 연연(熙熙娟娟) 월궁항아 분명ᄒ다.'며 칭찬한다. 봄날의 놀이를 위해 얼굴 화장과 옷차림을 예쁘게 한 모습들이 달나라 선녀 같다는 것이다. 화전놀이를 하는 데 따르는 첫 번째 즐거움이 여성이 자신의 몸을 예쁘게 가꾸어 치장하는 것임을 나타내었다. 이러한 표현에서 놀이를 떠나는 여성들의 들뜬 마음이 배어 나온다.

그 다음의 즐거움은 자연의 봄 경치를 완상하는 것이다. '시내 가이 양유지(楊柳枝)난 바람 압히 춤을 추고 / 벽장(碧嶂)이 솔바람과 석산(石澗)이 물소리는 / 간 곳마다 풍악이라.'고 하였다. 물이 올라 연한 푸른빛을 띤 버드나무 가지들이 바람에 하늘거리는 모습을 보고, 절벽의 푸른 소나무 사이로 부는 바람과 산골짜기를 흐르는 시냇물 소리를 들으며 흥겨워한다. 자연의 싱그러운 풍광이 가슴속을 상쾌하게 해 주는 것이다. 이러한 경치에 '화간(花間)이 나비 춤과 자(→지)상(枝上)이 벌 노리(봄날에 벌들이 떼를 지어 제집 앞에 나와 날아다니는 일)는 / 춘흥을 못 이기서……화지(花枝)의 두견조은 주야로 슬피 울고 / 월육점(越六點? 월치(越雉, 자고새)의 이칭?)이 시냇가이 저(→자)치곡(雌雉曲)을 노릭흐고'처럼 나비, 벌, 두견새, 자고새 등 곤충과 새들이 날아다니는 모습과 울음 우는 소리가 흥을 더한다. 그리하여 '처처예 풍경이라 마음 더욱 새롭도다.'라며 아름다운 경치와 동물의 활기찬 움직임에 흥취가 더욱 새로워진다.

산길을 걸어 한 봉우리에 오르니, '청천이 놉다 히도 실하(膝下)에 낮아 잇고 / 낙동강이 길다 해도 목전이 가득흐니'라며 감탄할 만한 풍경이 펼쳐진다. 놀이의 또 다른 즐거움이 탁 트인 풍경을 내려다보며 느끼는 후련한 기분일 터이다. 멀리 가까이 산들이 보이는데, '표연한 저 기 산은 은(→×)삼신(三神) 히로 중이 / 빅운을 자바타고 성(→석)양의 오르난 듯 / 황홀한 이 겨 산은 봉래산 저 슨 가이 / 백학을 잡아타고 천상이 오르난 듯 / 방장산니 여기런가.'처럼 봉래산, 방장산 같은 신선 세계로 여겨진다.

이렇게 경치를 둘러보고는 '내칙(內則) 편 두어 장을 시(詩) 목으로 화답흐니 / 줄 놀이 처량흐다.'고 하여, 줄을 꼬며 노는 놀이를 처량하게 여길 만큼 재미있는 책 낭송회를 갖는다. 그 소리는 외기러기가 짝을 찾고 봉황이 오동나무에서 우는 것 같아서, '울적한 우리 심사 식락(灑落)흐기 훗터지니'라고 할 만하다. 이렇게 노는 여성들은 '뚜렷흔 반석 위에 차리로 안즈신이 / 벽해 중천 태산이 마고선녀 분명흐다.'처럼, 산길을 걸을 때의 월궁항아들이 반석 위에 앉은 마고선녀들로 변해 있다. 한 무리의 여자들이 치장을 하고 오른 산이었으니 그다지 높지는 않았을 것이다. 그래도 산 위에서 보는 광경과 목청을 가다듬은 낭송이 그들의 마음을 트이게 하는 데는 충분하였으리라.

작품은 꽃지짐 등의 음식을 만들거나 노래하고 춤추는 놀이 대신에 낭송회를 하는 것만 그리고 있다. 그러고 나서 '먼산이 석양 들은 돌아가기 재촉ᄒᆞ니 / 옛말이 ᄒᆞ얏시대 / 쾌락이 다ᄒᆞᆫ 후이 비회가 온다더니 / 슬푸다 이 말삼이 우리 두고 이름이라.'면서 놀이를 마칠 때가 되었다고 한다. 이렇게 화전놀이를 마치며, '어엿부다 붕우들아 이 노래 드러보소 / 화춘가 한 곡조이 / 철석 간장 구비구비 다 녹는다.'라고 하여 슬프고 미진한 회포를 '화춘가'로 이름 붙인 노래를 지어 풀겠다고 한다. 그리하여 신세 한탄의 내용을 담은 부분이 작품 후반부에 덧붙여진다.

이는 화전가의 일반적인 양식에서 다소 벗어나 있다. 하지만 화전놀이 후의 허전한 심정을 여자 신세를 한탄하는 내용으로 채움으로써 작품의 의미를 확장하는 양상을 보인다. 신세 한탄은 여자로 태어난 데서부터 시작한다.

전생의 무슨 지(→죄)로   이 시상의
여ᄌᆞ 몸이 되엿는고   옛스람 지은 법이
남여 분별 유(類)달ᄒᆞ여   남 가는 데 내 못 가고
심중ᄒᆞᆫ 규문(閨門) 속의   주야로 민엿스니
불상ᄒᆞ다 우리 몸이   행보조차 중난(重難)ᄒᆞ다

옛사람이 만든 규범에 남녀의 분별이 유다르게 엄격하여 여자로서 어디를 다니는 것조차 매우 힘들다고 하소연하였다. 화전놀이를 핑계로 규문 밖을 나와서 느낀 바에 비추어 집 안에서만 생활하는 것이 얼마나 답답한 삶인지가 선명해진 것이다. 이에 더하여 여성의 행동에 대

한 사회적 제약이 유교 이념에서 나온 것임을 분명히 밝히고 있다.

이러한 여자의 처지와 극명히 대비되는 남자의 행태는 다음과 같이 그려진다.

안여주 지은 이복(衣服)	철철이 들쳐 입고
맞잔타고	책망(責望)은 무삼일고
천하 강산 두로 단니(―녀)	친구 츳즛 술 먹기며
춘풍 습월 가절(佳節)마다	만화(萬花) 풍정(風情) 차자서
영웅호걸 화류장(花柳場)이	임의로 왕래ㅎ여
여류(如流)흔 이 세월이	하나가치 지니온니
역여(逆旅) 가튼 이 세상이	무슨 한(恨)니 쏘 잇난가

아녀자가 지어 준 의복을 철마다 들쳐 입으면서도 정작 아내에게는 마땅찮다고 책망을 한다. 좋은 경치를 찾아 두루 다니며 친구와 함께 술 먹고 화류계를 들락거린다. 이러한 모습으로 한결같이 지내니 '역려 같은 이 세상에 무슨 한이 또 있겠냐.'는 것이다. '역려 같은 이 세상'은 작품 서두의 표현을 가져온 것으로 남녀 모두 이 세상에서 나그네로 살기는 마찬가지임을 상기하였다. 그렇게 같은 조건하에서 성별에 따른 삶의 양태와 방식이 전혀 다르다는 점을 강조한 것이다.

인달ㅎ다 옛법이	무엇신고 분ㅎ도다
여즈는 무슨 죄로	부모 실ㅎ(膝下) 싱장ㅎ여
성인지경(成人之頃) 되온 후이	나무 집이 보닉난고
고향 순천 ㅎ직ㅎ고	구고(舅姑)를 섬길 적이
동동촉촉(洞洞屬屬) 조심ㅎ여	동지섯달 오경야(五更夜)이
계명(鷄鳴) 소리 들려오면	황황급급(遑遑急急) 이러나서

혼정신셩(昏定晨省) 새로 ᄒ고   부모한태 말 못 ᄒ고
경(輕?)구지을 골 몰리며   천리만리 간다 ᄒ도 시집 풍속 일반니라
초로(→려)(草廬)지기(→가) 업는 살림 업는 듸로 고생이요
천셕 만셕 잇난 시집   잇난 듸로 고생이라

예부터 내려오는 규범이 '애달프고 분하다.' 여자로 태어난 것이 '죄'라서 시집을 가게 되면 부모 슬하와 고향 집을 떠나서 '남의 집에 보내'져야 하기 때문이다. 지극히 조심하여 시부모를 섬기고 부지런히 집안일하며 사는 시집살이가 괴롭고 힘들다. 이러한 시집살이는 가까운 곳이나 아주 먼 곳, 가난한 집이나 부잣집 할 것 없이 어디를 가나 '시집 풍속 일반이라'서 여성의 고생스럽기는 마찬가지이다. 사정이 이러하므로 여자인 것만으로 죄가 되고 여자 신세가 가련하니 여자로 살아가는 것은 그저 서글플 따름이다.

이러한 마음으로 주변 경치를 보게 되면, '뒷동산 두견화는……명년 봄이 도라오면 너난 다시 피근마는 / 실푸다 우리 인싱 화초만도 못ᄒ도다 / 일조일셕(一朝一夕) 죽어지며(→면) 회생홀 길 바이 업다'라는 한탄이 나온다. 화전놀이의 미진한 회포가 인생살이의 덧없음에 대한 탄식으로 귀결하는 것이다. 그러나 결국에는 '이 맘 저 맘 다 버리고 훗기약 다시 ᄒ고 / 섭섭ᄒ기 불필(不必)이요'라며 섭섭한 마음을 달래고 내년 봄의 화전놀이를 기대하면서 작품을 마무리한다.

<화춘가>는 화전놀이의 경과를 읊은 앞부분과 '화춘가'라는 제목 아래 여자의 신세 한탄을 토로한 뒷부분이 결합된 작품이다. 화전놀이의 이런저런 즐거운 대목을 서술하는 한편, 미진한 회포를 대신하여 신세 한탄의 내용을 말하였다. 여자로 태어난 운명과 시집살이의 고생을 겪는 여성 화자의 하소연이 화전놀이의 뒤풀이로 펼쳐졌다. 가엾고 서

러운 여자의 일생이지만 그나마 벗들과 화전놀이를 하고 또 노래를 지어 부름으로써 내면에 쌓인 시름을 조금이라도 풀어낸 것이 위안이 되었을 것이다.

민옹전

<민옹전(閔翁傳)>은 박지원(朴趾源, 1737-1805)의 전계 소설(傳系小說) 중에서 <김신선전(金神仙傳)>과 함께 1인칭 관찰자 시점으로 서술된 작품이다. 그의 소설들은 전통적인 전(傳)의 형식을 여러 방식으로 변형하고 있는데, 이 두 작품은 제3자의 관점에서 대상 인물을 서술하는 일반적인 전에 비해 1인칭인 '나'를 등장시켜 '그'인 민유신 또는 김홍기와의 관계 속에서 인물을 그려 내었다. 이러한 서술 방식은 작품의 의미를 대상 인물에 한정짓지 않고 나와 그의 관계로 엮어서 드러낸다는 점에 의의가 있다. <민옹전>은 나의 우울증을 풀어 줄 민옹을 초대하여 그에 대해 관찰한 내용을 서술한 작품이다.

먼저 줄거리를 제시하면 다음과 같다.[55]

무신난(1728)에도 참전한 민옹은 어려서부터 영특하였다. 일정한 나이가 될 때마다 옛 위인의 그 나이 때 행적을 짧게 적어 벽에 붙였다. 17, 18세 때 우울증을 앓고 있던 나는 민옹을 청하여 갑갑한 마음을 풀고자 하였다. 마침 음악을 듣는 자리에 들어온 민옹은 대뜸 연주자의 따귀를 때려 좌중을 웃겼다. 밥을 맛있게 먹어 입맛이 없는 나를 자극하기도 하고, 문장 외우기 시합을 제안하고 자기는 시

55) 이우성·임형택 역편, 『이조한문단편선』하, 일조각, 1982. 260-268면.

능만 내기도 하였다. 여러 사람이 귀신, 신선, 가장 나이 많은 자, 가장 맛있는 것 등을 묻자 거침없이 대답하였다. 종로에는 곡식에 붙어먹는 메뚜기들이 길을 메우고 있다는 말도 하였다. 내가 그의 이름을 파자(破字)로 부르자 글자 풀이를 그럴 듯하게 한 적도 있었다. 민옹은 다음해에 세상을 떴다. 활달하고 기발하고 정직했던 그를 보고 싶지만 다시 만날 길이 없어 1757년에 이 전을 짓는다.

작품 서두에서 민옹에 대해 경기도 남양 출신이고 이인좌의 난이 일어난 무신년에 출전한 공으로 첨사 벼슬을 받았으나 벼슬살이는 하지 않았다고 소개하였다. 이어서 7세에 항탁, 12세에 감라, 13세에 외황아, 18세에 곽거병, 24세에 항적의 해당 나이에 한 일을 네다섯 글자로 써서 벽에 붙였다. 24세에 '항적(항우)이 오강을 건너다.'라는 문구를 써 붙인 후 한참 지나 40세가 되자 '맹자는 마음이 동하지 않았다.'고 썼는데, 24세까지의 큰 뜻과 기개가 40세에 이르러 이룬 바 없기에 그렇게 써 놓고 위안을 삼은 것이다. 70세가 되어서 범증의 고사를 써 붙였다가 아내에게 핀잔만 들었다. 이렇게 젊었을 때의 뜻과 기상이 나이가 들어가며 쇠잔해진 모습은 활달하고 기개가 있으면서도 허랑하고 우활한 민옹의 성격을 드러낸다. 나아가 독자로 하여금 인간사의 보편적인 면에 대해 생각하게 만든다.

인물 소개 후 17, 18세의 '나'를 등장시켜 민옹과의 만남과 사귐에서 이루어진 일화를 서술한다. 이는 나와의 관계 속에서 주인공 민옹의 성격과 역할을 좀 더 뚜렷이 나타내려는 의도이다. 민옹을 만날 즈음의 나의 상태는 이러하였다.

지난 계유(1753), 갑술(1754)년, 그때 내 나이 십칠팔 세였다. 병으로 오래 시달려 음악과 서화(書畫)라든지 골동(骨董)이나 기타 잡물에 다소 취미를 가져 보았다. 그리고 객들을 많이 청하여 해학, 고담을 즐기는 등 여러 가지로 마음의 위로를 구해 보았지만 우울증이 조금도 풀리지 않았다.

> 나는 좀처럼 구미가 당기지 않고 잠을 못 자는 것이 병이라오.

무슨 이유로 '나'에게 우울증이 생겼는지는 분명히 밝히지 않았다. 다만 '병으로 오래 시달'렸다고 했으므로 지병을 앓는 중에 마음까지 우울해진 증상으로 보이나, 다른 한편으로 이 전해인 1752년 혼인을 했고 처삼촌 이양천에게서 『사기』를 배웠으니 혹시 이러한 상황 변화가 영향을 주지 않았을까 싶다. 지병에 따른 원인도 있었겠으나 혼인 생활을 시작하고 본격적으로 공부를 시작하면서 심리적인 압박감이 커졌기 때문이 아닐까 추측해 본다.

입맛도 없고 불면증에 시달리던 나는 치료를 위해 음악, 글씨와 그림, 골동품, 여러 가지 물건들, 해학과 고담 등에 취미를 두었다. 좋은 그림과 물건을 보고 좋은 음악과 이야기를 듣는 것으로써 우울증에서 벗어나고자 한 것이다. 이럴 즈음에 재미있고 웃기는 이야기로 사람의 마음을 풀어 준다는 민옹을 집으로 초대하게 되었다. 십대 후반의 소년이 칠십대의 노인에게서 이야기를 들으며 마음의 시름을 풀어 보려는 것이다. 18세기 조선 사회에 이야기꾼의 활동이 활발하였던 점을 떠올리면, 이야기가 갖는 치료적 효능이 사람들에게 인정받았던 시대적 풍조를 짐작할 수 있다.

집에 온 첫날부터 사건이 벌어졌다. 마침 악사들을 불러 음악을 듣고 있던 참이었는데 민옹이 대뜸 피리 부는 사람의 따귀를 때리며 "주인은 즐거워하는데 왜 성난 모습을 하고 있느냐."고 꾸짖는 것이었다. 사실

악사들은 열심히 연주를 하고 청중은 아이들까지도 진지하게 음악을 듣고 있었던 것인데 민옹은 그 자리의 상황과 분위기를 뒤엎어 버렸다. 악사의 연주 태도와 집 안의 분위기가 너무 진지하고 무거워서 그것을 깨기 위해 우스갯소리를 하며 악사를 때린 것이다.

이 사건에서부터 민옹이 상황을 인식하는 관점이 드러난다. 우울한 기분을 풀기 위해 음악에 몰두하고 있는 나의 심리적 상태는 민옹이 보기에는 대수롭지 않은 것이다. 그의 눈에 들어오는 것은 모두가 무겁게 가라앉은 모습뿐이다. 그 원인이나 목적이 무엇이건 간에 현상 자체가 문제이다. 현상을 현상 그대로 인식하는 것이 중요하지 그 속에 담긴 고상한 뜻이나 취미 등은 관념적인 것일 뿐이다.

민옹이 나에게 무슨 병을 앓고 있느냐고 묻기에, 위에서 인용한 말처럼 입맛이 없고 잠을 못 잔다고 대답하였다. 그랬더니 그는 선뜻 나에게 축하를 하면서 "먹기가 싫다니 살림이 늘 것이고 잠이 안 온다니 밤까지 아울러 남의 곱절을 사는 셈이군요. 살림이 늘고 곱절을 살면 이야말로 수(壽)와 부(富)를 겸하는 것 아니오?"라고 말한다. 재치 있는 말솜씨도 그러하지만 현상에 대한 새로운 해석이 매우 흥미롭다. 부정적인 현상을 긍정적으로 해석하는 힘, 그것은 단순히 말솜씨에서 나오지 않는다. 작품의 대단원에서 '주역에 밝았고 노자의 글을 좋아했으며 책은 대체로 보지 못한 것이 없었다.'고 기술된 것처럼, 민옹의 지식과 교양, 그것에 인품과 경륜이 더해져 얻은 긍정적 해석의 힘인 것이다.

민옹의 이러한 면모는 사람들과의 문답에서 잘 나타난다.

민옹이 자리에 앉은 사람들을 마구 놀리고 골려댔지만 누구도 그를 당해 내지 못했다. 그의 말이 막히게 하려고 사람들이 말을 걸었다. "영감님, 귀신을 보셨나요?" "보았지." "귀신이 어디 있습디까?"

민옹은 눈을 부릅뜨고 한 사람이 등잔 뒤에 앉아 있는 것을 쏘아보다가 버럭 소리쳤다. "귀신이 저기 있는걸." 그 사람이 성을 내서 따져 묻자 민옹이 대답했다. "대저 밝은 데 있는 것은 사람이고 어두운 데 있는 것은 귀신인데 지금 자네는 어두운 곳에 있으면서 밝은 데를 바라보고 형체를 숨기고 사람을 엿보니 어찌 귀신이 아니겠나?"

이 문답에서부터 신선, 가장 나이 많은 자, 가장 맛있는 것, 불사약, 가장 무서운 것 등을 문제로 삼아 수수께끼 문답식으로 대화가 이어진다. 여기서 주목할 점은 대화에서 다루어진 문제의 성격이다. 민옹의 말문을 막기 위해 사람들이 일부러 대답하기 곤란한 질문을 던진 것이다. 귀신, 신선, 불사약 등은 모두 현실에 존재하는지 아닌지가 애매한 것들이다. 가장 나이가 많다, 가장 맛있다, 가장 무섭다 등은 사람의 주관에 따라 얼마든지 다른 대답이 나올 수 있다. 이와 같이 이 문답에서 문제가 된 것들은 대체로 관념적이고 주관적인 성격을 지니고 있다.

그런데 이 문제들에 대한 민옹의 해답은 모두 현실적인 것으로 귀결된다. 귀신은 어두운 데 있는 사람이다. 신선은 가난한 사람들이다. 가장 나이 많은 자는 글을 많이 읽은(역사를 많이 아는) 사람이다. 가장 맛있는 것은 소금이다. 불사약은 밥이다. 가장 무서운 것은 자기 자신이다. 그리고 이와 같은 대답의 논거가 명쾌하게 제시되었다. 밝은 것은 사람이요 어두운 것은 귀신이다. 가난한 사람들은 세상을 싫어한다. 팽조와 동갑인 토끼보다 동쪽 집 어린애와 동갑인 두꺼비가 삼황오제의 하나인 제곡(帝嚳)부터 현재까지 역사의 흥망을 겪었다. 모든 음식에 맛을 내는 것이 소금이다. 밥을 먹지 않고는 살 수 없다. 자신으로부터 재앙이 나온다. 현실적인 해답의 명쾌한 근거들인 것이다.

답에 이르는 과정에서 이야기가 나오는 점도 의미가 있다. 등잔 뒤에 있는 사람을 귀신이라고 지목하는 말, 부자와 빈자의 비교, 토끼와 두 꺼비의 나이 자랑 이야기, 하현(下弦)달과 썰물과 염전을 연결하는 논리, 복령·인삼·구기자를 꼽은 후 곡기를 끊었던 자신의 경험담, 각 사람의 몸에 깃든 악한 본성에 대한 진술 등이 펼쳐져 있다. 서사적인 맥락에서 논거를 밝히고 나서 결론을 이끌어 내는 방식이다.

이와 같이 민옹은 명확한 논거, 서사적 논리 전개, 현실적인 결론 등을 가지고 좌중의 곤란한 질문들에 분명한 해답을 제시한다. 이러한 대화를 듣고 있는 '나'로서는 민옹의 재치 있고 유창한 말솜씨와 명쾌하고 합리적인 논리에 답답한 마음이 툭 트이는 느낌을 받았을 것이다. 나아가 인간과 세상을 바라보는 민옹의 관점을 이해하고 그것에 비추어 자신의 세계 인식에 어떤 문제점이 있는지를 반성하였을 것이다.

이러한 대화 가운데 좌중의 다른 사람들은 이해하지 못하고 민옹과 나만 교감한 문제도 있다. 누군가가 당시 황해도에서 메뚜기(蝗蟲) 떼가 곡식에 붙어 농사를 망치고 있어 관청에서 백성에게 곤충 잡기를 독려한다는 소문을 전하였다. 민옹은 그러한 메뚜기는 서울 종로 거리에 꽉 차 있다면서 "키가 칠 척에다 머리는 새까맣고 눈이 반짝반짝하고 입은 커서 주먹이 들락거리는 것들이 무엇이라 조잘대며 떼 지어 다녀 발꿈치가 닿고 궁둥이를 잇대지 않았던가."라고 그 모습을 세밀히 묘사하였다. 사람들은 그런 벌레가 정말 있는 듯이 여겨 겁을 내었다. 곡식에 붙어먹으며 농사를 망치게 한다는 점이 메뚜기와 공통되는 이들은 무위도식하며 남을 등쳐 먹는 왈짜패나 한량패를 풍자한 것으로 보인다. 사람들의 겁먹은 반응을 지켜보는 나는 민옹의 말뜻을 알아차리고 있다.

또한, 내가 민옹의 성인 민(閔) 자를 파자하여 "춘첩자(春帖子) 방제

(狵啼)"라고 놀린다. 문 문(門) 자 밑의 글월 문(文) 자가 개 견(犬) 자와 행서체로 비슷하니 '춘첩자 붙은 문 앞에서 개가 짖는다.'고 조롱한 것이다. 그러자 민웅 역시 파자로 응수하여 '방제(狵啼)'에서 변을 뺀 '방제(尨帝, 방대한 [영토의] 제왕?)'로 풀이하여 "나를 욕한 것이 아니고 도리어 나를 칭찬한 말이군요."라고 되받아친다. 문자에 대한 공동의 이해를 바탕으로 부정적인 뜻을 긍정적으로 풀이하였다.

이렇듯 대화를 통해 나와 민웅 사이의 교감과 친밀한 관계가 형성되었다. 그리하여 우울증을 앓고 있던 나에게 민웅은 이야기가 갖는 치료적 효능을 입증해 준 인물이라 할 수 있다. 이야기가 지닌 흥미성과 함께 논리성, 풍자성 등이 밥도 제대로 못 먹고 잠도 잘 못 자는 나에게 삶의 의욕을 자극하는 요인이 되었을 것이다. 나아가 현상 그대로를 수용하는 자세, 현실주의적 세계 인식, 부정적인 대상에 대한 긍정적인 해석 등 민웅의 이야기에 전제된 합리적 인식론이 의미 있게 와 닿았을 것이다.

17, 18세의 청년이 73세의 노인에게서 듣는 이야기는 흔히 생각하듯이 근엄한 교훈이나 곡절 많은 경험담이 아니었다. 청년이 세상을 갑갑하게 여기고 절망감에 휩싸여 있는 데 반해 노인이 활달하고 재기 발랄하게 살아가고 있다. 이러한 역전적인 상황에서 청년인 나는 노인인 민웅에게서 삶에 대한 긍정적인 자세와 세상에 대한 현실적인 인식을 배운 것이다. 인물과 상황의 역전적 설정은 인간과 세계에 대한 관점의 변화를 마련하는 소설적 장치로 기능하고 있다.

작품의 말미에는 세상을 떠난 민웅에게 바치는 운문이 붙어 있다. '아 옹이시여. / 기(奇)하고 괴(怪)하신 옹이시여. / 우리를 경악케 하시고 / 우리를 웃고 성내게 하시고 / 또 얄밉기도 하던 옹이시여.'라고 민옹을 추억하였다. 보통 기괴함은 세상을 초월하거나 부정하려는 뜻에서 나온 성격이나 형상이지만, 민옹의 경우는 세상 속에 섞여 살면서 기괴함이 갖는 가치를 일깨워 준다. 이 기괴함은 현실과 동떨어진 것이 아니라 현실적인 세계 인식에 바탕을 두고 현실 너머의 것을 지향하는 것이다. 민옹의 말과 행동으로 경악하고 웃고 성나고 얄미웠으나 상대를 그렇게 반응하도록 만든 것이 기괴함이 갖는 효력과 의의이다. 우울증을 앓던 나에게 자극을 주고 의욕을 일으킨 요인도 거기에 있었던 것이다.

이러한 <민옹전>을 통해 시름 풀기의 방법에 대해 생각해 보게 된다. 세상을 바라보는 관점의 변화, 현실 상황의 직시와 그 너머에 대한 지향, 기괴함이 주는 미적 쾌감, 이러한 모든 것이 담긴 이야기 자체의 효용성 등을 찬찬히 음미해 볼 수 있다. 대화 위주의 단편 소설이지만 세계 인식과 삶의 자세에 많은 시사를 주는, 풍성한 의미를 지닌 작품이다.

흠영

    <흠영(欽英)>은 유만주(兪晩柱, 1755-1788)가 1775년 1월 1일에 시작하여 작고하기 한 달 보름 전인 1787년 12월 14일까지 쓴 일기이다. 조선 후기인 18세기의 생활사, 지성사, 심성사 등에 중요한 자료여서 학계의 많은 관심을 끌고 있다. 여기서는 작자가 지닌 일상의 근심 걱정과 그것을 풀어 버리기 위한 노력에 초점을 맞춰 작품을 살펴보고자 한다. 전편을 읽지 못한 필자로서는 시간에 따른 의식의 변화, 공간과 사건의 개인사적 배경 등을 종합적으로 이해하기 어렵다. 이러한 한계 내에서나마 발췌 번역본을[56] 대상으로 일기의 시간적 전개는 배제하고 잠언, 경구 식의 표현을 인용하는 선에서 기술해 보고자 한다.

    <흠영>은 18세기 지식인 작자의 심리와 의식이 솔직하게 표현되어 있다. 우선 주목되는 것은 자기 자신에 대한 인식과 평가의 말들이다.

> 스스로 돌아보고 헤아려 보아도 이미 어긋버긋하고 두루뭉술하고 물정을 몰라(齟齬泛濶), 나긋나긋하고 세련되게 꾸미기를(便娟文飾) 요구하는 세상의 규율에 너무나 맞지 않는다는 걸 알겠다. ; 마

---

56) 유만주 지음, 김하라 편역, 『일기를 쓰다』 1·2, 돌베개, 2015. 필요한 경우 원문을 찾아 제시한다.

음은 가장 높은 곳에 있는데 몸은 가장 낮은 곳에 있다. ; 생각해 보
면 세상에 태어난 이래 한 가지도 맘에 맞는 일이 없었다. 마음속 가
득한 계획들을 펼쳐 내지 못했고 눈에 가득한 번뇌를 떨쳐 내지 못
했을 따름이다. 살아 있는 여러 존재들을 주재하는 자는 과연 생각
이 있는 것인가, 아무 생각이 없는 것인가.

민첩하고 꾸미기 좋아하는 세상에서 어긋나고 물정 모르는 자로 살
아간다. 이상은 한없이 높은 데 현실은 누추할 따름이다. 살아오는 동
안 한 가지도 마음에 맞는 일이 없어 어떤 계획도 이루지 못했고 어떤
번뇌도 떨쳐 내지 못했다. 이렇듯 세계와 틀어져 버린 자아의 모습이
선명하다.

축축한 도랑이 주변에 둘러 있고 지저분한 변소가 있는 곁에다
거의 한 말 크기도 되지 않게 얽어 놓은 것이 그의 방이다. 구멍 난
곳에 나뭇조각을 덧대고 저잣거리에 파는 그림을 붙여 놓았으며 냄
새가 나고 먼지투성이인 것이 그의 잠자리다. 항아리 속의 곡식을
들여다본다는 말도 있거니와, 과연 가난에 찌든 자가 일반적으로 보
여 주는 행태를 면치 못하고 있다.

위의 인용문은 몸이 가장 낮은 곳에 있다는 진술의 구체적인 묘사에
해당한다. 서울 도성 안에 빽빽이 들어선 가옥 중에 남산 북서쪽, 숭례
문 안쪽의 창동에 있는 작자의 집은 도랑을 끼고 있고 그의 방은 변소
옆의 낡고 냄새 나는 곳이다. 가난에 찌든 생활상을 공간에 대한 묘사
로 나타내었다.

물정에 어둡고 가난한 형편으로 인해 주변 사람과의 관계도 원만하
지 않다. 아버지 유한준(兪漢雋, 1732-1811)이 평생의 든든한 후원자였

으나 일을 미숙하게 처리하여 꾸중을 듣기도 하였고, 경제력이 없어 처자식에게 가장의 권위를 세우기도 어렵다.

허탕 치지 않은 일이 하나도 없다. 그러니 바깥의 꾸중만 듣게 될 뿐이다. 몹시도 맥이 빠지고 불쾌하다. 몇 홉의 쌀을 얻어 오고서는 곧 떠벌려 자랑하고 곧 처자식에게 목소리를 높인다. 그렇게 하지 못하면 몸과 마음이 쪼그라들어 하릴없는 자로 자처한다.

가족은 그래도 견딜 만하지만 친척이나 지인과의 관계에서 마음의 상처를 받기 십상이다. 무엇보다도 과거 응시생으로서 번번이 낙방하는 데에서 오는 자괴감이 크다.

아무리 머리를 써도 과거 시험의 이치에는 파고들지 못하고, 생각하는 것은 시속의 유행과 순전히 반대된다. 이와 같은 현재의 상황에서 무얼 바라기가 허망할 뿐이라는 게 이치상 당연하다. ; 남 따라 의미 없이 과거 시험에 응시하는 일을 그만두려면 그만둘 수도 있을 것이다. 그렇지만 외려 버려둘 수 없는 것은 나의 행동에 대해 잘했느니 못했느니 화제로 삼아 논하는 허다한 잉여의 말들이다(冗□剩舌). 이 또한 세계의 일인 것이다. ; 만약 어떤 집안에 무슨 사정이 있거나 하여 과거를 보아 벼슬을 하는 한 줄기 길을 포기하게 되면 부녀들은 그 남편이 비록 현명하고 올바르고 마음이 툭 트이고 고상한 선비리 할지라도 하찮게 여기고 아무렇게니 대하고 꾸짖기까지 하며 거의 빈민 구제소에 수용된 거지아이와 다를 바 없이 취급하는 것이다.

과거 합격을 위한 공부는 익숙하지 않을뿐더러 그렇게 할 뜻이 없으면서도 과거 응시를 반복하고 있는 자신이 한심하기 짝이 없다. 아예

포기하고 싶으나 그러면 주변 사람이 하는 허다한 잉여의 말을 견디기 힘들고 집안에서조차 잉여 인간으로 취급될 것이다. 실제로 작자가 들은 말 중에 다음과 같은 것이 있다.

> 겹겹이 방어적이고, 칡넝쿨처럼 꼬여 있으며, 무슨 행위도 하지 않는 것을 능사로 삼고 있다는 말을 들었다. 그리고 어떤 문제에 대해 거듭 되밟고 다시 찾아가서 매복하고 있는 것처럼 뒤끝이 길다는 말도 들었다. 어허! 위에서 내려다본다면 졸렬하다. 졸렬하다는 것은 재능과 지혜가 없다는 말이다. 아래에서 올려다본다면 썩어 빠졌다. 썩어 빠졌다는 것은 아무런 복분이 없다는 말이다. 마음을 알아주는 건 고사하고 이렇게 모욕적인 평가를 한다. 특별한 사람으로 여기는 건 고사하고 이렇게 비웃는 이야기를 한다. 인생은 역시 몹시도 참고 견뎌야 할 것이며 대단히 가소로운 것이 아니겠는가.

방어적이고 뒤틀리고 뒤끝이 심한 사람, 윗사람이 보기에 졸렬하여 재능과 지혜가 없고 아랫사람이 보기에 썩어 빠져 복분이 없는 사람이다. 이러한 모욕적인 평가를 받으니 세상살이는 참고 견디는 수밖에 없다고 탄식한다. 자신의 말과 행동에 대해 타인이 비평을 가하고 그 말에 신세를 한탄하고 세상을 원망하는 악순환이 이어진다. 그러다 보니 작자의 마음은 번뇌로 가득 찬다.

> 어찌 그저 남들만 무섭다 하겠는가? 나도 내가 무섭다. ; 몇 번이나 미워하고 혐오하고, 몇 번이나 동요되고 꺾이며, 몇 번이나 안배하고, 몇 번이나 번뇌하는 것인가. 이 마음은 어느 때에야 조금 평안하고 고요해질 수 있을지?

타인도 자신도 무섭기만 하고 마음은 수시로 동요하고 번뇌한다. 이러한 작자의 마음을 풀어 줄 것이 무엇일까? 참고 견뎌야 하는 세상에서 마음 붙일 만하고 삶의 의미를 찾을 것이 있는가?

독서는 작자가 근심 걱정을 풀어 버리는 가장 중요한 행위이다.

선비로서 시작부터 끝까지를	士之終始
책 없이 어떻게 끌어 나가랴.	匪書胡主
농사꾼이 농사짓듯	若稼于農
장사꾼이 장사하듯 해야 하리.	維貨于賈
아름다운 문장을 크게 빛내고	文采丕昭
천고의 역사를 두루 살피려네.	歷覽千古
성대하여라 내 흠영당이여	鴻我欽英
책들이 여기 모였네.	載籍爰聚

세상만사 생각해도 아무 미련 없건만	萬事思量無係戀
오직 책만은 버릇처럼 남았네.	惟有牙籤一癖餘
어찌하면 일 년 같은 긴 하루 얻어	安得一日如一年
아직 못 본 세상의 책들 다 읽을 수 있을까?	讀盡天下未見書

선비로서의 자의식과 소명감이 독서에 매진하게 한 원동력이다. 세상과 어그러진 자아가 자신의 정체성과 품격을 온전히 지키는 길이 독서에 있다. 아름다운 문장, 천고의 역사를 읽고 감상하며 빼어난 인물을 흠모하여 본받고자 한다. 일기의 제목이 된 '흠영'은 독서를 인생의 기본자세로 삼은 작자의 지향과 의지를 요약한 말이다.

책을 보고 글을 읽는 것은 그저 작문을 익혀 과거에 응시하기 위해서가 아니다. 십중팔구는 지식과 사고를 넓히고 품격을 온전하게 지키고 자신의 가능성(作用)을 펼쳐 나가기 위한 것일 뿐이다.

과거 시험을 위한 독서는 별로 가치가 없다. 지식과 사고를 넓히고 품격을 지키며 '작용'을 펼치기 위한 것이어야 한다. 이러한 독서를 통해 세파에 시달리는 인생에서 의미를 찾고, 어떻게 살 것인가에 대한 목적과 지향을 가질 수 있다.

　　고요한 밤에 책 읽는 것은 대단히 즐거워할 일이다. 내 모습이 메마르고 초췌한(枯槁) 것 같다면 『삼강(三綱)』(유만주가 편찬하고자 했던 중국 통사)으로 문식을 더하고, 지도를 보며 마음을 툭 트이게 하고, 보검을 보며 기운을 펼치고, 좋은 향을 피워 정신을 맑고 신령하게 할 일이다. ; 높다란 누각에서 초나라의 음악을 연주하는 이는 어떤 사람이며, 화려한 집에서 술추렴하는 사내는 어떤 사람일까? 그처럼 떠들썩하게 논다고 해서 오뇌가 사라질 수 있을까? 그저 어두운 등불 아래 낡은 책을 읽으며 이처럼 좋은 밤의 아름다운 풍경을 보내고 있을 따름이다. ; 경전은 어떤 일이 일어나기 전에 미리 훈계해 주고, 역사는 이미 일어난 일을 현재에 비추어 보게 한다. 이 때문에 경전과 역사는 인간에게 만금의 가치가 있는 좋은 약이 된다. 비록 만금의 가치가 있는 좋은 약이라 할지라도 한 사람의 마음의 병을 고칠 수 없다면 그것은 아마도 경전이 공허한 말에 그치고, 역사가 진부한 사적에 귀결되기 때문이 아니겠는가.

가난과 번뇌 속에 살고 있으나 독서를 하는 동안은 마음에 평안과 위로가 찾아온다. 근심 걱정으로 모습이 초췌해질 때, 호화롭게 음주 가무를 즐기는 사람과 비교될 때, 마음의 병을 치유하고자 할 때, 조용히 책을 읽는 것은 즐겁고 유익한 일이다.

초시를 앞두고는 <농정쾌사>를 읽더니, 회시를 앞두고는 <용
만야사>를 보고 있다. 온 나라에 이런 자는 둘도 없을 것임에 틀림
없다. ; 「항우본기」는 작품 전체가 순전히 기세로 가득하다. 기가 꺾
이고 상처 입은 사람들이 읽기에 가장 적당할 것이다. ; 길 잃은 영웅
을 옛날에는 슬퍼했는데 뜻 잃은 남자를 지금은 조롱한다. 『장자』
와 <수호전>을 어찌 읽지 않을 수 있겠는가. ; 티끌세상에서 미혹
되어 괴로울 적엔 경산(徑山, 대혜종고)의 글로 치유하면 된다. ; 예
전에 소설을 읽다가 길 가는 나그네의 모습을 형용한 대목을 본 적
이 있는데, 그 묘사가 거의 그림도 따라잡을 수 없을 정도로 빼어났
다. 이를테면, '오르락내리락 길들이 굽이굽이 꺾어진다. 사방의 들
에서 바람이 불어와 좌우에서 어지럽게 더펄거린다.' '푸른 산과 초
록 강물을 두루 다니노라면 들풀과 한가로이 핀 꽃들은 아무리 봐도
채 다 못 볼 정도다.'

과거를 앞두고 시험공부 대신에 연애 소설이나 야사를 탐독하기도
하고, 자기처럼 기가 꺾이고 상처 입은 사람은 『사기』의 항우 이야기를
읽으라고 추천한다. 사람에게 조롱을 받을 때 『장자』와 <수호전>을,
세상일에 미혹될 때 대혜종고의 어록을 읽으며 마음을 치유한다. 소설
속의 핍진한 묘사는 두고두고 기억에 남기도 한다. 이러한 독서 행위를
통해 작자는 시름 많은 마음을 어루만지고 선비의 본분을 꿋꿋이 지킬
수 있었다.

일기 쓰기는 독서와 함께 작자가 필생의 과업으로 여겼던 일이다. 만
스무 살이 되던 해 정월 초하루부터 쓰기 시작하여 작고하기 한 달 반
전까지 거의 매일 썼다. 일기를 씀으로써 자신을 추스르고 하루하루의
삶을 반성적으로 살아갈 수 있었다.

나는 글을 잘 쓰지 못하지만 나의 글은 <홈영>에 있고, 나는 시

를 잘 쓰지 못하지만 나의 시는 <흠영>에 있으며, 나는 말을 잘 못하지만 나의 말은 <흠영>에 있다. 나는 하나의 땅에서 경세제민하는 일을 할 수 없지만 내가 어떤 한 땅에서 경세제민하고자 한 것은 <흠영>에 있다. <흠영>이 없으면 나도 없다.

일기 속에 글과 시와 말, 그리고 경세제민의 포부가 망라되어 있다. 일기와 작자는 한 몸이다. 독서의 목록과 감상, 먹고 입고 다니고 만나고 하는 일상의 기록, 사건과 관계로 인한 심리와 의식, 학문적 지향과 목적 등이 서술되었다. 18세기 후반 서울을 중심으로 체험된 생활의 역사가 세밀하게 펼쳐져 있다. 자신의 삶을 온전히 담아내는 동시에 그 시대의 정치, 경제, 사회, 문화의 모습과 흐름이 손에 잡힐 듯 그려져 있다. 작자의 기록 정신이 갖는 힘이 오늘에 와서 빛을 발한다.

> 해주에서 가져온 연월묵(煙月墨)을 서부(西府, 중국 전당)의 초록 벼루에 갈아 <흠영>의 초고 여남은 단락을 해선(海仙) 병풍 아래에서 쓰고 있다. 이렇게나마 하여 입으로 내뱉지 못한 생각들을 펼쳐 내고 움츠렸던 기운과 마음을 쭉 펴 본다. 이 일이 없었더라면 정말 어디에 이 심회를 부쳤을지 모르겠다.

좋은 필기구를 가지고 품격 있는 병풍 아래에서 정성을 들여 진실하게 일기를 쓰고 있다. 그저 견뎌야만 하는 불합리한 세상에서 일기 쓰기를 통해 자신의 심회를 부쳐 위안을 얻을 수 있다.

이처럼 작자의 분신이었던 일기는 그의 또 다른 분신인 아들의 죽음 앞에서 더 이상 쓰이지 않는다.

> 아아! 내가 이 일기를 쓴 것이 어찌 나의 습벽으로 그저 자기 좋아

하는 바를 따른 행동일 뿐이겠느냐? 앞으로 너에게 보여 주고 너에게 전해 주어, 네가 널리 보고 듣고 아는 게 많은(博聞多識) 사람이 되도록 하는 데 도움이 되려 했던 것일 뿐이다. 이젠 끝났으니 이걸 써서 무엇 하겠느냐? 그래서 네가 죽은 날부터 마침내 그만두고 다시는 쓰지 않기로 했다. '사람과 거문고가 함께 죽은 것(人琴俱亡)'이라는 옛사람의 탄식이 있는데, 똑같다고 빗댈 수는 없겠지만 그 경우와 가까울 것이다. 눈앞에 가득한 옛 흔적들의 열에 아홉이 책과 글의 사이에 남아 있는데 내가 이제 무슨 수로 이런 지경을 견뎌 낼(堪忍) 수 있겠느냐?

습관적이고 취미에 따라 일기를 쓴 것이 아니라 자신의 인생과 여러 가지 체험 및 견문을 기록으로 남겨 자식에게 전하고자 한 것이다. 물려줄 재산이나 지위가 없는 터에 일기라는 작자의 삶 자체를 자식의 인생살이에 밑거름으로 삼도록 하여 자신이 이루지 못한 것을 성취해 주기 바랐던 것이다. 겉으로 보기에 보잘것없고 실패한 인생이나 그 여정 속에 어려 있는 진실한 뜻과 끈질긴 시도, 경세제민의 포부와 초월의 꿈 등을 자식이 이해해 주기를 원했다. 작자에게 일기는 자신이 죽고 나서도 전해져야 할 필생의 과업이었다.

풍취(風趣)와 상상은 독서와 일기만큼 지속적인 의의를 지닌 것은 아니지만 작자의 시름을 풀어 주는 중요한 추구 대상이요 사고 작용이었다. 작자는 품격 있는 삶을 원하고 꿈꾸었는데, 그것이 가끔 이루어지는 것은 아름다운 자연을 완상하면서 맑고 풍성한 느낌을 받을 때였다. 여행을 하는 중에 얻는 감흥도 있고 정원 풍경에서 느끼는 흥취도 있었다. 그중 명동으로 이사한 집에서의 일 년(1784. 8.~1785. 8.)은 작자의 인생에서 가장 품격 있게 산 풍취의 시간이었다.

달이 떠서 환했다. 가운데뜰에서 혼자 달을 보았다. 뜰을 거닐고 있노라니 달빛이 사방을 비추던 해주의 풍경과 꿈속의 은거지와 군위의 매화와 해주로 갈 때 머물렀던 객점이 떠올랐다. 조용히 생각에 잠겼다. 사람이 살아가며 하룻밤 풍경을 이윽히 보는 것도 참 어려운 일이다. 만약 몹시 춥고 덥거나 폭풍우 치는 밤이라면 정신이 어수선하거나 삭막할 테니, 어느 겨를에 밤의 풍경을 보겠는가?

한 편의 우아한 수필인 1784년 10월 13일자 일기의 서두 부분이다. 집 뜰에서 환한 달빛 아래 조용히 풍경을 완상하고 있다. 이전에 보았던 인상적인 풍경들을 떠올리며 감상하니 더욱 풍성한 느낌이 든다. 이렇게 할 수 없는 경우들, 가령 위의 인용에 나온 악천후의 자연 조건을 비롯하여, 초췌하고 영락한 처지, 사무 처리에 바쁜 벼슬아치, 수갑 차고 조사받는 죄인, 이별하여 애달픈 사람, 상(喪)을 당한 사람, 병든 사람, 속물들에게 훼방받는 경우 등과 비교하면서 '이 여덟 가지 상황에서 벗어나 달이 둥글고 밤이 맑은 때를 만나, 널찍하고 멋진 뜰에서 그저 달을 보며 거닐고 있노라니 객쩍은 생각이 하나도 없다. 이런 게 행복 아니겠는가?'라며 행복감에 젖는다.

이어서 '별이 총총히 빛나고 눈이 여기저기 쌓여 있고 우거진 나무 그림자가 드리워져 있어, 이 모든 것들이 달밤의 풍경을 더욱 아름답게 만들어 준다.'고 하고, 또 '사대문 안의 주택가에 있으면서도 유독 텅 빈 듯 툭 트여 널찍하기 때문에 이다지도 특별하고 멋진 느낌이 드는 것이다.', '광막한 바다와 기나긴 강과 높다란 산과 널따란 들판에서 달을 본다면 유독 멋진 광경이겠지만 너무 쓸쓸하고 휑뎅그렁할 것이다. 이런 때에는 그저 높이 날아오르는 듯 황홀경에 빠질 뿐, 고요한 마음으로 거닐고 바라보는 흥취는 없을 것 같다.'고 하였다. 가옥이 즐비한 서울

한복판에서 호젓이 자신의 정원을 거닐며 맑고 고요한 흥취에 젖어 온 갖 시름을 잊어버린 작자의 모습이 선명히 그려진다.

이 글에도 비치지만 작자는 상상을 통해 현실 초월의 뜻을 펼치는 경우가 많다. 지도를 보면서 넓은 천하에 미지의 땅을 밟고 싶은 욕망을 드러내고, 자기가 주관하여 여러 문사를 모아 중국 통사를 편찬하는 광경을 상상하며 흐뭇해하고, <홍도학사기(鴻都學士記)>에서는 바다 멀리 복된 땅에 근사한 집과 마을, 좋은 환경을 조성하고 무역을 통해 부를 축적하여 독서를 하며 품격 있게 사는 모습을 그려 내었다.

그런데 이보다도 인간 개체의 삶에 대한 상상이 작자의 마음을 더욱 들뜨게 만든다.

누군가 "온 세상의 안팎 및 이승과 저승에 있는 것까지 통틀어서 가장 신기한 책은 무엇인가?"라고 묻는다면 이렇게 대답할 것이다. "그런 책이 있으니, 바로 저승의 삼라전(염라대왕의 대궐)에 있는 명부다. 이 책에는 세상에 태어난 모든 것들의 이름과 삶이 적혀 있다. 수많은 인간과 만물이 윤회하여 태어나고 죽는 일은 이 세상에 인간과 만물이 있은 이래로 겹겹이 이어져 와서 한 번도 끝나거나 끊어진 적이 없이 모두 계승되어 왔다. 그러니 그 변화해 온 맥락이 담겨 있는 그 책이 어찌 대단히 신기하지 않겠는가? ; 천지간의 일 가운데 가장 신기하고 대단히 놀라우며 괴상한 일은 아이가 태어나는 일이다. 사람들은 아이의 탄생을 세상 누구에게나 똑같이 일어나는 일로 보기 때문에 특별하달 것 없이 심상히 여긴다. 그렇지만 이 일은 본디 그처럼 저마다 똑같은 일이 아니다. 그런즉 우초와 제해 같은 소설가가 쓴 이야기들도 아이의 탄생만큼 신기하고 괴상하지는 못하다.

세상에 섞이지 못하고 사람에게 많은 상처를 받았으나 작자의 본심은 수많은 인간 한 명 한 명의 인생 이야기에 대한 관심과 기대에 있었다. 인간의 삶이 대개 그저 그런 듯이 보이지만 작자의 눈에는 한 인간이 태어나 평생을 지내고 죽는 과정 하나하나가 신기한 일로 여겨진다. 개개의 인간에 대해 상상하노라면 자신의 시름 많은 삶도 그 안에 녹아들어 한없이 넓은 천하의 일원이 될 것이다.

이와 같이 <흠영>은 가난하고 소외된 삶에서 느낀 수많은 근심 걱정과 그것을 풀어 버리려는 노력이 나타나 있다. 독서, 일기, 풍취와 상상, 인간에 대한 관심 등은 구차스런 삶을 견딜 수 있게 해 준 현실 극복의 방법이었다. 이러한 내용을 포괄하여 작자의 삶의 태도를 요약한 것이 아래 진술이라 할 수 있다.

나와 내가 노닐고, 나와 녹음이 노닐며, 나와 책 속의 옛사람이 노닌다(我與我周旋 我與綠陰周旋 我與書上斷古之人周旋). 나는 잘난 척하는 데데하고 쓸모없는 무리와는 노닐지 않는다. 이에 고요해지고, 이에 맘이 툭 트이고, 이렇게 하여 마음을 삼가고 이렇게 하여 상서롭게 된다.

방한림전

    <방한림전(方翰林傳)>은 조선 후기에 나온 작자 미상의 여성 영웅 소설이다. 이 소설 유형은 대개 여성이 남장을 하고 출장입상의 활약을 통해 성공을 거두는 내용으로 이루어졌다. 주인공의 영웅성, 갈등의 극적인 해결, 감상적인 문체 등의 특성이 영웅 소설과 비슷하면서도 창작과 향유에 여성 의식이 개입되어 특징적인 면모를 보인다. 가부장제 사회에서 엄격한 제약과 가사 노동으로 인해 가슴 깊이 원한과 시름을 품고 살았던 여성들을 생각하면, 이 소설들이 당대 여성 독자에게 주었을 상상적 탈출과 위로는 중요한 의의가 있다. 그중에서도 <방한림전>은 여성 독자가 공감하고 선망할 만한 요건을 잘 갖추고 있다.

    작품은 '방관주의 어린 시절-조실부모-홀로서기-과거 급제-영혜빙과의 혼인-출장입상-낙성 입양-호국 정벌-부귀영화-낙성의 출세와 효도-유양 위반에 대한 천벌-본색 실토-죽음-적강 확인' 등으로 이야기가 전개된다. 여기서 주목되는 것은 주인공의 가정과 관련된 사건 전개이다. 어릴 때 부모와의 관계, 여성 의식을 공유하는 영혜빙과의 혼인 생활, 하늘에서 떨어진 낙성의 입양, 낙성의 출세·혼인·효도 등 가족 관계를 중심으로 한 가정사가 서술되어 있다. 방관주의 의식에 공감하고 그 행동과 성취를 부러워하며 감정 이입하는 여성 독자를 상정한다면, 이러

한 가족 관계 중심의 사건 전개는 시사하는 바가 크다. 가정에 얽매여 사는 여성의 주요 관심사에 토대를 두고 이야기를 펼친 것이기 때문이다.

중세 여성의 관심사를 바탕으로 했으나 작품 서두부터 보통 가정의 이야기가 아니라서 흥미를 끈다. 방효유의 방계 후손인 아버지와 보씨 사이에서 늦둥이로 태어난 방관주는 용모와 재주가 뛰어났다. 그러한 그녀가 다음과 같은 태도를 보인다.

> 문백 소저 천성이 소탈하고 검소하여 취삼(翠衫)으로 채 긴 옷을
> 입고자 하는지라. 방공 내외 여아의 뜻을 맞추어 소원대로 남복을
> 지어 입히고 아직 어린 고로 여공(女工)을 가르치지 않고 오직 시서
> (詩書)를 가르치니[57]

천성이 소탈, 검소하여 취삼 대신에 채 긴 옷, 즉 남복을 입으려 했다는 것이다. 방관주의 천성을 이유로 들었으나 점점 자랄수록 그것이 그녀의 의지와 취향에 따른 것임이 분명해진다. 이 점은 '방적(紡績) 수선(繡繕)을 권한즉 스스로 폐하'는 데에서 잘 나타난다.

여기서 부모의 태도가 주목된다. 그들은 딸의 뜻에 맞추어 남복을 지어 입힐 뿐 아니라 여자의 행실이나 일을 가르치지 않고 남성 사대부가 하는 시서 공부를 시킨다. 실잣기와 바느질을 안 하려는 것에 대해서도 '싫게 여김을 구태여 권치 않'는다. 방관주로서는 이해심 많은 부모의 배려 덕에 소원대로 할 수 있었다. 어릴 때 부모와의 친밀한 관계는 홀로서기를 하고 남장인 채로 출장입상하는 행로에서 계속하여 상기된다. 그만큼 부모의 이해와 배려가 인생의 버팀목이 되었던 것이다.

---

57) 「방한림전」, 『나손본 필사본고소설자료총서』11, 보경문화사, 1991, 3-76면. 중세어 원문을 현대어로 옮겨 인용한다.

이러한 어린 시절의 상황은 여성 독자로 하여금 아련한 향수를 불러일으킬 만하다. 시집갈 나이의 처녀에게나 시집간 다음의 부인에게 친정에서 누린 부모의 사랑은 현재의 불안과 압박에서 잠시나마 벗어나게 해 줄 마음의 안식처이다. 방관주와 부모의 관계는 독자에게 어릴때 하고 싶은 것을 허여해 준 부모의 자애와 보살핌을 떠올리게 했을 것이다. 더욱이 주인공이 독자가 실현할 수 없는 남자 되기를 행하고 있으니 포근한 추억에다가 탈출의 욕망까지 자극하였을 것이다.

8세에 부모를 여읜 방관주는 스스로 가사를 다스리고 더욱 확고한 자세로써 남자로 처신한다. 이를 걱정스럽게 지켜보는 주 유랑의 충고에 대한 방관주의 반응이다.

> "이제 소저의 방년이 구 세라. 규리(閨裏)의 여자 십 세에 불출문외(不出門外)라 하오니 원컨대 공자는 돌아 생각하시고 우스운 거조를 그만 고치시어 나중을 어지럽게 마시어 선노야 부인 영혼을 평안히 하소서." 공자 발연변색 왈, "내 이미 선친과 모명을 받자와 남아로 행한 지 십 년이 거의요 한 번도 개복(改服)한 바 없나니, 어찌 졸연히 나의 집심(執心)을 고치며 선부모의 뜻을 저버리리오. 내 마땅히 입신양명하여 부모의 후사를 빛내리니 어미는 괴로운 언론을 다시 말라."

주 유랑의 말처럼 여자가 열 살이 되면 집 안에서만 생활하고 문밖을 나설 수 없다. 사대부가 여성이면 누구나 이러한 처지였을 테니 유랑의 말은 현실감 있게 다가온다. 이에 대해 방관주가 돌아가신 부모의 허락을 내세워 남자로 살겠다는 뜻을 확고히 밝히는 것에 여성 독자는 기대와 성원을 보냈을 것이다.

유랑의 만류와 충고는 이후에도 더 나온다. 영혜빙과의 혼사가 결정되었을 때, "가(可)치 않다. 우리 낭군의 혼사는 옥 같은 군자에 있으니 어찌 규수에 있으리오. 이렇듯 괴이한 거조를 하시고 나중을 어쩌려 하시나이까?"라며 반대한다. 양자 낙성의 혼약을 듣고는, "사사(事事)에 부인과 낭군은 즐기시니 정히 기둥에 불이 붙는데 연작(燕雀)이 오히려 즐긴다 하더니 흡사하도다. 만물 초목금수 다 이름이, 다 음양에 드는 게 떳떳하거늘 낭군과 부인은 인륜을 사절하시고 연광이 이십이 지나 계시거늘 두 소저 홍옥(紅玉)(의 피부), 초순(焦脣, 타는 듯한 입술)이 아깝고 위로 양위 노야 목주(木主, 위패)를 근심하니 이 장차 나중이 어찌 되리까?"라며 탄식한다. 이처럼 주 유랑은 방관주의 남자로 살기에 계속해서 제동을 걸면서 음양의 구분과 인륜을 일깨워 준다. 그리하여 주인공의 확고한 의지와 빛나는 성취의 배후에 불안과 근심의 그림자를 드리워 긴장감을 높이고 있다.

이와 함께 부모가 일찍 죽는 것으로 설정한 점도 유의할 만하다. 여아가 자라나면 여성의 성징이 나타나고 중세 사회의 제도와 관습에 따라 여자 행실과 과업이 요구될 것이다. 남자로 살려는 여아를 둔 부모로서는 어릴 때 허여했던 것도 아이의 성장에 따른 사회적 기대와 요구를 막아 내기가 점점 힘들게 된다. 그러니 부모의 역할과 영향을 일찍 감치 차단하고 주인공이 홀로 감당하도록 꾸미는 것이 사건을 좀 더 원활하게 전개할 수 있다. 이러한 설정 아래에서는 조실부모한 고아라는 면모는 별로 부각되지 않는다. 8, 9세의 아이가 사대부가를 이끈다는 것은 거의 불가능하고 친척에게조차 본색을 감추고 주인으로 행세하는 것은 더욱 비현실적이다. 그래도 작자는 꿋꿋이 방관주가 스스로 가문을 일으키는 역할을 하도록 한다.

여기서 부모의 사랑과 허여라는 면에 더해 개인의 능력과 의지에 대한 신뢰라는 주제가 부각된다. 여자 주인공이 남자의 인생을 살아가는 이야기가 단순히 남녀 역할 바꾸기에 대한 흥미에서 그치지 않고, 그렇게 될 조건을 설정하는 중에 부모 자식의 친밀한 관계와 개인의 독립이라는 주제가 나타난다. 이러한 면이 능동적, 진취적 기상을 지닌 여성의 모습으로 수용되어 독자의 긍정적인 반응을 얻었을 것이다.

방관주는 하인들에게 소문내지 말 것을 명한 후 독서에 전념하고 병서와 무예까지 익힌다. 삼년상을 지내고 난 봄에 산수 유람을 떠난다. '가사를 유모와 비복 등에게 맡기고 일 필 청려(靑驢)를 끌고 동자 수인으로 원근 산천과 지방 대해를 두루 놀아, 곳곳이 풍경이 절승하여 꽃을 보면 흉중에 문장이 일어나니 시흥이 도도하여 암상에 쓰고 제명하며 일세(日勢) 저문즉 암자에 유숙하고……백설이 편편하매 상로(霜露) 만첩한 곳에 홍매화 만발하여 향취 은은하고 삭풍이 나의(羅衣)를 움직이니 집 떠난 지 일 년이라.' 이렇듯 1년 동안 경치 좋은 곳을 두루 돌아다니며 울적한 회포를 풀고 돌아온다.

산수 유람은 남성 사대부가 누리는 즐거움인데 이를 방관주가 행하는 데에 여성들의 남성적 삶에 대한 욕망이 투영되어 있다. 집 안에 갇혀 지내는 여성으로서는 가사에 얽매이지 않고 나다니며 여행도 하는 남성들이 무척 부러웠을 것이다. 여성에게도 탁 트인 공간과 경치 좋은 장소에서 흥취를 느끼고 가슴속 응어리를 푸는 일이 필요하다. 주인공이 남자 인생을 슬기는 모습을 보면서 대리 만족을 느꼈을 법하다.

12세가 되자 방관주는 과거에 장원으로 급제한다. 과장(科場)을 배회하며 시 지을 의사를 내지 않다가 마감 시간이 닥쳐서 일필휘지하여 동행한 선비에게 주어 제출하게 한다. 주인공의 탁월한 능력을 강조한 서술이지만, 답안지를 제출한 후에 다른 응시자들을 구경하는 대목에서는 또 다른 의도가 읽힌다.

> 모든 선비 소년도 있고 혹 귀밑에 백발을 드리운 이도 있고 중년
> 유생도 있을새, 추용(醜容) 둔탁하고 기질이 완추(頑麤)하고 개제(愷
> 悌)한 청사(淸士)의 무리로, 유건을 끄덕이며 쓰는 이도 있고 한 손
> 을 집고 읊조리는 자도 있고 혹 먼저 지었노라 양양승승하는 자도
> 있으며 혹 기색이 창황하여 오직 붓 끝을 입에 물고 양순 치하(齒下)
> 에 흑색이 덮혔으니, 공자 일장을 실소하고 일변 탄 왈, "아국의 가
> 히 인재 회소하여 그 광(光)을 여차하니 차석하도다."

이는 조선 후기 과장에서 벌어진 광경을 묘사한 것이라 할 수 있다.
방 공자의 시각에서 그렸으나 실제로는 여성의 눈에 비친 과거 응시자
의 면면을 풍자한 것이다. 한 남자의 인생과 그 집안의 성쇠가 걸린 일
이기에 과거 합격은 사대부에게 필생의 과업이었다. 사대부가 여성으
로서 남성을 뒷바라지하는 것은 이른바 희망 고문에 해당한다. 그중 남
편이 '추용 둔탁하고 기질이 완추하'다면 합격의 가망도 없이 응시했다
가 탈락하는 일이 되풀이된다. 아내는 갖은 고생을 하면서도 그저 지켜
만 볼 뿐이니 답답하기 그지없는 노릇이다. 방 공자의 눈에 비친 소년,
백발, 중년 유생, 특히 창황한 기색으로 입에 붓을 물고 있는 남자의 모
습은 이러한 당대 여성의 풍자와 비판의 시각이 투영된 것이다.

천자의 신임과 조정 신하의 칭찬 속에 한림학사 벼슬을 받은 방관주
에게 서평후 영의정이 혼담을 걸어온다. 그는 7자 5녀를 두었는데 막내
딸 영혜빙을 방 한림에게 시집보내고자 한다. 영혜빙은 다음과 같은 의
식을 지닌 여성이다.

> 문득 세상 부부의 영욕을 초월(楚越)같이 배척하여 언언(言言)에

왈, "여자는 죄인이라. 백사에 이미 임의(任意)치 못하여 그 사람의 절제를 받나니 남아 못 될진대 인류을 그침이 옳으리라." 하며 모든 제형들의 구차함을 웃으니

여자로 태어난 것 자체를 전세의 죄에 대한 벌로 인식한다. 모든 일을 제 뜻대로 못하고 남자에게 얽매여 절제를 받으며 살아야 하므로 '남아 못 될진대' 인류의 근본인 혼인을 포기하겠다고 다짐한다. 이러한 생각을 지녔으니 언니들이 결혼하여 남편과 시집에 매여 사는 모습이 구차하게 보일 수밖에 없다. 여자로 태어난 것에 원한을 품고 중세 여성의 삶을 강하게 거부하는 것은 방관주의 의식, 태도와 상통한다. 영혜빙도 부모의 허여가 있었다면 방관주처럼 남자로 살기에 나섰을지 모른다.

서평후가 방관주를 집으로 초대하여 만나 보게 한다. 영혜빙은 외모와 말소리로써 그가 여자임을 간파하고 이렇게 결심한다.

이런 영웅의 여자를 만나 일생 지기(知己) 되어 부부의 의와 형제의 정을 맺어 일생을 마침이 나의 원이라. 내 본디 남자의 총실(寵室)이 되어 그 절제를 받으며 눈썹을 그려 아당함을 괴로이 여겨 금슬우지(琴瑟友之)와 종고지락(鍾鼓之樂)을 내 원치 않더니 우연히 이런 일이 있으니 어찌 우연타 하리오. 반드시 천도 유의하심이라. 수건과 빗을 가마는(헤아려 처리하는) 구구한 데이(→×)에서 낫지 않으리오.

절제를 받고 아첨하고 건즐을 받드는 등의 구구한 부부 생활을 거부하는 그녀로서는 능력과 기상이 뛰어난 남장 여자와 지기가 되어 한평생 사는 것이 낫겠다고 판단하였다. 영혜빙이 괴롭게 여긴 결혼 생활의

면모는 독자에게 충분히 공감을 살 만한 것이다. 실제 그렇게 사는 여성들로서는 그로부터 벗어나는 삶을 방관주와 영혜빙의 혼인 생활에 투사할 만하다. 혼인 첫날밤에 영혜빙이 방관주를 다그치고 그 다음날 밤 방관주가 결국 본색을 토로한다. 이후 두 사람은 대외적으로는 부부로 처신하나 가정에서는 뜻이 맞는 친구로 지낸다.

이러한 동성애적, 엄밀히는 동지애적 부부 생활은 중세 여성의 욕망이 허구적으로 실현된 모습이자 실제의 삶에 대한 거부감의 발현이다. 방관주는 여성의 삶 자체를 부정하였고 영혜빙은 남자와의 혼인을 거부하였다. 두 사람이 이룬 부부 관계는 여자끼리의 삶이다. 성관계는 배제된 상태에서 의식과 지향이 맞아 서로 믿고 의지하는 관계, 즉 여성 연대의 삶인 것이다. 이로써 작품의 지향성이 여성에게 가해진 사회적, 성적, 이념적 억압에서 탈출하여 여성 간 연대를 통한 행복의 추구에 있음을 보여 준다. 기본 관심이 가정사에 있으므로 여성 연대의 삶에서 추구한 행복도 그 연장선상에 놓인다.

부부는 가정에서 지기로 잘 지내나 생래적으로 자식이 생길 수 없어 본색을 감추기에는 한계가 있다. 이 문제는 고전 소설다운 방식으로 해결된다. 방관주가 형주 안찰사로 갔다가 가을의 산수를 즐길 때 문득 벼락이 치고 햇빛이 가려지며 큰 별 하나가 떨어졌는데 광채가 사라진 자리에 아이가 놓여 있었다. 그는 하늘이 내렸다고 기뻐하며 데려다가 낙성이라 이름 짓고 기른다. 아이를 데리고 본가로 돌아오니 영혜빙도 낙성을 반긴다.

상서 애지중지하고 연지석지하기 장중보옥이요 잠시를 떠나지 않고, 낙성이 또한 효성이 천성으로 좋았으니 육적의 회귤(懷橘)과 자로의 부미(負米)를 효칙하여 비록 연유(年幼) 소아나 미명에 소세하고 종일토록 부모를 모셔, 웅대 노숙한 군자 같아 더욱 사랑하여……하늘이 유의하여 특별히 방 상서 추상(秋霜) 열심(烈心)을 마침내 후사 매몰치 않게 하심이라. 상서와 부인이 어루만져 기출로 얻음 같더라. 가히 고왕금래에 드문 일이러라.

이처럼 부부는 아들을 아끼고 사랑하고, 낙성은 부모에게 효도를 다한다. 이에 대해 서술자는 방관주의 '추상 열심'에 대한 하늘의 보답이라 논평하고 고금에 드문 일이라고 칭탄한다. 기이한 일이긴 하나 방관주의 남성적 삶의 추구와 성취에 대한 보응으로 본 것이다. 이는 동성 부부의 행복 추구가 일반 가정과 다르지 않음을 보여 준다. 부부의 화락함과 부모의 자애, 자식의 효도는 가정의 복락에 중심이 되는데 이 부부는 그것을 온전히 누리고 있다.

이어지는 사건도 가정사 위주로 낙성의 출세, 김씨와의 혼인, 손자의 출생 등이 그려진다. 김씨를 낙성에게 시집보내며 그녀 부모가, "군자를 경대(敬待)하고 구고를 지효로 섬기고 숙흥야매(夙興夜寐)하여 석일 숙녀를 효칙하라."고 교훈하는 데에 작자의 의도가 요약되어 있다. 동성 부부가 일반 가정에서 추구하는 복락을 최대한 누림으로써 남녀의 혼인 생활에서 여자로 사는 것의 결핍된 부분까지 보상받도록 하였다. 여성의 희생과 헌신이 없더라도 가정의 행복을 누릴 수 있음을 보여 준 것이다.

사건 전개상 낙성의 입양과 혼인 사이에 방관주가 호국을 정벌하는 군담이 나온다. 여느 영웅 소설처럼 이 군담에도 장수의 대결, 변신술, 자객, 진법 등이 등장하지만 방관주의 일방적인 승리로 끝난다. 군담 자체의 흥미보다는 주인공의 영웅성을 부각하는 데 중점을 두었다. 이에 비해 출전할 때 방관주의 '대장지재(大將之才)'에 대해 영혜빙이 의

심스러워하여 잠시 옥신각신한다거나, 이별의 시를 지어 정회를 표한다거나 하는 대목이 비중 있게 그려졌다. 개선하면서 고향에 들러 구고(舊故) 친척을 위로하고, 부모를 추증한 것에 감격하는 모습도 부각된다. 이런 다음 낙성과 김씨의 화려하고 성대한 혼인이 그려진다. 군담의 내용보다도 출전과 개선의 과정에서 가정사를 챙기는 면에 더욱 초점을 둔 것이다.

방관주와 영혜빙이 토닥거리는 모습은 여러 차례 연출된다. 남녀 부부 사이에 서로 다투는 일은 중세의 가정에서는 좀처럼 일어나기 어렵다. 가정은 남존여비, 부창부수, 부부유별 등 가부장 중심의 위계질서가 지배하는 곳이기 때문이다. 이에 비해 이념적, 제도적 제약에서 비교적 자유로운 이 부부는 서로 평등한 입장에서 어떤 문제를 놓고 논란하고 실랑이를 벌일 수 있다. 혼인 첫날밤에 영혜빙이 방관주의 정체를 다그쳐 묻거나, 출전할 때 방관주의 대장지재를 의심하거나 하는 일은 이러한 조건하에서 가능하였다. 이는 이 부부가 서로를 지기로 대하는 일상의 모습을 보인 것인데, 그러는 중에 여성의 시각에서 남성적 삶을 객관화하고 풍자하는 효과도 얻고 있다.

천자가 방관주의 글씨로 만든 병풍을 소장하려 하니 금자로 써서 바친다. 상으로 어필 책 두 권, 문진 한 쌍, 통천칠보관을 하사받아 책과 문진은 낙성을 주고 관은 자기가 쓴다. 이를 본 영혜빙이 냉소하며 말한다.

> "군자 상급받은 것을 아자(兒子)와 그대는 가지되 첩에게는 미치지 아니하니 어쩜이뇨?" 승상이 소 왈, "이것은 다 부인에게 당치 아니한 바라 가히 부인을 주지 않거니와, 시방 부인이 몸 위에 가진 위의(威儀) 다 내게서 비롯한 바라. 흡족하거늘 투정하시니 욕심이 지

중하도다." 부인이 잠소 왈, "내게 당치 않은 바 그대에게 홀로 당할 바 있으리오. 마침내 저리 쾌한 체하시느뇨."

방관주가 남성적 삶의 성공에 취해 있는 것에 대해 영혜빙이 비꼬아 말하였다. 여성의 시각에서 남성적인 성공의 과시를 대단치 않게 여길 수 있음을 은연중 내비치고 있다.

천자의 융숭한 신임, 낙성의 승진과 효도, 손자 출생 등 부귀영화와 가정의 복락을 한껏 누리던 방관주에게 어느 날 현산 도사가 찾아온다. 관상을 보고는 사십 이전에 죽으리라 예언하고, '음양을 변하여 임금과 사해를 속이매 그 벌이 없지 않으리로다. 천궁에서 호색하기를 방자히 하니 차생에 금슬지락을 그쳤으니 스스로 죄를 아는가? 그릇이 차면 넘치고 영화 극하면 슬픔이 오나니, 옥제 옛 신하를 보시고자 하시는도다. 원컨대 공은 명년 삼월 초사흘 만나게 하라.'라는 글을 남긴다. 이를 본 방관주는 '내 일개 아녀자로 행세(行世) 이미 오랜지라 어찌 천벌이 없으리오.'라며 음양의 도리를 저버린 천벌로 받아들인다. 한번 큰 잔치를 열고 비가를 읊조리며 살날이 얼마 없음을 탄식한다. 병이 깊어질 즈음 선친이 현몽하여 저승에서 만날 것임을 알려 준다.

영웅인 주인공이 이렇게 병들어 죽는 것은 특이한 설정이다. 영웅 소설에서 주인공은 대개 부귀영화에 수를 다 누린 후 천상으로 복귀하고, 여성 영웅 소설에서도 여성임을 밝히고 가정으로 돌아갔다가 남편과 함께 승천하는 결말을 보인다. 여기서는 주인공이 음양을 거스른 죄로 천벌을 받아 병에 걸려 죽는 것으로 그렸다. 이는 방관주의 남자로 살기가 애초부터 자연의 이치에 어긋난 것임을, 주 유랑이 누차 말한 바의 불합리성을 인정한 셈이다. 독자로서도 서두부터 내내 미심쩍은 이 문제에 대해 어떤 식의 결말이 날지 궁금했을 텐데 결국 천벌이라는 방식을 통해 마무리된다. 중세의 이념과 제도에 문제 제기를 해 보았으나 그 이상으로 사회 개조의 전망을 제시할 수는 없었다. 그럼에도 여성의 남자로 살기라는 이야기에서 마땅히 나왔어야 할, 음양의 이치를 교란한 문제에 대해 회피하지 않고 나름의 해답을 제시했다는 점에서 문제 의식이 끝까지 유지되었다고 하겠다.

죽음을 앞둔 방관주는 문병 온 천자에게 모든 것을 실토하고 용서를 구한다.

> 신은 본디 여자라. 부모 일찍 죽사옵고 어린 소견에 부모 사후(嗣後) 매몰함을 슬퍼하여 십이 세에 전하 인재를 뽑으심을 듣고 구경코자 나왔다가 폐하의 성은을 입사와 오늘까지 이르나 본적(本跡)을 차마 주달치 못하옵고, 또 영공의 핍박을 입사와 부득한 연고 있사옵고 영녀 또한 처음에 신을 알아봄이 있되 성품이 괴이하여 발언치 않고 한낱 지기 되어 외인의 시비를 속인 지 오랜지라.

이렇게 말하며 '비상 주표(臂上朱標)', 즉 앵혈을 내보인다. 천자는 놀라 "현재(賢哉)며 기재(奇哉)라. 규중 여자의 지혜 이 같으리오. 규리(閨裏) 약신이 지용이 강장하여 적진을 대함에 신출귀몰하여 전필성공 할 줄 알리오.……경이 인륜을 온전히 못하니 이는 짐의 혼암 불명함이라."면서 오히려 능력과 공적을 칭찬한다. 이러한 천자의 반응은 천벌의 의미를 반감하는 효과를 얻는다. 하늘의 벌이 이념적 판단이라면 천자의 칭찬은 상상적 인정이다. 독자에게 흥미와 상상의 자유, 현실의 탈출과 해방감을 안겨 준 서사 세계의 가치를 허구의 인물인 천자가 인정한 셈이다. 작품이 주는 위로와 쾌감으로 인해 이야기의 의의는 지속하는 양상이다.

실토를 한 끝에 방관주는 천자에게 앵혈을 내보인다. 사실을 안 서평 후도 영혜빙의 팔을 걷어 앵혈을 확인한다. 고전 소설에서 앵혈은 남녀 결합에 앞서 여자의 처녀성을 지킨 증거로 제시되는 것이 보통인데, 여기서는 동성 부부로 살면서 두 여자의 처녀성이 유지된 것을 뜻하여 상징적인 의미에 변화가 보인다. 곧, 처녀의 순수함을 지닌 채 지기가 되어 여성 연대의 삶을 살았다는 증거가 앵혈인 것이다. 이는 방관주의 어린 시절에 받은 부모의 사랑과 허여에 대한 아련한 추억을 상기하는 것과 일맥상통한다. 이러한 점들로 인해 독자는 여성 연대의 삶에 대한 지향을 공유할 수 있었을 것이다.

<방한림전>은 여성 독자가 공감하고 선망할 만한, 여성의 남자로 살기 이야기를 펼쳐 보인 작품이다. 중세의 이념적, 제도적 질곡으로 원한과 시름이 가득한 여성들에게 주인공의 남성적 삶에서 보여 준 활약과 성취, 순수함을 지닌 여성끼리 연대하는 삶, 가정의 복락 중심의 부귀영화 등을 통해 쾌감과 위로를 주었을 것이다. 이처럼 소설 읽기는 중세 여성이 허구의 세계에 몰입함으로써 잠시나마 현실의 질곡에서 벗어나게 해 주었다. 작품을 감상하면서 억압적인 현실의 탈출구를 찾은 여성 독자는 오늘날 문학 독자로 사는 우리와 닮아 있다. 예나 이제나 문학은 시름 풀기의 좋은 수단이다.

참고 문헌

참고 문헌

『대학·중용-부 언해』, 학민문화사, 1990.

「방한림전」, 『나손본 필사본고소설자료총서』11, 보경문화사, 1991.

『시전-부 언해』·천(天), 학민문화사, 1990.

『시용향악보』, 대제각, 1988.

『악장가사』, 대제각, 1988.

『악학궤범』, 국립국악원, 2011.

「심청전」, 『영인 고소설판각본전집』2, 인문과학연구소, 1973.

「용사음」. 『인재속집』 수록 영인본(주덕재http://cafe.daum.net/joodeokjae 제공).

강인구 외, 『역주 삼국유사』2·3, 이회문화사, 2002/2003.

강한영 교주, 『신재효 판소리 사설집』, 교문사, 1984.

국립국어원, 『표준국어대사전』.

국립국어원, 『표준국어대사전』, 「우리말샘」.

김명준, 『악장가사 주해』, 다운샘, 2004.

김성배 외, 『주해 가사문학전집』, 집문당, 1981.

김준영·최삼룡 공편, 『고전문학집성』, 형설출판사, 1992.

남광우, 「고려가요 주석상의 문제점에 대하여」, 『고려시대의 언어와 문학』, 형설출판사, 1975.

동국대 한국학연구소 편, 「채봉감별곡」, 『활자본 고전소설전집』10, 아세아문화사, 1976.

동아대 고전연구실 역주, 『고려사』, 태학사, 1987.

박성의, 『노계가사통해』, 백조서점, 1957.

박희병 표점·교석, 「수성지」, 『한국한문소설 교합구해』, 소명출판, 2005.

박희병 표점·교석, 「원생몽유록」, 『한국한문소설 교합구해』, 소명출판, 2005.

박희병, 「운영전 작자 고증」, 『국문학연구』42, 국문학회, 2020.

손대현, 「누항사의 용사 활용과 그 함의」, 『어문학』125, 한국어문학회, 2014.

신재홍, 『향가의 해석』, 집문당, 2000.

신재홍, 「동동의 선어 및 난해구 재해석」, 『향가의 연구』, 집문당, 2017.

신재홍, 「청산별곡의 주제와 의미 맥락」, 『고전문학과 교육』49, 한국고전문학
　　　　교육학회, 2022.

심재완 편저, 『교본 역대시조전서』, 세종문화사, 1972.

양주동, 『여요전주』, 을유문화사, 1955.

유만주 지음, 김하라 편역, 『일기를 쓰다』1·2, 돌베개, 2015.

유창돈, 『이조어사전』, 연세대출판부, 1995.

이상구 역주, 『17세기 애정전기소설』, 월인, 1999.

이우성·임형택 역편, 『이조한문단편선』하, 일조각, 1982.

임기중, 『한국역대가사문학집성』, KRpia, 2005, 원문이미지.

전통문화연구회, 『동양고전종합DB』「국어(2)-진어 9」/「한비자집해(3)」.

정하영 역주, 『심청전』, 고려대 민족문화연구소, 1995.

조용호, 「정읍사의 발화 맥락과 화자의 기원에 대하여」, 『한국시가연구』53,
　　　　한국시가학회, 2021.

최정여 외 편, 『규방가사』1, 한국정신문화연구원, 1979.

한국고전번역원, 『노계집』3, 「가(歌)」.

한국어문학회 편, 「금오신화」, 『고전소설선』, 형설출판사, 2000.

한국어문학회 편, 「운영전」, 『고전소설선』, 형설출판사, 2000.

한국어문학회 편, 「홍길동전」, 『고전소설선』, 형설출판사, 2000.

한국학연구원, 『원본 향약채취월령·속자고·속문고·차자고』, 대제각, 1987.

한글학회, 「옛말과 이두」, 『우리말큰사전』, 어문각, 1992.

고전 문학과
근심 걱정

| 초판 1쇄 인쇄일 | 2022년 11월 25일 |
| 초판 1쇄 발행일 | 2022년 11월 30일 |

지은이	신재홍
펴낸이	한선희
편집/디자인	우정민 김보선 정구형
마케팅	정찬용
영업관리	정진이
책임편집	정구형
인쇄처	국학인쇄사
펴낸곳	국학자료원 새미(주)

등록일 2005 03 15 제25100−2005−000008호
경기도 고양시 일산동구중앙로 1261번길 79 하이베라스 405호
Tel 442−4623 Fax 6499−3082
www.kookhak.co.kr
kookhak2001@hanmail.net

| ISBN | 979-11-6797-087-9 *93810 |
| 가격 | 18,000원 |

* 저자와의 협의하에 인지는 생략합니다.
  잘못된 책은 구입하신 곳에서 교환하여 드립니다.
  국학자료원 · 새미 · 북치는마을 · LIE는 국학자료원 새미(주)의 브랜드입니다.

* 이 저서는 2022년도 가천대학교 교내연구비 지원에 의한 결과임.(GCU-202205500001)